男人和女人的故事

—— 日本古典文学鉴赏

〔日〕山口仲美 著
张龙妹 译

商务印书馆
2004年·北京

山口仲美
「源氏物語」を楽しむ
平安朝"元気印"列伝
丸善株式會社
本书根据日本丸善出版社1992年,1997年版译出

已经感受到死期将近的紫姬,委婉地与光源氏和养女明石中宫一一道别。院子里,秋草也在风中乱舞。(国宝·五岛美术馆藏)

三公主生下的私生子薰君健康、活泼,很快就迎来了五十日贺宴。在宴席上,光源氏抱着这个并非己出的孩子,表情十分痛苦。(国宝·德川美术馆藏)

三公主生生下私生子薰君后请求出家的场面。中间穿袈裟者是公主的父亲,戴冠者为光源氏,他希望公主能放弃出家的念头。(国宝·德川美术馆藏)

夕雾接到一封信，妻子云居雁以为是他的情人落叶公主写来的，就悄悄地走近丈夫，想从他背后把信夺走。（国宝·五岛美术馆藏）

中文版序言

拙著《轻松阅读源氏物语——情场絮语》（丸善株式会社发行）和《平安朝"泼辣派"列传——今昔物语的女性们》（丸善株式会社发行）合二为一，以《男人和女人的故事——日本古典文学鉴赏》为题在中国出版，作为作者，我感到无上的欣喜。

我于1999年4月至7月被派往北京日本学研究中心，在那儿向硕士生们讲授日本的古典语言和表达方式，上述两册书就是那时使用的教材。另外，在该中心举办的公开讲座上，我也是围绕着《平安朝"泼辣派"列传》中的两个故事作演讲的。无论是演讲还是授课，中国的听众和学生们对日本古典的理解、喜爱都远远超过了我的想像。

看到这样的情景，北京日本学研究中心的中方教师张龙妹女士计划翻译出版拙著。张龙妹女士曾就读于日本的最高学府东京大学，专门从事《源氏物语》的研究并获得了博士学位，是位杰出的青年研究者。她有着得天独厚的语言表达能力，说一口漂亮流利的日语。是她翻译了拙著。衷心地希望由张龙妹女士翻译的中译本也能在中国赢得众多的读者。

本书介绍的两部作品《源氏物语》和《今昔物语集》是日本具有代表性的古典作品，尤其是《源氏物语》，被列为世界名著之一。只是，公元1000年时的作品对现代的日本人来说，都已经是很难读

懂了。不光是古今语言上的障碍，而且出场人物过多，又是长篇巨著，这些都增加了阅读上的困难。但是，故事本身是相当有意思的，对于爱情、人生都有很深的启迪意义。

于是，我开始思考能让生活在现代的人们也能充分领会《源氏物语》魅力的形式，这个方法就是把焦点放在男女人物的对话上，以此来简化人物关系，突出故事情节。这样提炼以后的内容无论哪个时代都可以通用，在大家的日常生活中也可以应用，而且效果还保证不错。

另一部作品《今昔物语集》也是公元1100年左右的小说集，共有1040个小故事，中国的故事也不少。从这部书里，主要介绍了与现代女性有相同之处的泼辣的女性形象。在古代的日本，也有不比现代中国女性逊色的泼辣、好强的女子。至于她们的魅力，请无论如何通过原文体味一下。

衷心希望这本书能够成为大家了解日本的契机，增进邻国之间的睦邻友好关系。日本人根子里的民族性与中国人的有相同之处，也有不同之处。希望能各自有所发现。

另外，为了能够在中国大学的日本文学、日语专业的古典语法等课程上便于使用，书后附上了各个故事的原文的精华部分。

北京日本学研究中心严安生主任和该中心负责出版工作的周维宏教授为本书的出版给予了通力的合作，在此表示衷心的谢意。

写着这篇序言，我仿佛又回到了柳絮飞舞的北京。

2000年5月10日
于东京
山口仲美

目　录

中文版序言 …………………………………………… 1

轻松阅读《源氏物语》——情场絮语 ………………… 1
与有夫之妇的恋情——光源氏与空蝉 ………………… 11
虚幻而短暂的恋情——光源氏与夕颜 ………………… 19
宫帷私情——光源氏与藤壶 …………………………… 31
老宫女的诱惑——光源氏与源典侍 …………………… 42
妻子和情人——光源氏与葵姬和六条妃子 …………… 54
幸福的婚姻——光源氏与紫姬（一） ………………… 65
中年之恋——光源氏与玉鬘 …………………………… 76
失败的婚姻——光源氏与紫姬（二） ………………… 91
不幸的婚姻——光源氏与三公主 ……………………… 102
夫妻吵架——夕雾与云居雁 …………………………… 110
寡妇门前——夕雾与落叶公主 ………………………… 122
竹篮打水——薰大将与大君 …………………………… 134
三角关系——薰君、匂亲王与浮舟 …………………… 148
平安朝"泼辣派"列传——《今昔物语集》的女性们 … 162
向老婆求婚——泼辣的女性形象 ……………………… 168

2　男人和女人的故事

一个人生孩子——独特的叙述语气…………………………… 181
背个女人穿街而过——可视性的叙述方法………………………… 193
夜半婴啼——象声词的妙用……………………………………… 204
沉醉于魔女色香的故事——情节扑朔迷离………………………… 214
不听老人言——事态突变…………………………………………… 226
自己吓唬自己——透过动作看心态………………………………… 236
为冷美人殉情——事态不断升级…………………………………… 247

附录………………………………………………………………… 259
译者后记…………………………………………………………… 383

轻松阅读《源氏物语》

——情场絮语

男人和女人的对话

读者或许会想,什么叫"情场絮语"?写这些文字,到底要达到什么目的呢?

我只是希望弄清楚,《源氏物语》中出场的男人和女人在恋爱、结婚时都进行了怎样的语言交流。

《源氏物语》着实描写了形形色色的婚恋场面,在那里,男人和女人的对话构成了紧张的人际关系,即使在现代,也具有一定的普遍性。

通过对男女双方的对话的分析来阅读《源氏物语》,就能发现《源氏物语》的许多极富现代意义的魅力。多彩的恋爱和婚姻是如何由对话表现出来的?这才是我真正的意图。

《源氏物语》的故事情节

经常听人抱怨,《源氏物语》的出场人物过于复杂,读不懂。我敢向你保证,读这本书,不知道那么复杂的人物关系也毫无问题。

为什么呢?每章出现的人物只有一男一女,至多是处于三角

关系的两男一女或两女一男。够简单的吧。

话虽如此,为了能够更好地理解本书的内容,我看还是有必要把《源氏物语》的故事情节、出场人物、以及与现代迥然不同的婚姻形式作一简单介绍。

《源氏物语》的作者自然是那个被叫做紫式部的女性。它是平安时代中期的长篇小说,也是世界上最古老的长篇小说,日本人引以为自豪的杰作中的杰作。

全书共有五十四卷,因为每一卷并不算长,所以也不是长到无法通读的地步。至于内容呢,一句话,是部爱情小说。当然描写的不是单纯的爱情,那里面蕴藏了对人生的深切洞察。

从内容上,大致可分为三部。第一部是指第一卷《桐壶》至第三十三卷《藤花末叶》,主人公是光源氏,描写了这个拥有一切美德的光源氏如何迂回曲折地实现荣华富贵的过程。这其中自然也有他绚烂的爱情生活。

第二部从三十四卷《若菜上》至四十一卷《幻》,主人公也是光源氏,但与第一部不同,描写了他步入中年以后充满苦恼的人生。在这里,他成了恋爱与婚姻的失败者,在与女性的对话中,自然也流露出了人生的种种苦涩。

另外,第二部出场人物中还有光源氏的长子夕雾,他向读者展示了他与他的父亲截然不同的人生。在恋爱、婚姻方面也与光源氏形成了强烈的对比。

第三部是从四十二卷的《匂宫》至最后的《梦浮桥》。这部分又被称为〈宇治十帖〉,是可以与《源氏物语》的正篇(第一、二部)分开的部分。描写的是光源氏谢世后的故事,主人公是薰君和匂亲王,

舞台是距京都很远的宇治。

出场人物的称呼

那么,这些叫做光源氏、夕雾的人物的称呼,到底是怎么回事呢?我想会有人抱有这样的疑问,那就作一简单的说明吧。

用一句话说,这些人物的称呼是读者为了区别其是否是同一人物而起的外号。

在作品中,他们的称呼可以是"太政大臣""左大臣""右大将"等官职,也可以是"中宫""女御""典侍"等表示在后宫地位、职位的,甚至有与后宫的宫殿名合为一体的,诸如"弘徽殿女御""藤壶中宫"等称号。只是随着故事的进展,人物的称呼也会发生改变。为此,对读者来说,前面出现的"中将"与后文中的"大臣"是否是同一人物,就很难判断。于是,为了把这些人物的称呼简单化,自古以来,《源氏物语》的读者们从故事的内容中得到启发,给了他们一个一定的称呼。这些称呼逐渐固定化,成了现在我们通常使用的出场人物的名字。

就拿第一、二部的主人公"光源氏"来说,"光"是因为他具有光彩照人的容貌和才能而得的绰号,当然不是他的本名。下面的"源氏"是因为被降为臣下而赐给他的姓。

也有只把他称作"源氏"的,"源氏"只是姓,为了与同族区别,加上个"光"字更明了些。在这里,就把他称作"光源氏"。

光源氏之子"夕雾"的称呼来自他所咏的一首和歌。那个晚上,他希望能留在一个女子的身边,正好,傍晚时分夜雾袭来,他以此为借口咏歌道:

〈山庄夜雾添愁绪，迷失归途不欲返。〉

（山里のあはれを添ふる夕霧に立ち出でむそらもなきここちして）

这首恋歌太能反映他的性格了，读者们就用"夕雾"来称呼他。不是说他在《源氏物语》中的名字就叫"夕雾"。

"薰大将"和"匀宫"都是在表示官职或地位的"大将""宫（亲王）"之前加上了象征他们身上散发出的特殊香气的"薰"和"匀"。

成为这几位男子恋爱或结婚对象的女子的名字有"空蝉""夕颜""葵""紫""玉鬘""落叶宫（公主）""浮舟"等。这些名字也是由她们所吟和歌、或是对方男子所赠和歌中的用语而起的。

至于"葵""紫"，还要加上表示妻子的"上"字，这就成了"葵上""紫上"（在本书中的译文分别为葵姬和紫姬——译者注）。

除此之外，在本书中还要出现"藤壶""源典侍""六条御息所""女三宫"等人名。

"藤壶"来自后宫宫殿的名称，"源典侍"是个姓源的典侍（女官名），"六条御息所"是住在六条的御息所（与天皇或皇太子生有子女的妃子，本书的译文为六条妃子——译者注），而"女三宫"则是因为她是天皇的第三皇女之故（本书的译文为三公主——译者注）。

以上这些人名，几乎是本书中出现的全部人物，所以，不了解复杂的人物关系，也全然无关紧要。不过，为了让大家更好地理解文章，每章前还附有简单的人物关系图。

当时的婚姻结构

不过,就拿光源氏来说,以他为中心,怎么能写出这么丰富多彩的爱情和婚姻故事呢?

这主要归因于与现代不同的婚姻结构。在上流贵族社会里,男子可以拥有除了"正妻"以外的众多的如夫人。对于当时的婚姻状态,过去常用"一夫多妻制"来概括。不过,根据最近的研究成果(工藤重矩《平安期的婚姻制度与文学》风间书房1994年),这个说法容易引起误解,并不是说,一个男子可以同时拥有几个妻子。

在当时,一个男子法定的妻子也只有一个。由两个家庭谈妥后,再举行由亲族们认可的结婚仪式。像这种得到法律和社会承认的妻子只有一人,被称作"嫡妻(正妻)"。

只是,与现代不同的是,当时社会允许男性可以在"正妻"之外,拥有为数不少的妾。这些如夫人没有法律保障,一旦男子的感情淡薄了,就比较容易被解除关系,很不稳定。

另外,在这众多的如夫人中,还根据她们的出身、男子爱情的程度建起了一定的序列,男子对她们所作的经济上的援助,也是按照这个序列进行的。

除了"正妻"之外,社会允许拥有众多的如夫人的存在。这种风俗,便是形形色色的恋爱故事的温床。

再有,与现代不同之处是,还有"召人(婢女)"。碰到男子身份太高而女子身份过低,两个人再怎么相爱,女子连如夫人中的一员都当不成,而只得作为婢女被接到男子的家中。

除此之外,还有没有成为如夫人或婢女的、只维持着秘密往来

的情人。

《源氏物语》中出场的女性,她们都具有诸如"正妻""如夫人""婢女""情人"这些固定的身份。比如,这里要出现的"葵上"是光源氏的正妻,而仇视她的六条妃子一直只是光源氏的情人。光源氏一直隐瞒了与她的关系,没有向世人公开。

正妻"葵上"生下长子夕雾就谢世了。那之后,直到晚年,光源氏不曾娶正妻。因为有"紫上"这个他最爱的如夫人。

"紫上"虽然受到了如同"正妻"一般的最高待遇,但在法律上,她不是"正妻",只是如夫人中的一员。正因为如此,为了不致失去光源氏的爱,她竭尽全力地保持了一个理想女性的形象。

到了晚年,光源氏迎娶三公主为正妻,由此,他背负上了苦恼的种子,他的人生也开始由辉煌转向暗淡。

光源氏的恋爱旅程

不过,光源氏的前半生恰如上升的太阳,充满了无穷的力量和光芒,在恋爱方面,也是所向披靡,攻无不克。他曾热心地追求已为人妇的空蝉,也和朋友的昔日情人采取过近似于私奔的行为,还恨不能为年轻美貌的继母藤壶以身殉情。

仪表堂堂,身份高贵,多才多艺,财力与权势都无与伦比的光源氏。这些就足够是女性们憧憬的对象了,更何况,他能十分巧妙地抓住女人的心。他的每一句话,都能说到女人的心坎上,使她们老老实实地成为他感情上的俘虏。

成为光源氏恋情对象的女子们,也说出了与各自的性格和环境相符的、充满个性的语言,与光源氏编织出了色彩斑斓的爱情故

事。

比如,有顺从地接纳了光源氏的甜言蜜语而陷入爱情深渊的夕颜;也有像空蝉那样,虽然已深深地爱上了他,但考虑到自己卑贱的身份,终于没有被光源氏甜美的语言所迷惑,而始终以异常理智的态度来拒绝他。

还有,如葵上和六条妃子,过分的自尊使她们与光源氏交流时只能用带刺的语言,从而无法与他建立起良好的关系。

以他们之间的对话为线索,你能看到男人与女人活生生的爱的场面。

老实人的恋爱前景

到了第二部,光源氏的人生就没有那么一帆风顺了。在这里向大家介绍的是他与紫上之间的对话。紫上是他多年来相依为命的女子,但由于某个事件,他们之间和谐的关系脆弱地崩溃了。作者通过对话,生动地再现了这个感情崩溃的全过程。

他们究竟交换了什么样的话语?忍受着怎样的人生痛苦呢?

另外,在第二部中出场的还有光源氏的长子夕雾。夕雾虽然也是个美男子,但与父亲不同的是,他是个极其严谨、正直的老实人。大概是继承了母亲"葵上"的性格,从不拈花惹草,只知一门心思地守着正妻云居雁,直到他步入中年。

要是这样进入了老年的话,也就没有故事了。谁知他到了中年后,竟对一位称作落叶公主的未亡人产生了有生以来唯一的一次婚外恋情。这下可了不得啦。一方面,他开始与一直视为掌上明珠的云居雁吵架,另一方面,为了打动落叶公主的心,他可算是

费尽了九牛二虎之力。在这里,有着那些说话笨拙、不招女人喜欢的男人的样本。

没有结局的爱情

在故事的第三部,出场人物完全换了。主人公是光源氏晚年所生的儿子薰君,故事的舞台也由京都的宫中、市区转移到宇治的山庄。

薰君虽然名义上是光源氏之子,实际上却是光源氏晚年的正妻三公主与一个叫柏木的年轻人之间的私生子。从小,他就模模糊糊地感觉到了这一点,为自己的出生秘密而苦恼,倾心于佛道,与一般的青年贵族显得有些格格不入。他诚实,珍惜女方的感情,说起话来也不会把自己的爱强加于人。

在第三部里,还有一位与薰君完全相反的男子匀亲王。他是光源氏的外孙,激情饱满而又好色成性。与薰君不同,他能夸大其词地表白自己的感情,不由分说地逼迫女子就范。不愧为是继承了光源氏血统的外孙,说起情话来头头是道。与这两位贵公子产生感情纠葛的是生活在宇治山庄的三姐妹"大君""中君""浮舟"。

这几个男女间上演的悲喜交加的恋爱故事,就是第三部的内容。

在这里,要向大家介绍的是追求永远爱情的薰君与大君的对话,还有陷入三角关系的薰君、匀亲王和浮舟间的对话,以此来揭示由语言营造出来的紧张的人际关系。

爱情的中介人

最后,再就与现代不同的风俗、习惯作若干补充说明。

正如上文已经提到的那样,当时的婚姻结构可以说是一夫一妻多妾型的。作为正妻的女子,过了结婚初期的访婚期间以后,一般就被接到男子宅第同住,而如夫人及情人,则基本上永远是访婚处。每到傍晚,男子来到女方家中留宿,待天明前离去。所以,男子一旦不再来走访的话,就说明他们的关系破裂了。

另外,结婚年龄也与现在不同。女子一般在十二至二十岁之间结婚。过了二十岁,就要算晚婚了。

年龄相对要低得多,按照现在的感觉,男女都各加上十岁,正好差不多。

与现代最为不同的是,当时的宫廷及贵族家庭中,有一批被称为"女房"的贵族侍女。她们为自己侍奉的主人或女主人代笔、传言,是社交方面不可或缺的人们。

以男性为主人的场合,那些侍女中,就有主人染指的。以女子为主人的时候,就要特别挑选一些具有是非判断能力的侍女,因为她们对府上的情况了如指掌,有可能不顾女主人的感情而把男子引入女主人的卧室里。

私通之所以可能,也是因为有的侍女被女主人丈夫以外的男子收买,而把男子悄悄带入女主人卧房造成的。

这些贵族侍女扮演着重要的角色,她们有时甚至能改变女主人的命运。所以,那些养在深闺的千金们的身边,必须要有做事稳妥的侍女侍奉,否则还不知道会跟什么样的男子惹出些风流韵事

来哩。

虽然有这么多与现代不同之处,但男人与女人间的活生生的爱情与对话,和现代是没有两样的。在每章的结尾,将对该章中对话的关键词语进行分析,就它在《源氏物语》中的词义和基本用法作出我独自的解说。

那么,将会有怎样的对话等着我们呢?从对话阅读《源氏物语》就要开始了。

下面〈 〉部分是对原文的忠实翻译,「 」中是对原文的引用,如果你有兴趣阅读日文原文的话,请参看书后附录。

与有夫之妇的恋情

——光源氏与空蝉

绝对不是逢场作戏

《源氏物语》的第一个恋爱故事是与有夫之妇——空蝉的恋情。

光源氏当时只有17岁。女子的年龄不详。大概是20岁刚出头吧。这女子本是养在深闺,父母准备让她进宫去当妃子的,不幸双亲早逝,她才不得已于两年前嫁给了只是个地方官、而且年纪也相当大的伊予介。光源氏这时也已经与比他年长四岁的葵姬结婚,只是婚后生活并不美满,他动辄就借故在外留宿。不过,这一天,他退朝后还是来到了久没登门的妻家。事有凑巧,妻家所在的方位正好对他不利。当时的人们很在乎方位,自己的家或者是目的地刚好处于将招来灾祸的方位上的话,就要找一个在别的方位上的熟人家去躲灾。光源氏借此机会来到了由他保举的纪伊守的宅第。无巧不成书,空蝉也在那儿。现在,她是纪伊守的继母。不用说,光源氏一行人的到来,使得纪伊守家里人声鼎沸。

光源氏在为他准备的房间里安顿下来后,就听见不远处传来空蝉的说话声,他由此判断,她的卧室离自己的房间很近。待夜深

人静之后，难以独自安眠的光源氏伸手去拉隔扇，碰巧，隔扇没有上锁，这样的好机会他是绝对不会放过的。于是，他轻手轻脚地走到了空蝉的房间。空蝉大概个子很小，睡在那儿的样子显得非常娇小。光源氏温柔地将她抱起，开始向她诉说衷肠。

〈你一定以为是一时的逢场作戏，这也难怪。我希望能够把我几年来对你的思念一古脑儿地告诉你，也好让你理解我的感情。我可是一直都在等待着这样的机会的，从我的这番苦心中，你也该感觉到，这绝不是什么轻薄之举。〉

为了解除对方的戒备，说是很久以前就在爱慕她了，显然是一时间编出来的假话，但能使女人的心情平和下来。光源氏可算得上是这方面的天才。

听他这么一说，空蝉虽然不再害怕，但一想到这样做悖逆人伦，便惊恐万状。

〈你弄错人了吧。〉

使尽了吃奶的力气，空蝉才说出这句话。光源氏还是一个劲地说些消除她戒心的话语：

〈我的真情引导我到这里来的，怎么会弄错呢？你这么佯装不知，也太不近人情了。绝不会作什么轻浮之举，只是想略诉衷肠罢了。〉

彻底否定对方的异议，坚持说自己对她的爱慕之心是真实的，他知道该怎样去赢得女人的心，还发誓说决没有非份之想，让她放心后，就把她抱起要带到自己的房间里去。

不巧，在纸隔扇的门口，碰上了空蝉的贴身侍女。侍女觉得事态重大，跟着光源氏就过来了。而光源氏竟无动于衷，一副若无其

事的样子。这么点小事,对他这样身份的人来说,根本算不了什么,他走进自己的卧室,让侍女明天一早来接她的主人,就把隔扇关上了。

那么在光源氏的卧室里,空蝉怎么样了呢?

不要作践我

空蝉对光源氏温柔多情的话语并非无动于衷。更何况对方是光彩夺目的美男子,地位也高,又有经济实力,而且他多才多艺,是众多女性的崇拜对象。

可是,自己现在已经成了微不足道的地方官的妻子,身份已定。于是她说道:〈眼前的一切跟作梦一般。我虽然是个不足挂齿的身份卑贱之人,可你这般作践我,我又怎能不以为你是个轻薄男子呢。身份低的人也自有身份低的人作配偶,这不是世之常情吗?〉

这些拒绝的话语是很厉害的。第一句话就揭穿了光源氏说自己多年来倾心爱慕之类的谎话,说眼前发生的一切跟在梦中一般。看来,她不是个轻而易举地就会被光源氏的甜言蜜语迷惑的女子。惊恐过去以后,她开始正确地判断眼前发生的事实。

在第二句中,空蝉提出了强烈的抗议。你的行为是在侮辱我。请不要作践我。

最后一句,原文的意思不太好解释。历来众说不一。原文是:「いとかやうなる際は、際とこそはべなれ」。

这大概是当时的一句成语吧,很不好理解。有的人解释为:做出这种不成体统的事情的人,其身份也自然下贱。我的理解是:像

我这样身份低的人,也自有身份低的人相匹配。言外之意就是说:我和你这样身份高贵的人是没有缘份的。这样解释也许能更好地表达女方的心情。让对方明白相互间存在的这种悬殊,以此来表明拒绝对方的心情。请你想像一下,当有人用"不关你的事"来拒绝你时,是什么感觉。

空蝉只说了三句话。但里面包含了否定、抗议、拒绝,简直可以跟三步推理相比美,结构严谨。先发制人,使得光源氏难以采取行动。《源氏物语》中也有其他拒绝男子求爱的女性,但像空蝉那样能够用明快的道理说出自己拒绝的理由的,再也找不出第二个,她是个聪明的女子。

前世有缘

然而,对手毕竟是光源氏,他毫不气馁。随即抓住空蝉的话,反戈一击。听他说得多么振振有辞。

〈你说什么身份不身份的,我可搞不明白。这样的事,在我还是第一次。你把我当作世上一般的轻薄少年,那也太让我伤心了。你也该有所耳闻吧,迄今为止,我何曾有过非礼的轻薄之举。今天和你邂逅该是前世有缘。做出这般没有理智的举动来,被你看轻也是理所当然,连我自己都觉得不可思议。〉

在头两句里,光源氏说空蝉的所谓理由只适用于那些经验丰富的轻薄男子,对像自己这样的纯情少年这么说就太不公平了。巧妙地避开了女方的攻击。

第三句是用来证明他确实是情场上的新手,而在最后一句里说与对方的相逢是前世的因缘,以此来使自己的行为正当化。当

时的人们相信,现世的命运是由前世的因缘决定的。拿出这个挡箭牌来是最有效果的。光源氏用的就是这一手。女方沉默了。她没有了反驳的材料。可她暗下决心,即使让他觉得自己愚笨不通情理,也要做一个不解风情的女子。于是她始终没有改变拒绝他的态度。

空蝉本是个性情温和的女子,现在硬是作出顽固不化的样子,倒像根细软的竹子,让男人折也折不断。

过了一会儿,空蝉在那儿哭。她为什么哭?在光源氏无理强求下,她终于失身了。就这样,《源氏物语》不直接描写发生性行为的场面,而是通过写出女方哭泣的姿态,来暗示其间曾经发生过的一切。这是个很巧妙的方法。

空蝉痛苦万分,光源氏再次向她强调,他们的萍水相逢完全是前世的宿缘注定的。一想到本是命中注定,许多事情就能想得开。连安慰人的方法,光源氏也是一流的。

那么,空蝉以后将怎么来对待他呢?既然有了一次,就会有第二次,第三次?

切勿向人吐露

空蝉痛楚地向光源氏诉说道:〈现在,我这卑贱的身份已经无法更改,若是在未嫁之时,能够有幸领受你的这番盛情厚意,虽然是门不当,户不对,我也能勉强自恃,期盼有朝一日得到你的倾心爱慕,借此聊以自慰,现在和你结成这般露水姻缘,真教我寸心迷乱,不知如何是好。事已至此,就请切勿向人吐露〉。

考虑到自己的境遇,空蝉非常苦恼,开头的长句,正好表达了

她痛苦的内心。说到"事已至此",她已经拿定了主意。千万别把和自己的私情泄露给他人。这句话是什么意思?

这实际上是在告诉光源氏,让他干净利落地把自己忘了。这句话引自《古今和歌集》的一首和歌。歌意大致是:你若是真的对我有几分爱怜之心,就请你不要任何人提起,人言可畏呀。她的那句话包含了这首和歌意境。她已决计不会再有这样的事情发生。

事实上,那之后,光源氏用尽了各种心机,作过两次尝试,她都事先察觉到后,巧妙地避开了。尤其是第三次,她察觉到光源氏进卧室时衣服发出的摩擦声和他身上的香味,像蝉退壳似地脱掉自己的衣服逃离了现场。光源氏不得已只得把她的衣服带回家。她的名字"空蝉"(蝉退下的壳)也是由此而来。光源氏虽然觉得这个空蝉顽固不化得令人可恨,也由此反倒对她一直怀着留恋之情。

理智的女性形象

空蝉并不是不喜欢光源氏,不仅如此,相反她对他非常倾心,每当她独处时,想起光源氏的甜言蜜语,就会怦然心动。

但是,空蝉深切地知道自己的处境。充分预计到了这种身份悬殊的恋情,其最终结局将是何等的悲惨,所以,她决不允许有第二次那样的事情发生。此后,她与自己的欲念作斗争,独自流着伤心的泪水。

一般以为在空蝉身上,有《源氏物语》的作者紫式部自己的身影。确实,能让理性占上风的空蝉也许就是作者自身。

代表两人恋情的关键词语

おもひくたす (omoikutasu)

这是空蝉向光源氏抗议他作践自己时的用语。在原文中,因为指的是光源氏的行为,所以用的是「おもふ」的敬语「おぼす」,而构成了「おぼしくたす」(思し朽たす)。

「おもひくたす」是指在心里贬低、轻蔑、轻视等意。「くたす」本身就有了贬低、轻蔑、轻视等意。

在《源氏物语》中,「おもひくたす」除了本文中的用例外,还有两例。其中的一例是这样的。「かくこよなきさまに皆思ひ朽すべかめるも、やすからず」(像那样无以复加地遭到众人的蔑视,令她内心不能平静)。说的是一个叫作六条妃子的自尊心很强的女子如何顾虑世人冷嘲热讽的事。以为对方是在「おもひくたす」自己的人,大都是些自尊心很强的人。

然るべき (sarubeki)

光源氏向空蝉求爱时用的关键性词语,意思是"这是前世因缘注定的"。

在发生了不该发生的男女关系时,在关系相当亲密但又无法结婚时,与自己热爱着的丈夫或妻子死别时,总之,在与自己悲惨的命运遭遇时,就往往会用这个词语。当时,由于受到佛教思想的影响,每个人都有前世、现世、来世,而现世的命运就是由前世的因缘决定的。想到这是前世的宿缘,再不幸的遭遇人们也只能逆来忍受,所以「然るべき」这个词语体现了当时把一切看作宿缘而加以忍受的思维方法。

《源氏物语》中共有 254 例,只是并不是所有的都可以作上述解释,有的可解释为"这样做最合适","这是理所当然的""堂堂正正的"等。

虚幻而短暂的恋情

——光源氏与夕颜

谁是狐狸

光源氏第二次经历的是与好朋友头中将的昔日情人——夕颜——之间的恋情,他们之间的感情既热烈又虚幻、短暂。

那年光源氏十七岁,夕颜十九岁,她和头中将之间已经有了一个三岁的女儿。但是,夕颜受到头中将正妻的粗暴威胁,跟头中将只字未提就离开了他,躲到了位于五条上的一所破旧的房子里。

就是在那里,她认识了光源氏,并爱上了他。

在侍从的带领下,光源氏开始秘密地夜访夕颜。他穿着便服,蒙上脸,不让人知道他的真实身份。

光源氏对夕颜的来历也一无所知,只是根据某些迹象推测她可能是头中将昔日的情人。和她幽会以后,光源氏发现尽管她没有什么特别的优秀之处,却能让男人迷恋。她不够文雅稳重,但小鸟依人般地温柔多情,又出奇地不谙世事,而且还有一种并非不懂男人的风情。

光源氏深深地恋上了她,无论是白昼还是黑夜,她的音容笑貌占据了他的思维空间。有时候,两人刚分手,他就想马上再去见

她。不止一次,他问自己这个女人到底什么地方吸引了他,答案自然是没有的。像自己这般身份高贵的人与那样身份低下的女人发生瓜葛,是很轻浮的行为。他常常这样反省,但还是相当频繁地去与她幽会。

光源氏甚至想把他接到自己的府上,他对夕颜说道:〈我们到一个更加轻松自如的地方去吧。也好从容谈话。〉

夕颜会马上就依着他吗?有人把夕颜说成是"对一切都只有顺从"、"完全被动"的人。真要是那样的话,对光源氏提出的要求,她完全可以马上答应的。但她没有。她是这么回答的:

"那样合适吗?虽然这么说,你那样待我也太不正常了,我有点怕。"

她没有马上答应,但把该说的都说了。只是她说话绝不锋芒毕露而总是可爱得像个孩子。

自己既没有暴露身份姓名,甚至把脸都给蒙起来了,这样的幽会,女方感到害怕也是自然的,但转念想到女方自己也是连姓名等等一概都隐瞒了的,于是光源氏就微笑着道:

〈真的,你我两人中,总有一个是狐狸精,你就上我一回当吧。〉

对于男方这样的答话,她会作什么样的反应呢?夕颜对此没有回答,物语中只是说她听了以后放心了许多,心想跟他去也无妨。我猜想她一定是默默地点头同意了。即使不知道对方姓甚名谁,就是被他骗了也心甘情愿,她一定是这样想的。就在那一瞬间,光源氏感受到了夕颜对自己的深情。这是个恨不能一下子就把她拥入怀中的可怜可爱的女子。

我好害怕

八月十五的中秋之夜,光源氏又在她那简陋的房子里过了一夜。天快亮的时候,就能听到那些为了生计而奔走的市民的谈话声、舂米的碓臼声、捣衣声。因为院子窄小,虫鸣声就像是在耳根边一样,让人不得安宁。

光源氏想去一个更加安静的地方和夕颜轻松自如地待在一起,于是又动员她道:

〈怎么样,就在这附近有一个僻静的地方,到那儿去自由自在地等待天亮吧,老待在这里都快闷死了。〉

如果不是个不拘小节的女子,面对周围的嘈杂声,她保证会羞愧难当。而夕颜呢,她看上去对这些好像并不介意,慢声慢气地说:

〈那怎么行呢,太仓促了吧。〉

回答得很平和。就从隔壁,传来老年人诵经拜佛的声音。光源氏于是便借题发挥:〈你听,那老人都觉得还有来世呢。

优婆塞翁来引路,莫违来世因缘深。〉

(優婆塞が行ふ道をしるべにて来む世も深き契り違ふな)

他把深深的爱怜之情诉诸和歌,说来世也要和她永结同心。那么,夕颜是如何作答的呢?

〈前世因缘已深知,来世情分更难托。〉

(前の世の契り知らるる身の憂さにゆくすゑかねて頼みがたさよ)

夕颜也同样把自己的情感付诸和歌。但就其内容而言,并没

有正面接受光源氏表示的热烈爱情的话语。她没有顺着他的意思,相反,委婉地说出了自己内心的恐惧,这使得光源氏油然产生了要保护她的柔情。

光源氏终于说服了夕颜,只带了一名侍女,来到了附近的一所房子里。一路上,由于把马车的帘子卷了起来,两人的衣袖都被露水打湿了。

〈我还从来没有过这样的经验呢,这种事也真够劳神的。

昔日风流公子行,亦曾徘徊黎明前?〉

(いにしへもかくやは人のまどひけむわがまだ知らぬしののめの道)

〈君解此情乎?〉

面对光源氏这样的问话,夕颜满面羞涩:

〈月随山隐不知山,唯恐半途没踪迹。〉

(山の端の心も知らでゆく月はうはの空にて影や絶えなむ)

〈我好害怕呀。〉

经不住光源氏的劝诱,采取了这样避人耳目的行为。但她毕竟对光源氏一无所知,内心的不安和恐惧可想而知。

光源氏装作是初涉情场,他虽已多半知道对方是曾经有过婚姻经历的,却要明知故问:"你有过这样的经验吗?"如果夕颜回答说:"我也是第一次",那便是说谎了。她没有回答他的问题,相反她再次向他诉说自己内心的不安。

面对光源氏的爱的表白,夕颜的话语没有正面回答,像黎明前即将落山的月亮一样,反而给人马上就要从这个世上消失的感觉。

对于这样的女人,男人对她感到无限的爱怜也是无可非议的。

也不过如此

光源氏带她去的那所宅院,已经是荒凉不堪的了。

〈这地方变得有些阴森可怕,不过即使是鬼魅对我也会礼让三分的。〉

自己是天皇的儿子,不会出问题的。光源氏的傲慢使他放松了警惕。在这样荒废已久的宅院里,鬼魅妖怪之类是会出来作祟的。

光源氏还没让夕颜看到过他的相貌。两人的关系都到了这一步了,还要再隐瞒下去的话,也就太不近人情了。想到这里,光源氏摘掉了面罩:

〈今朝开颜得示君,只为当时邂逅缘。〉(A)

(夕露に紐とく花は玉桙のたよりに見えしえにこそありけれ)

〈你看怎样?〉

他是在问她,"我的长相如何?还满意吗?"。这该怎么回答才好。

夕颜侧目看了他一眼,轻声细气地说:

〈当时夕颜凝露艳,原是黄昏错相看。〉(B)

(光ありと見し夕顔のうは露はたそがれどきの空目なりけり)

嗯,说什么来着? 面对一位举世无双的美男子,竟敢说也不过如此,也没多了不起的。

能这样跟男人耍娇调侃,足见她深谙男女之道了。这是句稍

有捉弄口吻的话语。

然而,你不觉得奇怪吗?刚才还满面羞涩地一个劲诉说自己有多害怕呢,转瞬间说出这样轻佻的话来,其变化之迅速、程度之大,实在令人瞠目。

夕颜才第一次看到光源氏的容貌,由此,她也才知道夜夜来同她幽会的是光源氏。处在这样的状态下,待到一看到对方的面容,有谁能说出"你算不上什么美男子"这样的话呢?如果要有谁敢说的话,那她必定是个情场老手,能够和光源氏平等交往的人物。而夕颜这个人,包括她昔日的丈夫头中将,也把她看作是个〈思前顾后,小心谨慎〉,看上去〈软弱〉的女子。这到底是怎么回事?

《源氏物语》中描写了许许多多的女性,她们也和光源氏产生了感情上的纠葛,但能像上面介绍的场面那样和光源氏作如此对话的,还找不出一个。连那个最好色、对男女之道也最为精通的老女官——源典侍,也没有敢对等地与光源氏说这种轻佻的话语。所以总有地方不对劲。

上面,我是按照通常的说法,来解释两人的和歌赠答(A)和(B)的。一定是这种解释有问题。

爱情的导火线

实际上,关于(A)(B)部分的对话,有与通行说法不同的见解。不同解释源于对两人邂逅场面理解各异。

那么,他们相识的契机又是怎样的呢?

那时候,光源氏和一位住在六条的贵族女子关系密切,在去与她幽会的途中,顺便前去看望生病的乳母,于是,发现乳母邻居家

简陋的板墙上,青青的蔓草开满了白色的鲜花。

〈给我折一枝过来。〉光源氏向侍从命令道。

侍从刚要伸手,只见邻居家走出一女童,向侍者递过来一把扇子道:

〈把花放在扇子上面献给公子吧。这花根本没有枝条。〉

光源氏接过扇子,只见上面写有一首和歌,该是这家女主人所赠。

〈夕颜凝露容光艳,概是伊人寻花来。〉

(心あてにそれかとぞ見る白露の光そへたる夕顔の花)

女子主动赠咏和歌,这引起了光源氏的兴趣,看她的字迹很高雅,身份也不会太低,光源氏本来就爱寻花问柳,像这样的机会又如何肯放过?于是,就回赠了一首和歌。他们就这么相识了。

可是,问题就在这儿。在当时,女子向不认识的男性赠咏和歌,这种事几乎不会发生。若是在宫里当差,经常与男性打交道或是出奇地没有常识的女性,自然另当别论,普通的女性,根本无法想像自己主动向男子赠咏和歌。而事实上,针对女方向自己赠送和歌这个举动,光源氏也是这样以为的。〈大概是个在宫里当差的吧。那么自以为是,缺乏教养,一定是些不知高低贵贱的扫兴的家伙。〉

虽然内心这么瞧不起,但还是回赠了和歌。这就是光源氏。

那么夕颜为什么要对路过的光源氏咏歌相赠呢?难道她是个不懂常识的女子?还是,另有别的什么原因?

认错人了

有各种各样的解释,其中,我觉得最为自然的是夕颜把路过的光源氏当作了原来的丈夫头中将,才向他赠了和歌。这个解释是由黑须重彦先生提出来的(参照《夕颜这个女子》笠间书院 昭和六十二年(1987)增补版)。

受到头中将正妻的威胁,夕颜不得已才不声不响地躲了起来。但她并不是忘了头中将,而且更不是因为不喜欢他。他们之间还有一个孩子,虽然匆匆忙忙地躲了起来,但哪怕是为孩子着想,也应该和父亲取得联系。看到路过的有身份的男子,只要有那么一点像过去的丈夫,她就会情不自禁地想去确认一下。她咏歌相赠的原因就在于此。

我支持这个解释的理由,还有好几个,关键在于它比通行的说法少了许多自相矛盾的地方。根据这个理解,(A)(B)可以这样解释。

光源氏摘下自己的面罩,初次让夕颜看到自己的容貌时所吟和歌可译为:

〈只为夕颜凝露绽,才得邂逅结此缘。可是意中人?〉

回想起相识时的情景,光源氏不禁感慨万千,重复了夕颜赠歌中的"凝露",询问自己是不是她所期待的那个人。于是,夕颜不好意思地侧目看了他一眼,轻声地回答:

〈却道夕露添花色,黄昏时分误识君。我认错人了。〉

一开始,夕颜就知道这个男人不是头中将。但她不知道究竟是谁,直到看见他的长相,才知道这个人是光源氏。

你不以为,这样解释更加合情合理吗?

海人女

光源氏自己刚披露了身份,就开始向夕颜抱怨:

〈总这样对我隐瞒,太让我难过了,所以我才想对你一直隐瞒下去的。现在,总可以告诉我你的名字了吧。让我也知道个所以然。〉

无论如何,这次该正面回答光源氏的问话了吧。说出自己是什么地方的人,姓甚名谁,而就此跟光源氏之间就再也没有隔阂了。谁知,她的回答是:

〈我是海人女。〉

她说自己是不值得言姓道名的流浪儿。话说得那么谦恭,也带有几分娇态,但最终还是没有说出姓名来。所谓〈海人女〉,出自《和汉朗咏集》的一首和歌:

身为海人女,荒渚寄浮生。居无半片瓦,恰似水上沤。

(白波の寄せるなぎさに世を過ぐす海人の子なれば宿も定めず)

对光源氏来说,夕颜依旧是个迷。想着要弄清楚她的真实身份,光源氏反倒越来越被夕颜所吸引。

〈也就顺其自然吧,谁让我自作自受的。〉

光源氏想,自己一直对她隐瞒,现在她不肯马上说出身份,也怪不得她,但内心还是很不痛快。

他的话也引用了一句和歌。那是《古今和歌集》中的:

海人割海藻,虫鸣何其哀。不怨君薄情,自作当自受。

(海人の刈る藻に住む虫のわれからとねをこそ泣かめ世をば怨みじ)

与夕颜的〈海人女〉相对应,用〈海人割海藻〉这首和歌中的话来作答。

在当时,男女的对话都能自由自在地引用有名的和歌。只要说出大家熟知的和歌的一部分,别人就会知道你想说的大致意思。

就这样,两人又卿卿我我地度过了一天。要是再有些时间,夕颜就说不定会说出自己的身份了。

可是,就在那个晚上,在那个破旧的宅院里,夕颜妖魔缠身,就这么死掉了。跟夕颜花一样,她的生命显得那么短暂、虚幻。

可怜的女人

有人说夕颜是一个具有"妓女性"、"娼妇性"的女子。确实即使是无意识的,她也多少具备了一些这方面的素质,否则她怎么可能吸引男人呢？但是,说"夕颜会不会是迫于生活而逮到了光源氏这么个嫖客的高级娼妇呢？非常巧妙地把光源氏给诳了进来,光源氏还以为她是个优雅温柔的女子。(中略)她只是在光源氏面前装得那么不谙世事罢了。"(中村真一郎〈解释与鉴赏〉别册一九八六年四月,座谈会〈如何阅读《源氏物语》〉)。这样酷评就未免太过份了,令人难以心悦诚服。

这样的理解主要源于对上述部分的解释,夕颜主动向光源氏赠咏和歌,刚看到光源氏的容貌,就说什么〈也不过如此〉之类卖弄风情的话。

但是,有关夕颜的性格,物语在各处都点明,她超乎寻常地腼

腆、胆小软弱、孩子般纯真。是个楚楚可怜、没有生活能力、令男人产生保护欲望的女子。正因为这样,才会妖魔附体,轻而易举地送了性命。

很难想象,夕颜会用轻佻的口吻耍弄对方,或是为了找到第二任保护者而主动赠歌。所以,问题还是在于对原文的理解上。

热恋中夭折的夕颜一直都在光源氏的心中占有一席之地。待她的女儿成人后,光源氏在她女儿身上又找到了昔日夕颜的影子。这就是后面将要介绍的"中年之恋"。

如果自己碰到了一个像夕颜一般的女子,只要是个男人,我想,谁都会像光源氏那样满怀着可怜可爱的心情频频地去与她幽会的。

代表两人爱情的关键词语

隔つ(hedatsu)

夕颜不肯说出自己的姓名,这反倒使得光源氏对她越来越迷恋。「隔つ」就是他向夕颜抱怨时用的词语。

原文里用的是动词「隔つ」的连用形。是指在感情上与对方保持距离或隔阂。说白了,就是指隐瞒什么。

名词「へだて」的形式也经常出现。比如有这样的句子:「なほ心のうちの隔て残したまへるなむつらき」(关系都已经这么亲密了,还要继续隐瞒下去,也太让人伤心了)。

「へだて」是《源氏物语》中常见的用语,但在夕颜的故事中,用得最多。它是一步一步陷入情网的光源氏内心的象征。

大多数情况下,它是用来表示心理上的隔阂,但有时也用来表

示相爱双方长久不能会面的时间上的隔阂。另外，如「右近は屏風へだててふしたり」（右近隔着屏风而卧）那样，也表示物理上的隔离，不过只有少数的几例。

海人の子（ama no ko）

光源氏要夕颜通报姓名时，她用的谦恭之辞。在和歌中，「海人の子」只用于比喻那些没有姓名，也不知来历的身份卑下的人们。

在夕颜死后，光源氏叫来夕颜的贴身侍女右近，弄清了有关她的许多事情。那时，光源氏一开口就抱怨道：「まことに海人の子なりとも、かばかりに思ふを」（即使真的像海人之女那样身份卑贱，我那么爱着她），也该把名字告诉我啊。

实际上，夕颜是三品中将的女儿，其身份并没有低到可称为是「海人の子」的程度。只是双亲早亡，她一直都过着无依无靠的生活。

在《源氏物语》中，「海人の子」只有三例。其中一例是实指在海里捕鱼采贝拾海草为生的人。剩下的两例都是用来形容夕颜身份的。足见「海人の子」是塑造夕颜形象的关键词语。

宫帷私情

——光源氏与藤壶

但愿绝此身

光源氏还不曾这样全身心地爱过一个人。那么,他爱的那个女子是谁呢?长相又怎么样?光源氏那年十八岁,对方是一个称为藤壶妃子的高贵的女性,年龄长他五岁,时年二十三。由于长相酷似光源氏已故的生母,入宫作了光源氏的父亲桐壶帝的后妃。也就是说,藤壶是光源氏的继母。开始,父亲为了让他亲近继母,常带他去藤壶的居处。在少年光源氏的心中,对母亲的思念不知不觉地变成了对女性的爱慕之情。

不久,父皇为他举行了成人仪式,出于政治上的考虑,为他完了婚。就这样,到了他再也不可能见到藤壶的时候,他的心开始经受强烈的爱情煎熬。

他苦心经营了两次幽会。光源氏百般纠缠藤壶的贴身女官,在那女官的巧妙安排下才得以实现。

藤壶虽然为这件事痛心疾首。但她对光源氏还是显得温柔多情,教人怜惜。另一方面,又决不随随便便,仪态总是高贵典雅。真不愧为是最为理想的女性。

还没等光源氏说出相思之苦的一半,天就快亮了。分别时分的痛苦,真令人有相见不如不见的感慨。光源氏哽咽着,把说不尽的思念诉诸和歌:

〈相逢即别离,孤衾梦难续。但愿绝此身,长与梦中会。〉

(見てもまた会ふ夜まれなる夢のうちにやがてまぎるるわが身ともがな)

对方是天皇的妃子,下次相会,还不知是何年何月呢。而且,很可能再也没有下次了。

这是不知梦见了多少次的幽会。「会ふ夜」(auyo)与表示梦想成为现实之意的「合ふ世」谐音,梦想一旦成为现实,短暂的幽会也就要结束了。

光源氏希望自己就这样消失在梦境一般的相会之中,他不愿面对梦醒后等待着他的现实。他已经深深地陷入了触犯禁忌的、与皇妃的恋情中了。

那么藤壶又是怎么回答他的呢?

浮名不可收

藤壶回答道:

〈纵使梦长久,长睡不复醒。怎奈人世间,浮名不可收。〉

(世語りに人や伝へむたぐひなく憂き身をさめぬ夢になしても)

藤壶痛苦极了。身为天皇的后妃,却屈服于光源氏的激情失身于他,做下了这种悖逆人伦之事,而且有过一次之后,还竟有这第二次。看来自己终将为此事而名声狼藉,被后人当作街谈笑柄。

她那痛心饮恨的样子,仿佛再也没有更大的不幸了。

然而,她并不是在责怪光源氏,她觉得这次幽会是不可抗拒的命运安排。为什么这么说呢?因为她在和歌中用了「憂き身」(ukimi)这个词。「憂し」是一味叹息自己命运不济时的用语,与表示责怪对方的「つらし」(tsurashi)不同,它所表达的是感叹自己的命运,为之惋惜、为之伤心的心情。

发生这样的事并不是对方的不是,而是自己命里注定要成为世人的笑柄,藤壶是这么想的。

由此可以看出,藤壶并不讨厌光源氏,但也不是积极主动地接受他的热爱。她只是深深地叹息自己的命运而已。那么,她到底爱不爱他呢?

初生婴儿

藤壶把这件事视作命运的安排,这个预感没错。在这第二次幽会中,她怀上了光源氏的孩子。私通只要不被发现,就不会对现实生活产生任何影响。可是一旦有了孩子,而且这孩子还跟私通的对方长得一模一样的话,事情可就不简单了。

她生下的皇子,简直就是光源氏的翻版,从生下的日期,还有不可思议的梦的启示,光源氏确信这个皇子就是自己的孩子。他迫切地想看一眼新生的皇子。他来到在娘家休养的藤壶处,说道:

〈天皇盼着早日看到皇子,我先来一看,以便回宫奏明。〉

真正是多此一举,他现在是千方百计地找借口去看她。

她又是怎样回答的呢?

〈婴儿初生,面容不整……〉

拒绝得那么稳妥平和。她担心小皇子的长相会使私通之事败露，内心惶惶而不可终日，但她绝不让内心的这种不安流露出来。

天皇对新生的皇子无比疼爱。他想把这个小皇子立为太子，以弥补不曾立光源氏为皇储的遗憾。皇子与光源氏长相酷似，那是因为光源氏的母亲和藤壶酷似，天皇根本就没有怀疑。小皇子四岁时，桐壶帝驾崩。他一直都不知道事情的真相。

光源氏无论如何也要见到藤壶。父皇去世后，他也没必要再躲躲闪闪了，因为她已不再是皇妃。他以为藤壶现在一定会理解他的感情了。自第二次幽会以后，已经有五年没有见面了，他已忍无可忍。于是，制定了一个周密的计划，神不知鬼不觉地闯进了藤壶的卧室。

光源氏把自己的心里话全掏了出来，可藤壶依旧是坚决拒绝。而且，一直保持冷淡的态度，以至于痛心之极而昏迷过去。侍女们手忙脚乱地前来看护，光源氏躲进了壁橱，在黑暗中，一直待到第二天下午，藤壶感觉好了些，侍女们都各自散去。藤壶用哀伤的目光望着外面，光源氏从壁橱里出来，目不转睛地看着她的侧面。她美丽得简直无法比拟。

光源氏忍不住来到藤壶的身旁，拉了拉她衣裙的下摆，藤壶就此埋下了头。从飘过来的阵阵香气，她就知道来的是谁。

光源氏是又恨又怨：

〈只把脸转过来，好吗？〉

这句话在原文中，既可读作是光源氏对藤壶说的话，也可以看作是他内心的乞求，再也没有能如此真切地表达他热烈感情的话语了。他是如痴如醉地在向藤壶表白。如此低姿态地乞求女性的

爱,于光源氏来说,以前从未有过,以后也不再发生过。在他看来,藤壶是那样的完美无缺。无与伦比的美貌,常人无法企及的教养所赋予的那种高贵。爱得越深越真,对方冷淡的态度才越是致命的打击。

光源氏抓住了藤壶的衣服,藤壶脱下了那件衣服想就势逃脱,但光源氏竟无意中抓住了她的头发。逃也逃不掉了。

光源氏已经是思绪混乱,不顾前后左右地向藤壶诉说多年来积郁的情思。

但是,藤壶只是静静地对他说:

〈今天心情不好,待好一些的时候,再与你谈话吧。〉

面对几乎失去了理智的光源氏,藤壶用这样温柔的话来稳定他的情绪。有点像是母亲在对孩子说话。于是,光源氏也不好意思再过分接近她了。

不过,光源氏并没有放弃希望。依旧充满真情实感地向她表白:

〈只要能这样与你会面,我已心满意足了。能不时向你诉说心中的刻骨相思,更没有别的奢望了。〉

心是会变的

天又亮了,光源氏最终都没有达到目的。两个侍女苦苦地劝他赶紧离开,藤壶已快昏死过去,光源氏痛恨到了极点:

〈让你知道我这人还活在世上,都觉得万分惭愧。还不如就这样死去算了。只是抱恨而死,来世也不得超生。〉

两个人在现世犯下了不义的私通之罪,就这样死去的话,会成

为来世的罪孽。所以,光源氏还不能死。那么,他会不会出家为僧呢?

最后,他恨恨地扔下这么一首和歌:

〈相逢长是难如此,今生今世叹别离。〉

(会ふことのかたきを今日に限らずは今幾世をか嘆きつつ経む)

〈我将永远是你往生的羁绊〉。

在当时的人们看来,对异性的爱恋是贪恋现世的表现,会成为往生极乐世界的羁绊,而这也是被爱恋的人的罪孽。所以,光源氏的话,实际上是一种威胁。他积年的相思之情在遭到拒绝后,已经变成了怨念。面对这种充满怨气的话,藤壶该作如何答复?她轻轻地叹了口气,说道:

〈莫说今生怀此恨,怎知君心无移时。〉

(ながき世のうらみを人に残してもかつは心をあだと知らなむ)

把光源氏的满腔热忱说成是一时的情动,满不在乎。到底还是大人。她的话似乎在说,你的怨恨归根到底在于你自己那颗不安分的心,好好想想吧。像是母亲在开导一个不听话的孩子。

光源氏意识到,自己无论如何再怎么费口舌,都已无济于事。就满怀着屈辱和悲哀,回到了自己的府第。

放心不下孩子

藤壶为什么要这样坚决拒绝呢?他们之间不都已经有过两次幽会了吗?

但是,时局与过去已大不相同了。藤壶现在有了酷似光源氏的皇子,而皇子现在又位居东宫。一旦光源氏是皇子的生身父亲的身份败露,他们,连同皇子将会受到什么样的制裁?藤壶只要想像一下,就会恐惧得心都缩紧了。

更何况,现在正是敌对势力掌权之时,他们专横跋扈到了极点。一定不能让任何有关自己的风言风语流传。她的这些想法,决定了她对光源氏只能严词拒绝。

然而,光源氏还是小皇子的监护人。总这样冷淡地拒绝也不是办法。他要是真的出家做了和尚,又有谁来保护小皇子呢?该怎么办?

思前想后,藤壶决定放弃了皇后地位,出家为尼,那是在为桐壶帝逝世一周年而举办的法事的最后一天。众人退出之后,光源氏向已经落发的藤壶赠咏道:

〈欲随明月伴君行,因念吾儿却傍徨。〉

(月のすむ雲居をかけてしたふともこの世の闇になほやまどはむ)

〈想到此,尤觉得自己优柔寡断。〉

「月のすむ雲居」(明月当空)暗示藤壶出家后清明的心境。看到自己心爱的人出家了,他也想就此出家了事。然而,一想到皇太子,就无法下这个决心。他的语气中,还多少带有对藤壶的责怪:做母亲的,竟能这样丢下皇太子不管,也太无情无义了。

于是藤壶答歌道:

〈大凡红尘已看破,思儿之情几时断?〉

(おほかたの憂きにつけてはいとへどもいつかこの世を背

き果つべき〉

〈唯有这母子之情,方是我得道的羁绊。〉

藤壶说出"思儿之情几时断",实际上已暗暗地将皇太子托付给了光源氏。

在两个人的赠答中,都用了「この世」(konoyo)这个词,它是「子の世」(孩子)的谐音。真正的含义,只有他们两个人才懂。听了藤壶的话,光源氏越发真切地感受到了作为皇太子生身之父的责任。

打那之后,他们不再作为男人或女人来对话,而只是作为皇太子的母亲和父亲交往。为了能使皇太子安然地继承皇位,为了使他统治时期的日本国泰民安,藤壶和光源氏齐心协力,排除障碍,开创了命运。就像前面介绍过的对话那样,他们之间的关系,一直是藤壶在引导光源氏。

于是,他们的不义之子终于荣登天皇宝座,并且安然地治理着这个国家。只是,这样的事怎么可能发生呢?毕竟他们违反了万世一系的天皇血统,难道不应该受到惩罚吗?在物语中,他们暂时是安全的。这与《源氏物语》第一部(桐壶卷~藤花末叶卷)以描写光源氏的荣华为主题有关。至于他们犯下的不义之罪,将在光源氏荣华故事结束后的第二部里得到展开。关于罪责的问题,就只好暂且搁下。

谢谢你

藤壶三十七岁,在即将命赴黄泉的病床上,藤壶向光源氏表达了深切的感谢之情:

〈你恪守父皇遗命,辅佐今上治国安邦,年来虽时时感念,但总以为来日方长,不乏良机聊表寸心,谁知竟病重如此,令人好不遗憾。〉

藤壶说完这些像母亲似的话,就谢世了。在他们幽会的时候,藤壶也总是说些母亲般和蔼的话。也就是说,直到最后,她都没有向光源氏说出爱的话语来。

她是真的不爱他吗?有人是这样认为的。他们之间的孩子是光源氏单方面施暴才来到人世间的。

可是,在她死后,有一句话,让人觉得藤壶实际上是深爱着光源氏的。

她是爱他的

那是在她去世半年多后的一个雪夜。光源氏在向藤壶的替身紫姬诉说藤壶的完美之处,就在那天晚上,藤壶出现在光源氏的梦里,非常愤恨地向他诉说:

〈你说决不泄露秘密,而今却浮名昭著,教我怎不羞耻。在阴间遭受这般磨难,对你更是怨恨万分。〉

其实,光源氏并没说什么,只是说了几句赞美她的话,而且紫姬还跟她有血缘关系,藤壶的亡灵就出来,说上这么些愤恨的话语。她不允许光源氏把她当作话题与任何人谈论。这是为什么呢?就像藤壶生前把对光源氏的感情深埋在心底,不曾向任何人诉说过一样,她要光源氏也做到这一点。光源氏一时疏忽,藤壶就托梦来向他诉恨。藤壶的这些话语,不正好能证明她生前是深爱着光源氏的吗?

清水好子女士在她的《源氏中的女性》一书中,认为藤壶的这些话表达了她"执着的爱恋之心"和"没有得到满足的强烈恋情"。

如果没有藤壶亡灵的这几句话,藤壶那即使遁入空门也未能忘怀的对光源氏的爱恋,对读者将是永远的秘密。

代表两人爱情的关键词语

憂き身(ukimi)

在第二次密会时,藤壶叹息自己命运不济的和歌中所用的词语。意思是"凡事不随心愿、身世痛苦坎坷"。主要用于不称心的恋爱关系或夫妻关系。

与「つらし」(tsurashi)不同,「憂し」(ushi)是把现实中的不幸当作命运的安排,由此而产生的自忧自恼的心情,用「憂し」来表达;「つらし」是在对方有过错的时候责备他薄情、冷淡、残酷时的用语。

在《源氏物语》中「憂し」的用例有186个。其中用作「憂き身」的有28例。比如「憂き身世にやがて消えなば尋ねても草の原をば間はじとや思ふ」(薄命倘若随露灭,料君无意拨草觅)。这是偶然与光源氏结下露水姻缘的胧月夜所咏之歌,正因为她觉得与他的这段姻缘是无可抗拒的命运,所以才有「憂き身」之称。

亡す(usu)

藤壶不肯接受自己的爱,绝望了的光源氏吐出来的词。意思是"死了算了"。光源氏不惜说出这样的话,以乞求藤壶的爱情。

《源氏物语》中,「亡す」共有108例。本来只有〈没有了〉或〈看不到了〉的含义。可在《源氏物语》中,用于本来含义的只有27

例,而且这其中的 16 例是以「うつし心うせにければ」的形式,用来表示失去理智、丧魂失魄之意。

　　从本义引伸出来的"死去"之意,在《源氏物语》中共有 81 例。比如「后もうせ給ひぬ」(皇后驾崩了)。与本文一样用于自己想死去的例子只有一个。苦于男女关系的宇治的大公主曾寻思着如何才能死去。那句话是「いかでうせなむ」(怎样才能死去)。从这两例中可以看出,死和爱似乎是水火不相容的。

老宫女的诱惑

——光源氏与源典侍

好色的老妪

源典侍是个五十七八岁的老宫女。她出身好,有才气,性格也不错,颇得天皇的赏识。遗憾的是,她的风骚也无与伦比,这多少影响了她的名声。

光源氏非常想知道她到了这个年龄还依旧如此好色的原因。在好奇心的驱使下,也曾和她幽会过。只是对方是个十足的老太婆,有碍体面,事后就装作什么都没发生过似的。源典侍为此怨恨不已。

光源氏才十九岁,相当于现在二十九岁左右的青年。老太婆为了能和这位举世无双的美男子光源氏再有一次幽会而用尽了心机。

你猜她是如何把光源氏引来的?

换成别的老太婆,根本不可能引起光源氏的注意。而源典侍,她能引起光源氏的兴趣,哪怕仅仅只是那么一会儿,这个原因何在呢?

这么奇怪的一对,恐怕再也没有第二例了,我们且来听听他们

是怎么谈情说爱的。

驹不食兮人不割

那些在宫廷或达官贵族家里当差的女官是一些需要进行广泛社交的特殊女性,她们大多不受贞操观的约束。其中当然不乏卖弄风情的女子,但像源典侍这样的,也算得上是凤毛麟角了。

有一次,天皇盘完头发以后,到另一个房间去换衣服了,只剩下源典侍一个人待在房间里。这一天她打扮得比平时还干净利落,体态和发型都很优美,身着鲜艳的服装,很有风韵。

光源氏碰巧路过,他拉了拉她的裙裾来逗她。于是她打开一把很妖艳的扇子遮住脸,转过身来。

一个多情的眄视。她以目传情,全然不像一个年近六十岁的老妇人,显得优雅动人。只是眼睑已是黑黑的,深深地凹在了眼眶里。扇子没有挡住部分的头发也显得有些蓬松。

那把扇子实在太艳了,光源氏把自己的扇子跟她的扇子作了交换,只见那扇面红得都能映红人的脸,红底上用金粉画着茂密的树林,旁边还题了一首她喜欢的《古今和歌集》的和歌。而且那首和歌的意思居然是这样的:

〈林下衰草何憔悴,驹不食兮人不割。〉

(大荒木の森の下草老いぬれば駒もすさめず刈る人もなし)

「下草」是指长在树根部分的草。也许,这首和歌本来只是感叹风烛残年的,但一经写到她的扇子上,正如玉上琢弥在《源氏物语评释》中指出的那样,这就成了一首赤裸裸地抱怨没有男人过问自己的下流之作。

至少，光源氏是这样理解这首和歌的。〈这也太恬不知耻了〉，他这么想着，惊讶得笑出了声。

接着，他跟她打趣道：

〈有道是"夏日林下"，不是吗？〉。

这是什么意思呢？

夏日林下

〈夏日林下〉是当时人们熟知的和歌的一部分。平安朝的人只要说出和歌的一节就能互相理解。

但是，对我们这些后世的读者来说，这是件棘手的事。因为，如果不能正确地考证出他们引用的和歌，就不可能完全理解他们的对话。那么光源氏说的〈夏日林下〉出自哪一首和歌呢？有人说是下面这首：

且听杜鹃飞来鸣，夏日林下好投宿。

（ほととぎす来鳴くを聞けば大荒木の森にぞ夏のやどりなるらめ）

杜鹃是夏日来日本的候鸟，常用来比喻好色的男子，光源氏引用这首和歌的意思是：

"林下才是杜鹃夏日的归处啊"。

很明显，言外之意就是：你那儿才是许多男人借宿的地方呀。他用这样的话来回敬感慨没有男人理睬的老妪。这种理解也并非不可。

只是，那之后的他们的对话一直都是以「森」「下草」「木陰」「馬」为素材进行的，把这些与吟咏杜鹃的和歌联系在一起，就显得

有些牵强了。

那么,光源氏引用的究竟是哪首和歌呢?我认为是《源氏物语》古注提示的下面这首和歌。

绿茵遍地马草肥,夏日林下好乘凉。

〈隙もなくしげりにけりな大荒木の森こそ夏のかげはしるけれ〉

根据这首和歌,光源氏的〈夏日林下〉的意思就成为:"我看你,好似夏日林下树阴凉"。那口气,好像在说"到你的树阴下去乘凉也无妨"。善于花言巧语的光源氏,半是逢迎,半是戏弄。

老太太叹息自己是〈驹不食兮人不割〉,既然如此,又怎么会这么好色呢?于是光源氏就想起了"绿茵遍地马草肥"的和歌,诵吟了其中的一部分。

从他们之后的对话来看,这样理解较为自然。大名鼎鼎的花花公子一边说着调戏的话,一边又在取悦于她。

君若光临当饲驹

老太太把他的玩笑话还当真了,又说出了再露骨不过的话来勾引他:

〈君若光临当饲驹,虽是枯衰林荫草。〉

〈君し来ば手なれの駒に刈飼はむさかり過ぎたる下葉なりとも〉

女的主动向男子展开攻势,这在出仕宫廷的女官中并不是不可能的事情,只是如果是年轻女子的话,也许还另当别论。这么一个按现在的年龄该有六十七八的老宫女,咏出这么一首"你来吧,

我欢迎呀"的恬不知耻的卖弄风骚的和歌来,而且内容又如此猥亵露骨,可以说是绝无仅有的。

再怎么好色的男人,听到这样的挑逗反倒会厌恶得后退几步。更何况,光源氏又不缺女人,他的回答当然只有拒绝。

〈涉足恐遭人非议,常有驹群林荫息。〉

(笹分けば人やとがめむいつとなく駒なつくめる森の木がくれ)

〈我可怕麻烦。〉

马驹比喻那些与她幽会的男人,林荫则是用来比喻老太婆的。〈你那儿进进出出的男人多,太麻烦,我就不打扰了〉。推说老太婆水性杨花,没有上钩。说完,他就想脱身。再继续和这样的老太婆打趣,就没意思了。

教我怎么做人?

就这样让光源氏走掉了的话,对老太婆来说不就鸡飞蛋打了吗?她就势拉住了他的袖子:

〈我还不曾受过这般委屈,都到这份上了,还要被你遗弃,叫我怎么做人?〉

他们以前曾经有过一次幽会。老太婆以此为武器要逼迫光源氏就范,说这样被他抛弃了的话就无颜活下去了,说完还要假惺惺地痛哭一番。总之,出乎意料地厚颜无耻。一般女人,听了男人婉转的拒绝之言,早就偃旗息鼓了。

光源氏心想,"这样下去就脱不了身了",于是,慌慌张张地丢下了一句:

〈近日内给你送信来。虽然无限相思,但总是身不由己啊。〉说完,甩掉她的手拔腿就走。

不愧是光源氏。不管是多老的宫女,为了不让对方蒙受屈辱,他说话还是那么温柔。

只是,他这样温柔地对她,使得老妇人有了可趁之隙。源典侍拼命地拉住快要出门的光源氏,恨恨地说:

〈恰似长柄水么?〉

就这么断了吗?

那么,〈恰似长柄水〉是什么意思呢?

光源氏嘴上说着〈无限相思〉,而实际上只想就此脱身,从他的话里,源典侍马上想到了《拾遗和歌集》中这样的一首歌来应答:

无限相思情,恰似长柄水。虽然两相忆,从此各东西。

(限りなく思ひながらの橋柱思ひながらに仲や絶えなむ)

她引用这首和歌,用意在于埋怨光源氏。说什么无限相思,你是说我们的关系也就这么断了,是吗?

然而,许多人认为,〈恰似长柄水〉引自《一条摄政御集》中下面的这首和歌:

思君忆往昔,恰似长柄水。但悲桥柱朽,残年不堪怜。

(思ふこと昔ながらの橋柱古りぬる身こそ悲しかりけれ)

只是,在这首和歌中,没有相当于光源氏所说的〈无限相思〉部分。这很关键,源典侍的和歌必须是由此联想到的才符合逻辑。

而且,源典侍说〈恰似长柄水〉时充满了怨恨,这首歌是感叹自己的年华如水已一去不复返了,几乎没有埋怨对方的语气。

源典侍最担心的是从此与光源氏断绝了往来,上面的《拾遗和歌集》中的"虽然两相忆,从此各东西"部分,不正与她的担忧相吻合吗?

源典侍接过光源氏的话,机智地用《拾遗和歌集》中的一节来表达自己的怨恨。

天皇换完衣服,从纸隔扇的缝隙中,正好看到了两人的样子,心想这两个也太不相称了,觉得十分可笑。不久,两个人的事就被众人议论纷纷,多年来把光源氏视作竟争对手的头中将听说后,也毫不示弱地向源典侍献殷勤,不久两个人就亲密起来了。

头中将是与光源氏不相上下的当时贵族公子中的头号人物。光源氏对头中将与源典侍的关系一无所知。快要发生怪事了。

请开门进来

风骚的老太婆由于光源氏一直不来与她幽会,就用头中将来安慰,但她心里真正想念的还是光源氏。

每次一见到光源氏,她都要申诉怨恨。想到她的年龄,光源氏也动了恻隐之心,就想什么时候让她高兴一会儿吧。但又总提不起兴趣来,有好久没理她了。

那是一个阵雨后的夜晚,源典侍独自弹着琵琶,琴声悠扬,还伴有轻烟般的哀愁。之后,她又唱起了当时的歌谣,催马乐的《山城》。

〈干脆,嫁给瓜农做老婆。〉

虽然年事已高,声音却意外的美妙,心里一边念着光源氏,嘴上却似在说:"算了,忘了那个薄情人吧"。

那时,光源氏正在为不得与藤壶会面而闷闷不乐,《山城》的这句歌词,也正好触到了他的心坎上。于是,他也唱起了催马乐的《东屋》,一边朝源典侍的房间走去,《东屋》的歌词大意是:"我在东屋檐下立,雨落如注湿我衣。多谢我的好姐姐,快快开门接情郎"。

于是,老太婆接着唱道:〈请你自己开门来〉,这是《东屋》下曲中的一句。下曲的大意是:"此门无锁又无闩,一推便开无阻挡。请你自己开门来,我是你的好妻房"。一读便知她在积极主动地引诱光源氏。一般的女人,无论如何也不会说出这种赤裸裸的话来。只有她才能做到这一点,简直令人瞠目。

光源氏风雅的幻想被打破了。但源典侍全然不顾这些,又开始向光源氏申恨诉怨了。

〈檐下无有湿衣者,唯见相思泪如雨。〉

(立ち濡るる人しもあらじ東屋にうたてもかかる雨そそきかな)

如此被老太婆抱怨,光源氏心里多少有些不快,于是便回敬道:

〈他人之妻多烦累,东屋檐下不愿近。〉

(人づまはあなわづらはし東屋のまやのあまりの馴れじとぞ思ふ)

他满可以说完就走开的,又觉得那样做太绝情了,就开始和源典侍谈些无聊的话,还挺快活。而且,就这样双双睡下了。

还没等他们安然入睡,就听见有脚步声,像是有男人进来了。光源氏猜想是典侍的昔日情人——修理大夫。

〈哎呀,出麻烦了不是?我可回去了。见到蜘蛛出没,你早知

有人要来的,却要瞒着我,太可恨了。〉

在当时,人们把蜘蛛出现,当作等待的人即将出现的前兆。

说完,光源氏拿起一件便衣,就到屏风后面去了。但进来的那个男人走近打开的屏风,粗暴地把屏风折叠起来,弄得劈啪作响。

我的好人,我的好人

老太婆以前可能也经历过几次这种情人们撞在一起的事,所以显得比较沉着,虽然发着抖,还是拼命地拉住进来的男人,不让他对光源氏下手。那个男子显得更加愤怒,竟然拔出了佩刀。典侍吓得跪在地上,双手合十拼命地求情。嘴上还喊着:我的好人,我的好人。

光源氏仔细观察,发现进来的男人不是别人,正是头中将,虽然他故意装作他人的模样。想到他明知是自己却故意要演这么个恶作剧,心里觉得好笑,便抓住了头中将提刀的那只胳膊,狠命地拧了他一把。头中将意识到已被识破,虽觉遗憾也忍不住笑出了声。

头中将早就想抓住一次光源氏的这种轻薄行为,好吓唬吓唬他。这一天,他刚好看见光源氏走进源典侍的房间,心想这简直是天赐良机,于是就等在门外黑暗处静听动静。

真相大白后,光源氏想穿好衣服,可头中将就是不让。于是他就扯下了头中将的腰带,也要脱他的衣服。一个十九岁,一个二十岁的小伙子在那儿把衣服夺来夺去,扭作一团,最后,两人穿上皱巴巴的衣服离开了典侍的房间。

只剩下了老典侍。她收拾起遗落的男裙和腰带,第二天一早

送还给光源氏,还附了一首和歌:

〈千言万语难诉恨,潮后荒渚寂寥身。〉

(うらみてもいふかひぞなきたちかさね引きてかへりし波のなごりに)

〈我是眼泪都哭干了。〉

都说了些什么?简直厚颜无耻。即使脚踏两只船的事当众败露,也毫不介意。她的和歌中,满是修饰,技巧都给用遍了。「恨み」与「浦見」、「甲斐」与「貝」是双关语,「浦」「貝」「立ち」「引き」「帰り」「余波」又都是「波」的相关语。最后一句"眼泪都哭干了"也引自一首和歌。

光源氏对她的这种不知羞耻非常反感,但想到昨晚她那不知所措的窘相,心里产生了几分同情。于是,他也回赠了一首滥用谐音相关语的和歌:

〈骇浪惊涛何足惧,我心但恨招浪矶。〉

(あらだちし波に心は騒がねど寄せけむ磯をいかがうらみぬ)

毫不掩饰的风骚

这是个令人不解的老太婆,都已是五十七八岁的人了,还不能没有男人。而且是来者不拒,只要是男的,谁都行。尽管如此,她还敢说心里真正思念的只有光源氏一人,真是个非同一般的好色婆。

只是,这么个老太婆,像光源氏这样的贵公子,到底是怎样给勾引来的呢?

首先,一般女性羞于启齿的和歌,她能字正腔圆地吟诵出来,以此引起光源氏的注意。但等公子表现出了兴趣,就不失时机地而且又能恬不知耻地用过火话语或和歌来主动地引诱。大家可能还记得老太婆吟的那首〈君若光临当饲驹〉的和歌,也记得她唱的猥亵的歌谣〈请你自己开门来〉吧,她就是这样来勾引光源氏的。

一旦公子断然拒绝,她就会装模作样地抹眼泪,又是吓唬又是抱怨,一点也不知退缩。

光源氏一时不好离开,就开了一些无聊的玩笑,也蛮有趣,以致于不知不觉中同床共枕了,即使经她引诱的男人们碰巧撞在了一起,她也不觉得这事有多丢人。

光源氏之所以被她吸引,正是因为她有着一般女性所不具备的毫不掩饰的风骚。对年轻的公子来说,老太婆的这种过火的风骚出人意料,而且具有新鲜感。

代表两人爱情的关键词语

「驹」(koma)

老宫女源典侍引诱光源氏时所咏和歌中的用语。与〈马〉词义相同,但比〈马〉显得文雅,多用于和歌。

光源氏和源典侍以「驹」为素材,开了些下流的玩笑。起因在于她手里那把耀眼的扇子上题着的《古今和歌集》的咏「驹」的和歌。和歌被写上这个好色女人的扇子上,使得「驹」一下子成了"男人们"的代名词。

另外,光源氏有一个名叫花散里的妻子,她长相平平,与这种色情场合毫无瓜葛,她在观看马上射箭的骑射表演之后,咏歌道:

今日端午节，欣得见君颜。水边菖蒲草，马驹亦不尝。

(その駒もすさめぬ草と名に立てる汀のあやめ今日やひきつる)

同一个词，由于使用者的不同，就会具有与用词者人品相当的含义。

わづらはし（wazurawasi）

光源氏拒绝老太婆诱惑时的用语，词意是"麻烦"。

与好色的老太婆发生什么瓜葛的话，就会与别的男人有关联，光源氏借口这种关系"麻烦"，以此来摆脱。

在《源氏物语》中，共有134个用例。大多数词意跟现代相同，也有用于表示〈拘谨〉〈顾忌〉意思的。比如，到神社与女性会晤是不谨慎的行为，神社周围肃穆神圣的气氛就被形容为「わづらはしきけしき」（杨桐卷）。这里是觉得自己的行为有过失，而不得不小心谨慎。

在和歌中，只有关系亲密得无所不谈的两个人，才会使用这个词。而光源氏，正好是在和歌中，用「わづらはし」来拒绝老太婆的诱惑。足见老宫女厚颜之程度。

妻子和情人

——光源氏与葵姬和六条妃子

什么时候才能像个妻子

葵姬是光源氏的结发妻子,六条妃子是他的情人。

正如葵姬常被称为不吟诗作歌的贵族小姐那样,她是个与优雅的贵族世界无缘的女性。相反,处于情人地位的六条妃子,则是一个通过和歌与光源氏保持关系的风雅的女人。

然而,通过她们与光源氏的对话,你会意外地发现,她们之间竟有类似之处。下面,我们就从他们之间的对话,来重点分析一下两个女性的共同点。

结婚已是第七年了,但光源氏和葵姬之间的夫妇感情反倒是每况愈下,一天冷似一天。虽说两个人的结合是出于政治上的考虑,并不是由双方的意志决定的,但妻子漂亮又有理性,她的父亲是现今正掌权的左大臣,母亲又是天皇的御妹,可说是位名门闺秀。面对这样一位女子,他还有什么不满足的呢?

这些日子,光源氏得了疟疾,连续几天发高烧,可妻子连封信都没有。病也好得差不多了,光源氏来到了久别了的妻子寓所,忍不住,终于抱怨道:

〈什么时候才能像个正常的妻子呢?我病得那么厉害,你也不知过问一下。虽说我对你的这种冷淡已习以为常,心里还是好难过的。〉

即使丈夫病重,也与我无关。面对妻子的这种态度,虽然已是常事,光源氏还是忍不住埋怨了起来。就不会问一声"病情好些了吗"?说一句普通妻子该说的话,行不行?光源氏心中的不满快到了极点。

很明显,光源氏不满的是葵姬缺乏感情。

遭到丈夫的这般数落,妻子该如何回答呢?可以检讨自己,老老实实地陪个不是;也可以出其不意地说句俏皮话,来缓和丈夫的不满情绪。最最下策是,就此翻脸,与丈夫对抗到底。

这个养在深闺的千金小姐,她采取的,就是这最最下策。

你也知道不好受了?

过了好久,她才说出这么一句。大概是更没别的话可说了。

〈不闻不问,你也知道不好受了?〉

意思是说,你要是知道别人不关心你不是滋味的话,那我的心情你也该理解呀。你不也经常对我不闻不问的吗?偶尔来这么一趟,就抱怨起人来了。你也体会体会不闻不问的滋味吧。

"什么"?哪有这样说话的,让人听了都会冒出无名火来。在光源氏听来,这句话中,自然充满了尖刻的讽刺。

葵姬的回答引自一首和歌:

如何教君被遗忘,好知不闻不问苦。

〈君をいかで思はむ人に忘らせて問はぬはつらきものと知〉

らせむ)

怎样才能让你思念的人把你忘了,也好让你知道不闻不问的痛苦。从这首和歌推测,葵姬的那句话中,还暗含了对光源氏的怀疑:谁知你是真的病了?没准是另有新欢了呢?如果葵姬能坦率地道个歉,两个人之间的感情也许会就此融洽起来。可这个妻子是不知道主动去迎合别人的。

说话好没分寸

妻子的这一句话,更加激起了丈夫的不满情绪。

〈好不容易开口了,可你听听,都说了些什么?"不闻不问"说的是不为人知的恋爱关系,我们可是名正言顺的夫妻呀。这么说话也太没分寸了。

结婚都这么些年了,还总是让我无所适从。暗暗盼望你会有所改变,我也为此作过种种尝试,看来你是越来越讨厌我了。哎,就这样吧,只要还活着,有朝一日你会理解我的心情的。〉

原来,葵姬本是个不爱说话的人。可偶尔一开口,话语就辛辣无比。

如果是关系融洽的夫妻,葵姬的话也许可以当作无聊的玩笑而不予计较,可是在这种缺乏互相信任的夫妻关系中,这句话就格外地具有了伤害性。

光源氏对葵姬的话作出了过敏反应,马上用强硬的语气反唇相讥:我们是夫妻,难道就不能更加心平气和地谈话吗?他平素对妻子的不满,一下子都爆发出来了。

是葵姬的回答触发了光源氏心中的不满,葵姬也一定没有想

到自己的回答会招来他的这般反击。而且指出了她所引的和歌有失体统,这也一定伤害了她的自尊心。

在这种时候,假如光源氏能够平和地对待葵姬的责难,低声下气说些好话讨得她的欢喜的话,事态也会出现转机,可是,光源氏虽说母亲身份不算高贵,可他毕竟也是皇子,那样做的话,就有失体面。丈夫和妻子各持己见,互不相让。那之后,光源氏进了卧室,葵姬是无论如何不肯跟着进去。光源氏独自心烦意乱地躺着,不时地唉声叹气。

凡事要心平气和

其实,那时候,光源氏有一位年长他七岁的情人。她的名字叫六条妃子,父亲曾位居大臣,自己也曾是皇太子妃,是一位和葵姬的地位不相上下的高贵的女子,光源氏花费了不少心思,才博得了她的倾心。

葵姬和六条妃子因为一件小事产生了纠葛,葵姬仰仗着父亲的势力,使六条妃子蒙受了屈辱。

葵姬和光源氏的关系尽管不算和睦,但她那时正怀着光源氏的孩子。六条妃子已感到光源氏的心在逐渐远离自己,对怀着他的孩子的葵姬自然是充满了嫉妒。在这样本来关系就很微妙的情况下,六条妃子遭到了葵姬的凌辱,这使她的自尊心受到很深的伤害,几近疯狂的妒忌使她失去了理智,终致她的灵魂出窍,附在葵姬身上作祟。葵姬病倒了,而灵魂出窍后的六条妃子也病得不轻。

光源氏待葵姬的病情稍有好转的时候,抽身来看望六条妃子,这样安慰她道:

〈对于葵姬的病我自己并不是十分担心。只是她的父母如临大敌般地战战兢兢的,实在可怜。为此,这些日子不便经常外出。无论碰到什么,你要能心平气和的话,我就太高兴了。〉

光源氏已经有些日子没有去访问六条妃子了。他的一席话,先为自己的这种疏远作了辩解,说是因为妻子葵姬病了,所以不能来看她。可是,这样的辩解对于身处情人地位的六条妃子来说能有多大的说服力呢?

说自己并不十分担心葵姬的病,让人觉得他实际上更爱六条妃子,他是不是以为听了自然就会原谅他了呢?

可实际上,他的这句话反倒让六条妃子认识到了自己身为情人的不利地位,说来说去,还是妻子重要。

光源氏说出了最伤人的话,而且,他还要求六条妃子心胸宽广些。这么说来,光源氏也曾经要求葵姬多为别人想想。他对六条妃子也提出了同样要求,这意味着什么呢?是不是意味着无论是葵姬还是六条妃子,她们的性格都缺少某种灵活性?她们不知通融的样子,让光源氏不由自主地提出了同样的要求。那么,六条妃子有没有像光源氏所期待的那样变得宽宏大量了呢?

她还是没有原谅他。她也是个不知道讨男人欢心的女子。两个人就这样闷闷不乐地过了一夜,天一亮,光源氏就回去了。到了傍晚,光源氏才派人送信来:

〈近日来,病情本已有所好转,今又突然恶化,实在不便抽身……〉

说是葵姬的病重,脱不开身,今晚不能来了。光源氏也没有取乐于她的意思。

六条妃子回信赠歌道:

〈明知情浅袖常湿,自投情网惟怨命。〉

(袖濡るるこひじとかつは知りながらおりたつ田子のみづからぞ憂き)

〈君心恰似山井水——浅。〉

如果是日常对话的话,就显得太直接了当了,六条妃子说不出口。可借助于和歌,运用谐音和引歌等修辞方法,以这种形式为掩护,她终于说出了自己的真实感情,六条妃子采用和歌这种非日常性的手段,才好不容易向光源氏表达了自己的感情。不过,即使同样是以歌咏情,也可以像和泉式部擅长的那样,吟一首让男人马上就飞到你身边的充满魅力的和歌。与那样的和歌相比,六条妃子的和歌怎么样呢? 说到底还是一首既保持了自己的身份,又冷冷地责怪了对方的和歌。

喝点药吧

妻子和情人都不知道主动去迎合对方。

光源氏自己也不想去讨她们的欢心,自然,跟谁的关系都不融洽。要使这样的夫妻关系出现转机,必须有一方作出温和的姿态,否则,是不可能好转的。

善于把握他人内心的光源氏终于让步了。

于是和葵姬之间终于出现了这样温馨的一幕。葵姬经受住了疾病的折磨,生下了光源氏的儿子。就在她生产后不久,光源氏对葵姬说道:

〈唉,我有许多话要对你说,可看你还这么难受……〉

从他的口中,第一次说出了关心、爱护妻子的话语。接着,他又说道:

〈喝点药吧。〉

而且,他还自己动手照料妻子。对她,光源氏充满了怜爱。再仔细看看妻子,长相实在很美,他甚至觉得这些年来对妻子抱有的种种不满情绪都难以置信,他开始爱他的妻子了。不过,这些日子许多人都对葵姬的病情表示了关心,得赶紧去向他们道谢。于是,光源氏对妻子说道:

〈我到太上皇(光源氏之父,桐壶太上皇)那儿去一趟,马上就回来的。〉这话说得有多温柔。

〈你还是逐渐振作起来吧,我们也好回到原来的房间里去。岳父岳母像对小孩子一般地娇宠你,病情反倒不易好转。〉

光源氏的话说得语重心长,字里行间充满了对妻子的温情。这是在他过去的言语中所不曾有过的。妻子没有回答。想她一定是默默地听从了他的劝告。

葵姬在床上,一直目送着光源氏离去,像对心心相印的夫妇。他们的关系终于出现了转机。这已是他们结婚第十个年头了。

可是,光源氏离开后不久,葵姬的病情急剧恶化,都来不及差人去宫中禀告,她就命丧黄泉了。

今朝秋空愁煞人

与情人的关系,也由光源氏作出让步而得到了缓解。

葵姬去世后,人们都传说处于情人地位的六条妃子这下要扶正了。然而,光源氏曾经目睹她因妒忌而疯狂了的灵魂附在葵姬

身上、并将她置于死地的经过。为此,他厌恶六条妃子强烈的妒忌心。而六条妃子呢,她也记得自己灵魂出窍,附在葵姬身上作祟的事。这样,两人之间有了一道深深的鸿沟。

六条妃子对光源氏的爱情已不再抱任何希望,她决心跟随成为斋宫的女儿去伊势。光源氏觉得这样分手了的话两人之间的隔阂就永远无法消除,于是,怀着沉重的心情前来与六条妃子会面。已经有几个月没有来见她了,再怎么辩解也都是无济于事的。到底,光源氏该怎么向她开口呢?

他一边把顺手折来的杨桐树枝从竹帘下面往屋里探,一边说道:〈杨桐之常青,正如我心之不变,赖此才得以擅越神垣。〉真不愧为是情场上的老将。就像现在的男子,可能会买一束花来表达自己的心迹那样,光源氏折来一枝杨桐,用它来表明自己不变的诚意。他的话是引自一首和歌的。

神垣山上杨桐叶,风吹雨打不变色。

(ちはやぶる神垣山の榊葉は時雨に色もかわらざりけり)
(《后撰和歌集》)

他想说,就像这枝杨桐一样,我对你的思念没有改变。另外,还暗含了《拾遗和歌集》中的下面一首和歌。

擅越神垣罪孽深,只缘情深不惜身。

(ちはやぶる神の斎垣も越えぬべし今は我が身の惜しけくもなし)

即使遭受神灵的惩罚,只要是为了爱情,也在所不惜。

六条妃子会怎么回答呢? 她用和歌答道:

〈神垣无有引路杉,缘何折得杨桐枝?〉

〔神垣はしるしの杉もなきものをいかにまがへておれる榊ぞ〕

意思是说,我又不曾邀请你,到这里干吗?语气有些尖刻。

光源氏再次作出努力,希望能够缓和她的感情,答歌道:

〈料是神女栖身处,念香故将杨桐折。〉

〔少女子があたりと思へば榊葉の香をなつかしみとめてこそ折れ〕

六条妃子那时正和女儿一起在野宫神社沐浴斋戒。光源氏说是因为思恋她才特意寻来的。

这样,对往昔的回忆,在两个人的心中回荡,堪称是百感交集。光源氏泣下不少眼泪,六条妃子也是感慨万千。在交谈过程中,双方内心的怨恨消失了,眼看着东方发白,天快亮了。光源氏握住六条妃子的手吟道:

〈晓别从来泪沾襟,今朝秋空愁煞人。〉

〔暁の別れはいつも露けきをこは世に知らぬ秋の空かな〕

他的和歌像是要特意美化他们的分离,给人故作多情的感觉。再也没有了一触即发的热忱,在哀婉的情趣中,让人感觉到了光源氏已经打算与六条妃子结束情人关系的决心。

六条妃子答道:

〈寻常秋别已吞声,添得虫声愁更愁。〉

〔おほかたの秋の別れもかなしきに鳴く音な添へそ野辺の松虫〕

她的和歌与光源氏的情趣相同。两个人的心,借用和歌这种非日常性的语言形式,才能互相靠近,产生了同样的情趣,达到了

完全的融洽。只是,他们的这种融洽是以分离为前提的。

六条妃子不久就离开了京都前住伊势国了。

高傲的女子

无论是身为妻子的葵姬,还是作为情人的六条妃子,直到最后离别为止,她们与光源氏的关系都谈不上和睦。

有人说,葵姬与光源氏的关系不协调,那是因为在他们结婚之前,光源氏心中就有了秘密的恋人——藤壶皇后。

所以,夫妻关系的不和,葵姬是没有责任的。然而,通过以上对她的话语的分析,我们不得不承认她的性格起着至关重要的作用。

作为情人的六条妃子,她与光源氏的关系每况愈下,也主要是她的性格造成的。

她们两个自尊心很强,都希望得到光源氏的厚待,但又不知道原谅甚至讨好男人。葵姬是养在深闺的大家闺秀,没有设身处地地为他人着想的宽大心理。六条妃子被疯狂的爱情所左右,只希望能独自拥有光源氏的感情,结果反倒为他所疏远。

无论是谁,只有当光源氏低姿态地与她们接触的时候,关系才得到缓解。可是,就在他们的关系缓和之后不久,葵姬成了黄泉路上客。而六条妃子,也远离京都去伊势国了,虽然她对光源氏依旧怀有深深的眷恋。

代表两人爱情的关键词语

問ふ(tou)

这是光源氏与葵姬吵架时的关键词语。光源氏在责怪妻子对他的病情无动于衷时，用了这个词。在那里，「問ふ」有"问安""探望"的意思。还有"提问""卜卦""责问"等词义。相反，葵姬使用的「訪ふ」是"访问"的意思，也有"寻找""吊唁"等意。

在《源氏物语》中，「問ふ」的用例共有1326个，而「訪ふ」的只有14例。听说光源氏病了，大多数的女子都要派人去探望，哪怕是只有过一夜露水姻缘的空蝉，也赠歌表示问候。她的和歌是：

〈我不闻来君不问，多少相思乱方寸。〉

（問はぬをもなどかと問はでほどふるにいかばかりかは思ひ乱る）

她要比妻子葵姬温情得多。

おもひのどむ (omoi nodomu)

这是光源氏与六条妃子谈话时用的词语，原文为「おぼしのどむ」是「おもひのどむ」的敬语形式。意思是〈心平气和〉，〈宽大待人〉〈悠然自得〉等。用来指人的心态。

另外，也有〈使不安的心情稳定下来〉的意思。比如有这样的用法：「心地も騒ぎまどへど、おもひのどめて」（夕颜）。意思是：虽然内心惊慌，但勉强把情绪稳定下来。

《源氏物语》中「おぼしのどむ」或「おもひのどむ」共有16例。大多用于〈把心放宽〉的意思。比如：「ひとへに恨めしなどおぼすこともあらむを、強ひておぼしのどめよ」（怨恨之心在所难免，还请勉强把心放宽些）。用来劝慰别人不要太想不开了。

六条妃子是个有必要〈把心放宽〉的女子。

幸福的婚姻

——光源氏与紫姬（一）

不幸的少女

光源氏的妻子葵姬生下一男婴后就去世了。光源氏还很年轻，那么，谁会成为他的第二任妻子呢？

有好几位身份高贵的女子成了候补者。但光源氏并不在乎人们的议论，一直没有再取妻室。因为他有一位挚爱的少女。

她的名字叫紫儿，以后被称为紫姬。她早年丧母，处于继女的地位，父亲对她也很少过问，由住在京都北山的外祖母抚养。这位不幸的少女赢得了众多女子为之丧魂失魄的光源氏的倾心相爱。虽然没有履行正式的结婚手续，也没有举行什么典礼，但实际上她获得了相当于正妻的地位。

光源氏到底是被她的什么样的魅力所吸引以致结婚的呢？让我们来具体分析一下她的语言，也许能从中找到答案。

恋人的相貌与血缘

光源氏18岁那年的春天，他来到京都北山的一个寺院里治病，当他在寺院周围散步的时候，透过围墙的缝隙，发现了一个漂

亮的少女,年纪大约有十来岁。她正跑过来,跟大人们诉说道:

〈犬君把小麻雀给放走了。我是好好地把它扣在熏笼里面的。〉

一边说着,脸上露出了很是可惜的表情。她的这种样子与周围其他的孩子相比,显得格外的美丽动人。

光源氏被少女的形象吸引住了,目不转睛地注视着她。说来也难怪,那个少女的长相与他心中默默热爱着的藤壶皇后极为相像。

经过一番询问,光源氏打听到这个少女是藤壶的侄女。就凭她长得酷似藤壶,与她又有血缘关系这两点,紫儿就深深地抓住了光源氏的心。但只有这些话,还不至于会结婚。

是爸爸来了?

光源氏想把少女接到自己的府上,把她当作藤壶的替身,聊以慰藉难耐的相思之苦。同时,也希望按照自己的意愿把她培养成理想的女性。那么,她是否具有这样的素质呢?

光源氏提出自己来充当少女的监护人,这个要求自然遭到了拒绝。因为她毕竟是个还在养养小麻雀取乐的天真的孩子。

然而,外祖母去世后,宅院日见荒凉。紫儿思念外祖母,常常在梦中就哭醒了。

光源氏前去探望的时候,她以为是父亲来了,起床来到客厅里:

〈少纳言呀,说来了穿长袍的,在哪儿呢?是爸爸来了?〉

少纳言是她的奶妈。她用好听的声音向奶妈打听。对她来

说,父亲是她现在唯一的依靠。

光源氏在帘子的外面回答道:

〈不是父亲,但也不是外人。到这边来!〉

听了这声音,紫儿就知道来人是光源氏了,也意识到自己说错了话,就对奶妈说道:

〈我们走吧,我好困。〉

你能想像出她不好意思地依偎在奶妈怀里撒娇的样子。她感到害羞了。当她知道众口称赞的光源氏就在外面的时候,虽说她还只是个孩子,可她已经意识到光源氏的存在了。

光源氏对紫儿说道:

〈现在你还想躲吗?就在我膝盖上睡吧。来,再过来点。〉

光源氏从帘子的底部伸过手去,摸到了紫儿,她穿着柔软的衣服,头发细腻光滑,可以想像出她有多可爱。他又握住了她的手。紫儿害怕了,对奶妈说:

〈我说过要睡觉了。〉

说完就把身子往回缩,光源氏便就势跟她钻进了帷屏,一边说:

〈现在只有我来保护你了。可别讨厌我呀。〉

这下奶妈慌了。她还真的是个孩子,光源氏再怎么说她都不会有什么反应的。自然,光源氏也不会向她求爱什么的。连他自己都觉得这样的行为有些不可思议。

紫儿害怕得浑身都起了鸡皮疙瘩。光源氏耐心又温和地对她讲一些她有可能感兴趣的话题,所以也就并不惊恐万分。看来她并不认生。然而,毕竟有些害怕,没法安心睡觉,在光源氏的怀里

忐忑不安地过了一夜。

这就是他们异乎寻常的第一次同床共枕。紫儿一直没有和父亲一起生活,也许正因为如此,就像是依偎在父亲的怀里那样,她才比较温顺地接受了光源氏。

跟少纳言睡

光源氏忘不了这位可爱的少女,心想只要加以精心调教,一定会使她成为一个出色的女子。

紫儿马上要被接到父亲的府上去了。光源氏听说后,就在前一天的半夜里,掠夺般地把她带回了自己的府第。

紫儿正在睡觉,突然被人弄醒给带了来,只有奶妈跟着。她害怕得浑身发抖,不知是发生了什么事。像是向奶妈求救似的,孩子般地说道:

〈我要跟少纳言睡。〉

听了这话,光源氏回答道:

〈今后,就不能再那样跟奶妈睡了。〉

他告诉紫儿,以后再也不能由奶妈哄着睡觉了。紫儿听了好难过,抹着眼泪,不知什么时候就在光源氏的怀中睡着了,天真无邪,令人怜爱。

这种与男子纯洁的同床共枕,是受过一般家庭教育的女性所绝对做不到的。这种对男子既大胆而又纯洁的引诱,是她令人不可思议的魅力之所在。

紫草因缘深

光源氏教紫儿书法,在她的面前写了许多张字。她对其中一张字迹尤为秀丽的、写在紫色纸上的文字看得出神。那上面写道:

〈但闻武藏野,怨恨油然生。〉

光源氏每当看到紫儿,心中就充满了对藤壶的思念,《古今和歌集》中,有这么一首为人熟知的和歌:

只因一株紫草生,武藏野草皆关心。

(紫の一本ゆゑに武藏野の草はみながらあはれとぞ見る)

光源氏就属于这种心情。只因所爱之人的缘故,与她有关系的一切都令人感到莫名的亲情。光源氏对少女的爱,都源于对藤壶的热爱。由于藤花是紫色的,故在此用紫草来作比喻。

他写的那些文字,引自《古今和歌六贴》中的另一首和歌:

但闻武藏野,怨恨油然生。虽不知君意,皆缘紫草情。

(知らねども武藏野といへばかこたれぬよしやさこそは紫のゆゑ)

这里的武藏野是指紫儿,紫草指的是藤壶。

面对眼前的少女,光源氏把《古今和歌六贴》中的第二、三句写在了纸上。

在那旁边,他又用小字写着:

〈有心觅紫草,露重不可行。稚儿实堪怜,紫草因缘深。〉

(ねは見ねどあはれとぞ思ふ武藏野の露分けわぶる草のゆかりを)

何谓因缘深

紫儿能明白光源氏所吟和歌的含义吗？看她若有所思的样子，光源氏就劝诱她道：

〈来，你也写一张试试。〉

〈嗯，还写不好呢〉

说着，抬头仰望着光源氏，她的目光是那样的纯真，与藤壶痛苦的恋爱关系以及和妻子葵姬并不和睦的夫妻生活、还有与六条妃子间的感情纠葛，这一切不愉快，似乎都被紫儿的目光给淡化了。这种清纯的感觉是不可以从其他任何一个女性那儿得到的。这就是紫儿魅力之所在。

光源氏笑着答道：

〈写不好就不写了，这可不好。我会教你的。〉

于是，紫儿稍稍侧过身去，写了起来。为的是不让光源氏看见她运笔，那姿势充满了稚气，非常可爱。她的那种温顺更是难得。

〈写坏了。〉

说完，紫儿就羞答答地把写好的纸藏了起来。光源氏夺过来一看，字迹确实很幼稚，但笔致丰满，很有前途。只见上面写道：

〈缘何无故生怨恨，盼君从头说因缘。〉

（かこつべきゆゑを知らねばおぼつかないかなる草のゆかりなるらむ）

不折不扣地应答了光源氏的和歌。她不知道自己为什么要被光源氏领养，得到他的爱护，看了他的和歌，她方才明白了些什么。可是，到底是谁的因缘呢？从和歌来看，她对光源氏引用的《古今

和歌集》、《古今和歌六贴》的和歌都相当熟悉。否则,她是答不上来的。这是个聪明的孩子,与她那满脸的稚气和孩子般的行为甚至都有些不相称。光源氏满足了。

赶紧睡吧

每当光源氏为藤壶皇后而痛苦的时候,和紫儿待在一起就是最好的慰藉。有一天,光源氏来到她的房间,可她竟然对他不理不睬,还把背对着他,口中吟道:

〈潮涨淹没矶上草。〉

说完,抬起袖子挡住侧脸的样子,娇柔妩媚。她到底想说什么呢?原歌是:

潮涨淹没矶上草,见时少来淹时多。

(潮満てば入りぬる磯の草なれや見らくすくなく恋ふらくの多き)

意思是说:你难道是潮涨了就要被淹没的海草吗?能见到你的时候几乎没有,而思念你的时间总是那么长。这是首当时广为人知的恋歌。她小声地吟诵了这首歌的第二句,用看似不经意的语气,抱怨光源氏经常外出,表达了自己对他的思念之情。

这首歌,从她的嘴里说出来,令人忍俊不禁。但由此足可以推想出她才气焕发的聪明劲儿。光源氏不禁暗暗吃了一惊。

〈这可不好。你也到了说这种话的年龄吗?不过,天天见面也是不好的呀。〉

紫儿已经会像成年女子那样抱怨男人了,她在一天天地长大。到了晚上,光源氏正准备要去妻子葵姬那儿,紫儿见了,不安地坐

在一旁，一副闷闷不乐的样子，光源氏用种种话语来安慰她，
〈等你长大了，我就哪儿都不去了，就现在，趁你还小。〉

她明白光源氏说的意思，默默地听着。只是，出乎意料地采取实际行动来阻止他外出。她靠在他的膝盖上睡着了。这种行为也太招人疼爱了。有这么一个如此依恋自己的可爱的少女，究竟有哪个男人能够置她不顾而外出呢？更何况要去的是出于情面的妻子那儿。

光源氏取消了外出的打算，叫醒了紫儿，说道：
〈我哪儿都不去了。〉

紫儿闻说，立即就高兴地爬了起来，与光源氏一起用晚餐。可她还是有些担心，他是真的不再出去了吗？只吃了那么一点点，她就放下了筷子。

〈那么，就赶紧睡吧。〉

她知道，睡下以后，光源氏就不会再走了。那天晚上，她保证在光源氏的怀里睡得很香。

对紫儿来说，靠在光源氏的膝盖上或者在他的怀里睡觉，根本不是什么见不得人的事。他就是这么教她的。而现在，这反倒成了她的魅力。是这种天衣无缝的力量，把男人的心给紧紧地吸引住了，而她却是在不知不觉中拥有了这种魅力的。

幸福的日子

被光源氏领养后，已经过了四年。紫儿十四岁，光源氏二十二岁。光源氏的正妻葵姬去世，四十九天的祭日也过去了。光源氏回到了自己的府上，有些日子不见了，他发现紫儿已经长成了大

人。紫儿见了他，满面羞涩地侧过脸去。漂亮的侧影，就连发型都跟光源氏朝思暮想的藤壶皇后十分相似。

第二天，光源氏就和她结为了真正的夫妻。只是在旁人看来，他们的同床共枕跟以往并没有多大差别。

就这样，她成了光源氏的妻子，被称作紫姬。她天生温顺、开朗、聪明。再经过光源氏多年的教育、开导，已出落成为一个理想的女性。而且，她从小目睹了光源氏复杂的女性关系，这也使得她在往后的夫妻关系上往往能做到通情达理。

像她这样的女性，能够牢牢抓住光源氏的心，建立起幸福的家庭也是理所当然的。

他们成了理想的夫妻。在允许妻妾、情人、贴身侍女并存的社会背景下，在社会地位、经济实力以及姿态仪表各方面都得天独厚的光源氏，有时不免会移情他处。但紫姬总能让他回心转意，她妒忌的方法很高明。不会对他刨根问底，也不会伤害他的感情。只是撒娇般地独坐一旁沉思，给丈夫留下了为自己的行为作辩解或讨她欢心的余地。与深深地恨在心里，让人不知所措的葵姬和六条妃子的妒忌大不相同。

紫姬还能与光源氏谈一些高雅的话题。光源氏的儿子夕雾曾偶然听到了他们谈话的内容，由此他感觉到他们之间的感情可以说是滴水不漏。

他们没有孩子，可一直幸福地生活了十八年，理所当然应该成为白首偕老的夫妻的。

可是就在他们的晚年，发生了件难以预料的事。到底是件什么性质的事件呢？

代表两人爱情的关键词语

寝（nu）

这是纯真的少女紫儿常常挂在嘴上的词语。与现代日语的「寝る」（neru）同义。

大人们用起来，就显得卑俗下流的这个词语，而在天真无邪的紫儿口里，就成了自然流露的幽默，牢牢地抓住了光源氏的心。

「寝」「寝ぬ」（inu）的敬语形式是「大殿籠る」（ohotonogomoru）。译成现代语的话，大概相当于「お休みになる」。大人们的谈话中，经常使用的是「大殿籠る」。在原文中，光源氏跟紫儿说的时候，用的也是「大殿籠る」。

紫儿大概还不会熟练使用这个词语，在该用敬语的地方，也只是在「寝」加上「給ふ」（tamau）的「寝給ふ」（netamau）来表达。

「寝」「寝ぬ」「寝」（名词）「大殿籠る」，这些「ねる」的关连词语在光源氏和紫儿的谈话当中，使用得实在巧妙。堪称是紫式部的妙笔。

ゆかり（yukari）

这是光源氏写来给紫儿当练字样本的和歌中所用的词语。意思是〈姻亲〉〈有血缘关系的〉。

古代的人们，比现代人更加重视血缘关系。光源氏之所以把紫姬视作自己的终生伴侣，其最初的动机是因为她与自己思念的藤壶皇后有血缘关系，而且，在他的晚年，决定娶朱雀院的三公主为正妻，也是因为三公主是藤壶的外甥女。可以说是藤壶的「ゆかり」决定了光源氏的一生。

另有一个词语叫「ゆかりむつび」，多用于与有血缘关系的人互相通婚。像夕雾与云居雁这种表姐弟之间的婚姻就称为「ゆかりむつび」。

「ゆかり」还可以用在〈依靠〉〈有某种关系〉等没有血缘关系的场合。如「心ゆかずおぼされしゆかりに、見入れたまはざりけるを」（因为是与自己不喜欢的人有关的东西，所以，连看都不想看一眼）。

中年之恋

——光源氏与玉鬘

向年龄挑战

在叙述光源氏和紫姬面临的危机之前,我们先来走一段弯路。这就是许多男人都要经历的中年之恋。尽管家庭生活美满,但男人在老之将至的时候,往往会与年轻的未婚女子发生恋情。这也许是对一去不复返的年龄的最后挑战。

光源氏也不例外,他对作为女儿领养的娇艳的少女产生了微妙的爱慕之情。这样的恋情会有什么结果呢?

在这一章中,将通过对光源氏与少女的对话的分析,向大家展示他矛盾的内心。

昔日情人的女儿

光源氏34岁,他的爱妻紫姬26岁,他现在已位至太政大臣,已登上了人臣之最高位,营造了一座称作六条院的大规模宅院,在那里,居住着以紫姬为首的妻妾,过着美满的生活。

就在那样的时候,有一天,昔日情人夕颜的女儿出现了。她的名字叫玉鬘,20岁,已经过了正常的结婚年龄。为了能和门第相

当的贵族公子结婚,才不得已离开了和奶妈一起生活了多年的九州,回到了京都。她要找到自己的生身父亲。她的生父是过去的头中将,现在已升为内大臣了,可是,因为多年不通音信,没办法去见他。首先她的父亲内大臣早已忘了还曾经有过这么个女儿,不仅如此,连她母亲夕颜的下落,内大臣也一无所知。就在她一筹莫展的时候,光源氏向她伸出了援助之手。

由于自己的疏忽,才使得夕颜死于非命。为了赎罪,光源氏决定领养玉鬘,像亲生女儿那样待她,让她与一个有一定身份的男子结婚,使她往后能够幸福地生活。

但是,年轻时与夕颜的炽热的爱情,还深深地铭刻在他的心中。面对夕颜留下来的女儿,他能纯真地以父亲的姿态和她相处吗?

好不恨哩!

经得紫姬的同意,光源氏把玉鬘接进了六条院。玉鬘出落得比母亲夕颜还要妩媚,夕颜是纤丽温顺,又有些孩子般的稚气。玉鬘则显得有几分高贵,谈吐洒脱,很有才气。光源氏预感到自己不可能彻头彻尾地扮演父亲的角色。但是,他克制住了。他只能把她当作女儿,他对公众就是这么说的。

正如光源氏所预料的那样,许多年轻男子开始给玉鬘寄来求爱信。光源氏装出一副当父亲的样子,对这些情书逐一检查,并指示她应该给谁回信。有时,对自己过分的言行也会作一下自我反省。总之,恰如一个多管闲事的父亲,劝说玉鬘要早日结婚。而玉鬘呢,虽然为他的话语所困惑,但也是恭敬地听着。

院子里的淡竹在微风的吹拂下轻轻地摇动着。看着这优美柔和的细竹,光源氏不禁吐露了作为男人的心思。

〈墙内种竹深培土,他日竟然各东西。〉

(ませのうちに根深くうゑし竹の子のおのが世々にや生ひわかるべき)

〈想起来好不恨哩。〉

乍听起来,也像个父亲说的话。不过,这里他用了"恨"这个词语。这不是作父亲的能够说出口的,而是有爱慕之心的男女之间才可使用的词语。光源氏用这个词语,为的是试探一下玉鬘的反应。战斗开始了。她会不会意识到他那淡淡的恋情呢?

〈事已至此莫再提,小竹无意再寻根。〉

(いまさらにいかならむ世か若竹のおひはじめけむ根をばたづねん)

〈现在要让生父知道了反倒不便。〉

玉鬘是这么回答的。她对光源氏作为男人的感情流露,好像一点没有察觉。不仅如此,还把光源氏的话作了别的解释。光源氏说的"各东西"指的是结婚后各自为生,而玉鬘却理解成是离开六条院去寻找生父。人们往往会根据当时当地的感情、兴趣去理解词语。玉鬘也一样,其实对光源氏劝她结婚什么的,一点也没往心里去,她的愿望只有一个,那就是与生父会面。她的真实感情,就这么意想不到地流露在和歌的赠答上了。

对一个纯真的少女来说,光源氏寄托于文字游戏上的相思之情全然没有引起玉鬘的共鸣。

如何玉颜非故人

尽管玉鬘并不曾有任何反应，但光源氏对她的恋情却每天都在升级，甚至到了难以抑制的地步。面对玉鬘的音容笑貌，有时候他都会产生是在和夕颜促膝而谈的错觉，陷入对往昔的深深的回忆之中。

〈初次见到你的时候，并没有觉得你和你的母亲长得有多像。最近，却常常会把你错当成你已故的母亲，太不可思议了。真令人感慨万千呀。〉

说着，光源氏的眼眶都湿润了。回想起了与夕颜的那段激烈而短暂的爱情，而且他把对夕颜的思念原封不动地转嫁到了玉鬘的身上。

〈桔香侵袖似往昔，如何玉颜非故人？〉

（橘のかをりし袖によそふればかはれる身とも思ほえぬかな）

〈多年来，故人的形象一直留存在我的心中，不能忘却，就这样苦苦地生活了这么多年，如今见到你与故人如此酷似，都怀疑自己是不是在梦中。即使是梦境，也教我难以自制，请不要疏远我。〉

说罢，他握住了玉鬘的手。终于他忘却了自己作为父亲的身份，公然地向她诉说爱慕之情了。而且，还采取了具体的行动。只要在她身边，光源氏就会有过去和夕颜相处时的感觉，对故人的怀念、思恋一齐涌上心头，令他难以自持，致使他表白自己的感情并付诸行动了。

玉鬘还从来没有经历过这样的场面，心里虽是厌恶，但勉强装

作不介意的样子,平静地回答道:

〈只因桔香似往昔,我身亦似故人亡?〉

(袖の香をよそふるからに橘のみさへはかなくなりもこそすれ)

你这么对待我的话,我也会像已故的母亲那样死去的。为了不伤害对方的自尊心,她的拒绝是那样的婉转,不过,她内心的痛苦是可想而知的。母亲是母亲,我是我。所以请你不要误会了。然而,玉鬘这种温柔的回避,反倒刺激了光源氏的感情。玉鬘心里好生厌恶,只得低头不语。她那样子,又着实招人怜爱。她的手非常丰满,肌肤滑腻而有光泽,这都使得光源氏不能自已。反正已经说出口了,他于是便不加掩饰地向玉鬘表白。

〈你为什么要如此疏远我呢?我会巧妙地隐蔽,决不会让任何人发现的。你也装出若无其事的样子,不惹别人注意就是了。〉

光源氏在全力说服她,要她巧妙地隐蔽,悄悄地与他愉情。可这种老于世故的男人说出来的所谓道理,在纯洁的女子面前是行不通的。而光源氏呢? 既然说出了口,他就不准备半途而废。

雨停了。在微风的摇动下细竹发出轻轻的沙沙声。月亮高挂在半空,洒下一片晶莹的月光,侍女们出于礼貌都退下了,只有光源氏和玉鬘,在这个初夏的夜晚默默相对。光源氏轻轻地脱去外衣,斜卧在玉鬘身旁。玉鬘惊吓得身上发颤,痛苦的泪水扑簌簌地掉了下来。

看到玉鬘纯洁的泪水,光源氏也逐渐恢复了理智,这一点与一向听凭情感驱动的年轻时候的光源氏大不一样了。

〈你这样讨厌我,真让我伤心。即使是全然不认识的男人,像

今晚这样,女的也都会以身相许的,这就是男女之道。我们已经亲密相处这么些年了,就如此亲近一下,又有什么不可的呢?〉

他是在为自己的行为辩解,作为父亲,不应该有这样的行为,对自己行为的反省,使他说出了这样的话。他还接着说道:

〈再也不会发生更加有失体统的行为了,请你一定放心,我是忍之再三,想用这样的方式慰藉一下痛苦的相思之情而已。〉

假如是个血气方刚的小伙子,是绝对说不出这种话的。他在努力安慰痛心万分而又不知所措的玉鬘,想让她放心。面对玉鬘强硬的态度,光源氏知道了,她还是个处女。由此意识到自己的行为过于性急而草率。和这么一个处女有私情,他得为此作出必要的精神准备和相应的安排的。

两个人再这样单独谈下去的话,就会招来侍女们的疑惑,光源氏意识到这一点,叮嘱道:

〈可千万别引起别人的怀疑。〉

说完就离开了。

未解罗襦同衾枕

玉鬘虽说已经过了正常的结婚年龄,但她在不幸的环境中长大,甚至不曾体验过与男性的恋情,所以,她想像不出男女还有更加亲近的关系,以为她和光源氏已经发生了某种特别的关系,内心痛苦万分。

第二天一早,光源氏就送来了信。在一张白色的、看上去很严肃的纸上,用洒脱的笔迹写着:

〈无以复加的冷淡态度,让我好生怨恨,但又不能忘却。周围

的人,他们作何看法?〉

〈未解罗襦同衾枕,缘何嫩草留愁容?〉

（うちとけてねもみぬものを若草のことあり顔にむすぼほるらむ）

〈也太孩子气了吧。〉

光源氏先吐露了自己的情思,说自己虽然遭到了冷遇,但对玉鬘的爱恋更加强烈了。接下去的话,是作为长辈对晚辈的开导,但又混杂着他对玉鬘的感情,使未婚女性从自己误会的苦恼中解脱出来,教给她所谓的男女之道。这也可以说是他那非同寻常的为人之父的感情之流露吧。只是,这里面搀杂了作为一个男人的强烈的妒忌心。为什么这么说呢？他的这首和歌引自《伊势物语》中的这样一首歌:

嫩草妩媚是好述,但恨他日为人妻。

（うら若み寝良げにみゆる若草を人のむすばむことをしぞ思ふ）

想到有朝一日总会有一个年轻的男子得到玉鬘,光源氏内心充满了羡慕和妒忌。也就是说,他已经意识到自己不可能成为她的求婚者,而只能是她名义上的父亲而已。

光源氏很痛苦,既要像个父亲,但又克制不了日益加深的情思,他陷入了左右为难的境地。他的这种内心的矛盾,正好体现在来信的字里行间。

具有了中年人的冷静和自制力的光源氏,正经受着痛苦的煎熬。玉鬘能理解他的这种苦衷吗？

信已拜读

玉鬘在一张毫无情趣的厚厚的陆奥(日本地名——译者)纸上写道:

〈信已拜读。只因情绪恶劣,恕不详复。〉

这封回信写得极妙。如果对光源氏信中的和歌作出答复的话,那就说明被他言中,自己真的对他有意了。必须明确地拒绝他,于是,她以身体状况不佳为理由,用最少量的语言,又用散文的形式写了这么封文字枯燥态度冷淡的回信。

而另一方面,光源氏反倒为玉鬘不谙男女之情,如此严肃认真的态度所吸引。她是个值得花精力追求的女性。

自从表白了自己的感情以后,光源氏对玉鬘的态度就更加有恃无恐了。他频频地来到她的房间,一旦周围没有旁人就向她吐露衷肠,与她调情。每次,玉鬘都是心似刀绞。但光源氏又是不能加以羞辱的。玉鬘就像只笼中之鸟,欲飞不能,欲罢也不能。

玉鬘希望能在不伤害光源氏的前提下,离开这个是非之地。要做到这一点,除了结婚以外,就别无他途了,心中暗想:就跟光源氏也极力推荐的兵部卿亲王结婚算了。

然而,一旦她有心要结婚了,光源氏却开始贬低那些前来求婚的新郎候补者,不仅如此,他还捉弄他们,吊他们的胃口。说到底,他就是不舍得放手。

毫无经验的玉鬘读不透光源氏的心思,不知他到底唱的是什么戏。一会儿劝她结婚,一会儿又向她求爱。她为之深深地迷惑苦恼,当然那是与光源氏的感情毫不相干的。

玉鬘迫切地想见到自己的生父,可是生父内大臣与光源氏正为立后而对立。他们虽都位居要职,但光源氏处于优势,内大臣对此很不服气,总想和光源氏争个高低。最近,听说光源氏认领了一个女儿,他也四处寻访,找到了一位他的私生女,并把她接到了府上。可是,这个女儿说话快嘴快舌,一点都不稳重,至于贵族阶层的各种行为规范,更是一窍不通。过去的生活环境太差了,内大臣虽然隆重地给接进了家门,一旦发现这个女儿不可能成为他在政治斗争中战胜光源氏的筹码,就开始把她当作小丑一般,用以取乐。

玉鬘听说了这件事后,像是当头给浇了一盆冷水,对生父的思念迅速降温。因为自己也完全有可能受到生父同样的对待。由此对光源氏的善意相待产生了感激之情。只有一点,他要是没有那份好色之心的话,就是个满分的父亲。

郁积的恋情

到了秋天,秋热逼人。光源氏一整天都在教玉鬘练习古琴,他心中对玉鬘的爱恋简直难以克制。中途休息时,在若暗若明的室内,他和玉鬘共枕着一张古琴。

就差一步,他们的关系就会发生质的转变。但就这最后的一步,他克制住了。想到她往后的幸福,自己的体面,还有无以替代的紫姬夫人,他终于控制住了自己。他是这么想的:想把这个年轻美貌又有才气的玉鬘变成自己的女人,那是无庸讳言的,但即使这样,她也不可能越过爱妻紫姬,得到比她更多的爱和更高的地位,这样对玉鬘来说未免太不公平了;和一个即使身份并不高贵但也

算般配的男子结婚,玉鬘才会得到他全心全意的爱恋,这对她来说,要比跟我在一起幸福得多。

就是为自己着想,一旦采取了行动,和名义上是女儿的玉鬘发生了关系的话,就会遭到世人的非难。想要躲过他人的责备,就只能把她的身世公诸于众,然后再和她正式结婚。那样的话,自己就得成为内大臣的女婿。这也太有失体面了。所以无论从哪方面来看,和她发生关系都不会有好结果。

光源氏躺在玉鬘的身边,感觉着她的体温,但又不能迈出最后一步。他品味着从未体验过的煎熬。无法满足的爱本身就是痛苦是烦恼。

傍晚时分,光源氏怀着忧伤而焦躁的感情正准备离开玉鬘的房间,看到庭院里的篝火快要熄灭了,就叫来了侍从,让他们把篝火弄旺些。随即吟歌道:

〈情思伴着篝火燃,今生今世永不灭。〉

(篝火にたちそふ恋の煙こそ世には絶えせぬ炎なりけり)

〈你说要等到什么时候?我虽然表面上装作若无其事的样子,相思郁积在内心,你知道这有多痛苦吗?〉

这些话听起来像是他内心的呻吟。他的情思,就像篝火的火焰越燃越旺,郁积在内心的恋情在不可能发泄的前提下,在胸中好似燃出了浓浓的黑烟,进也不是,退又不能,他只能不断地克制自己,可又不知道什么时候会超越了他可以承受的极限。〈你说要等到什么时候?〉一句,既像是在责问玉鬘,又是在提醒自己:这种痛苦无有尽头。

但是,玉鬘又无法排解他的这种痛苦,即使被他的深情所感动

接受了他的爱情,但两人的关系也不可能名正言顺,而只能是被人以讹传讹的丑闻。既然这样,除了继续拒绝他以外,就别无他法。于是,她答道:

〈情思若似篝火烟,会当飘失在长空。〉

(行方なき空に消ちてよ篝火のたよりにたぐふ煙とならば)

〈旁人见了,不知会作如何猜测呢。〉

就像篝火的青烟会消失在长空中一样,光源氏对自己的感情也跟那青烟一样虚无飘渺,用这种故意的曲解来表示拒绝。

然而,光源氏的自制力几乎到了极限。怎样才能摆脱这种痛苦呢?唯一的办法就是放弃她。但这又是他所最不情愿的。

该怎么办?终于光源氏想出了一条锦囊妙计,让玉鬘作为内侍长的尚侍出仕宫中。如果这样的话,每当她回娘家的时候,就比较容易和她秘密往来。他是想以尚侍这种职业为保护伞。也够狡猾的。

碰巧正要举行天皇的行幸,光源氏就极力动员玉鬘前去观看天皇的队列。如果她看到了天皇端庄的仪表,很可能就会答应出任尚侍的。果然玉鬘为压倒周围所有男子的天皇那灿烂夺目的风貌所倾倒。同在队列中的生父内大臣,虽也仪表堂堂,但毕竟要逊色许多。还见到了求婚者中的兵部卿亲王和右大将。那个右大将是个皮肤黝黑,胡须浓密,被人称作〈黑胡子〉的土包子男人。队列行进过程中的匆匆一瞥,使得玉鬘对右大将产生了轻蔑之意。

玉鬘对光源氏的如意算盘一无所知,只为天皇的仪容所动,才有心出仕宫中的。

春雨绵绵愁不断

玉鬘终于决定出仕了。在此之前,有必要公开她的真实身份。光源氏让她与生父内大臣会面,向世人公布她是内大臣的女儿。内大臣的长子柏木,也是玉鬘的求婚者之一,至今方知她原是自己的同父姐姐,不禁心灰意冷。而光源氏的长子夕雾,到现在才知道原来自己也有求婚的资格,为自己白白错过了那么多良机而后悔不迭。总之,所有的求婚者都希望能在她出仕之前和她完婚,个个都急得像是热锅上的蚂蚁。那么多求婚者中,她只给兵部卿亲王回信,大概她觉得嫁给他也无妨吧。

但是,事情却向着意外的方向发展,并很快有了结局。那个〈黑胡子〉右大将把她弄到了手。他说已经得到了她生父的同意,以此来逼迫玉鬘的贴身侍女为他行方便。

玉鬘和她最不以为然的粗鲁的黑胡子结合了。而右大将婚后发现她还是个处子,简直欣喜若狂,都要把为他引路的侍女当作佛像跪拜了。

光源氏对这个结局是既不满意又万分遗憾,但事已至此,再说什么反对的话反倒令玉鬘痛苦。生父内大臣为有了右大将这样的女婿而庆幸,因为右大将是当今太子的舅父,理所当然是下届政府的要员。

在具体事务方面,右大将是个很有头脑、有作为的男子。尚侍本不需要常住宫中,因为玉鬘坚持要举行出仕仪式,右大将就抓住机会,把她接回了自己家中,不给任何人、甚至天皇以插手的空隙。

玉鬘虽然很不情愿,但又毫无办法,右大将像是偷到了宝玉似

的,窃窃自喜。光源氏自然觉得自己遭到了捉弄,懊悔不已。已经不可能再有机会了。

在一个阴雨连绵的日子,光源氏怀着若有所失的神情来到玉鬘住过的房间,她的音容笑貌仿佛就在眼前。终于按捺不住情思,悄悄给她去了一封信。

〈春雨绵绵愁不断,不知可忆故乡人?〉

(かきたれてのどけきころの春雨にふるさと人をいかに偲ぶや)

〈百无聊赖之时,怨恨难平,种种愁思,如何才得以倾诉?〉

在「春雨」「ふる(降る)」这些词语中,暗示着光源氏忧伤的眼泪。现在的玉鬘,在做了与文雅毫不沾边的男人的妻子之后,心中思念的只有光源氏一个人。他那至深的爱情,无与伦比的自制力,现在回想起来,是那么的难能可贵。像光源氏那样的男人,可以说是绝无仅有。无比端庄的面容、姿态,还有优雅的举止,一切都令玉鬘深深怀念。可是他们之间,已经不可能进行这样的对话。

〈春雨添愁泪湿袖,怎有一时不思君。〉

(ながめする軒のしづくに袖ぬれてうたかた人を偲ばざらめや)

〈别来已久,倍感寂聊。谨此。〉

「ながめ(長雨)」与表示哀愁的「眺め」是谐音,「ふる」是表示别后岁月流逝的「経る」、与表示落泪的「降る」的双关语。她也在向他诉说眼前的不如意。从恪守礼节和竭力克制着感情流露的回信中,光源氏感觉出了玉鬘对自己的恋慕之情。

当他们被迫处于永远都不可能结合的境地时,两个人的心才

真正地走到了一起。但是，一切都结束了。光源氏以袖遮面，为的是不让别人看见他那断了线似的泪珠。想到独占了玉鬘而志得意满的右大将，光源氏的寂寥更是透心彻骨。

中年人的爱情，没有了能够燃烧一切的火一样的热情，却多了几分冷静的判断。光源氏的中年之恋在无法消遣的寂寞中结束了。这也许是他那即将到来的不幸晚年的前奏。

光源氏为了至爱的紫姬夫人，才放弃玉鬘的。可这次，一种不可抗拒的力量使得光源氏不得不和另一个女子结婚。他会怎么对待？和爱妻紫姬的关系又会怎么样？留待下一章向大家介绍吧。

代表两人爱情的关键词语

承りぬ(uketamawarinu)

玉鬘给光源氏回信的开头语，相当于现在我们常用的"信已收悉"。

《源氏物语》中，在回信的开头用「承りぬ」的，除上文以外只有两例，其中一例是一位名叫薰大将的男子在给过去令他倾心的女子中君回信时使用的。男子也可以用「承りぬ」。

另一例，正好用在中君给薰大将的回信中。此时，中君已为人妻，薰大将留恋过去，趁着与她会面之机，躺在她身边倾诉衷肠。第二天，他又早早地送来了柔情绵绵的求爱信。于是，中君在回信中这么写道:「承りぬ。いと悩ましくて、えきこえさせず」(信已拜读，只因心情不佳，恕不详复)。

这与玉鬘和光源氏的情形非常相似，简短的文字也如出一辙。玉鬘和中君都是能够明确表示自己意志的女性。这两个女人在拒

绝男人的恋情时,都用了「承りぬ」,生硬而又不失礼貌,很有意思。

下燃え（shitamoe）

这是象征着光源氏对玉鬘恋情的词语,用来形容心中暗暗地思念对方,内心焦虑不安的感情。「下」是指事物的背后或人物的内心,相当于现代日语的「心」「心の奥」。

既然是把玉鬘当作亲生女儿给接进来的,对她的恋情自然是受到禁止的。尽管如此,光源氏还是被妩媚的玉鬘给吸引住了。光源氏正好品尝了表面上不能有所表示而内心痛苦不堪的「下燃え」的滋味。

在《源氏物语》中,「下燃え」只有一例,仅用于光源氏对玉鬘的爱恋。

《古今和歌集》中有这样的和歌：

每至夏日燃蚊草,胸中情焰何日消？

（なつなれば宿にくすぶる蚊遣火のいつまで我が身下燃えをせむ）

「蚊遣火」(kayaribi)是指为了驱除蚊蝇而熏出的烟火。因为它只冒烟,不见火,就用来修饰表示暗暗相思的「下燃え」。

《源氏物语》引用了这首和歌,在使用「下燃え」这个词语之前,光源氏说出了近于责问的「いつまでとかや」（你说要等到什么时候？）的话语。「下燃え」的滋味,无论是过去还是现在,都很不好受。

失败的婚姻

——光源氏与紫姬（二）

从天而降的婚姻

有人给光源氏说媒。

光源氏已年近40岁，按当时的年龄概念来说，已经是老之将至了。这样的一个光源氏，朱雀院要把自己的爱女三公主下嫁给他。

多年来相依为命的爱妻紫姬该怎么办？她信任自己的丈夫，并以他为自己生活的惟一依托，而且，他们的婚姻又是那样的幸福美满。

光源氏应允了这桩婚事吗？假如他想拒绝的话，也不是不可能的，但他答应了。要下嫁的三公主是他思恋的藤壶皇后的外甥女，就为这一点，他动了心。而且，娶皇女为妻，对当时的男子来说，是至高无尚的荣耀。他被这些诱惑征服了。

紫姬还对此事一无所知。怎样开口对她说呢？她又会如何看待这件事？那之后，两个人的关系呢？在这一章里希望通过他们的对话，揭开那场理想的婚姻在他们的内心崩溃的过程。

舆论一定要大做文章了

光源氏跟紫姬一句商量的话都没说,就接受了朱雀院的要求。从朱雀院那儿回来的当天,他毕竟还是没说出口。

第二天,借和紫姬漫无边际地谈古说今时,光源氏开口了。

〈上皇准备出家而又舍不下三公主,他要我以后照拂公主,他的话语实在令人同情,我就没能拒绝。舆论一定要大做文章了。〉

这么一件大事,他竟能说得如此轻松!碰到这种事,把它说成是件没什么了不起的小事,这是谈话的关键。

而且,说什么社会舆论一定要大做文章了,言外之意就是说,"你总不会因为这点小事而吵吵闹闹吧"。他是为了防止妻子和他胡闹。

光源氏又解释说,上皇当面向他提出这样的要求,他实在不能无动于衷,接着,他又说出了具体的婚礼日程。

〈到上皇移居深山寺院之时,就把三公主接到这个六条院来吧。你不高兴吗?〉

这样的事,谁又能高兴呢?

对你的爱情一点没变

光源氏不给紫姬以回答的时间,一口气往下说:

〈不管发生什么事,对你的感情是不会有任何变化的,请你不要对三公主怀有恶意。其实,在这件事上,委屈的是三公主,不要怠慢了她。〉

光源氏发誓说自己的爱是不会变的,还让对三公主的事不要

介意。甚至说在这桩婚姻中,令人同情的是三公主。他这么说,大概是以为他和紫姬的关系是任何第三者都难以加入之故吧。之后,还要她跟自己一起好好照看女儿般的新娘——三公主。

三公主正值妙龄,当时还只有13岁。

假如是现在的女性,一定会给光源氏一个耳光的。

可在当时,光源氏的这种行为还属于正当的。虽然,实质上紫姬一直受到正室的待遇,但他们之间没有履行正式的结婚手续,从法律上和社会上都不能得到承认。只是,凭借她那出众的容貌、才能以及富有魅力的性格,才得以成为光源氏最为器重、宠爱的妻子。

紫姬以丈夫的爱情为自己惟一的生活支柱,一直到了今天,多年来她是生活在六条院的光源氏的妻妾中当仁不让的第一夫人,她已经习惯了这样的地位。

而现在,有一位身份高得无以复加的年轻女子要嫁到这个六条院来,这将意味着什么,紫姬自然是心领神会的。

怎么会有敌意?

听了光源氏的宣布,紫姬是怎么反应的呢?在这之前,她对丈夫细小的好色行径也都要妒忌三分的。

可这次,她的回答出奇地冷静,反倒使得光源氏无言以对。

〈上皇的嘱托也实在令人同情。〉

紫姬相信了丈夫的话。不,应该说她愿意相信他说的是实情。本来他是并无此意的,只是上皇硬要把三公主嫁给他,他也正为这事发愁呢。接着,她又说:

〈我又怎么能对公主怀有敌意呢？只要我住在六条院不会引起她的非议,也就心满意足了。〉

这是怎么回事？作为一个多年来的第一夫人,这样说话是不是太谦逊了？她一定没有表露出自己的内心。

她还接着说道：

〈跟公主的母亲,多少也沾点亲戚,看在这份上,她也不会疏远我吧。〉

三公主的母亲、紫姬的父亲、还有藤壶皇后是兄妹关系。所以三公主和紫姬是堂姐妹,一个是藤壶的外甥女,一个是侄女。然而,三公主是内亲王,而紫姬呢？却是个甚至没有得到父亲承认的女子。三公主的身份和地位都要远远高出紫姬。

紫姬谦逊的话语,是基于这种悬殊的身份的。尽管如此,她那过分的自谦,反倒让人有异样的感觉。不出所料,光源氏对妻子的话也感到非常意外,简直是难以置信。

〈你这么过分通情达理的样子,反倒使我不知所以然了。〉

遗憾的是,光源氏并没有认真地分析妻子隐藏在语言背后的内心世界,也许,他原本准备领受妻子的愤怒和妒忌,但这些都没有发生,他就大大地松了口气,没能顾及更多。你听,他又这样说道：

〈果真能这样宽大待人,双方都能互相体谅、和睦相处的话,那真太让我高兴了。〉

在以一夫一妻多妾为婚姻模式的上层社会里,妻子们能够互相不争风吃醋,平安度日,是丈夫们由衷的愿望。只是,在实际生活中这种愿望是很难实现的。

尽管如此,紫姬竟然愿意按照丈夫的意愿,甘愿屈居下方,与三公主和睦相处。

受伤的心灵

作为一个妻子,说出这样的话来,那怎么可能是真心的?大概是在光源氏向她进行说明的时候,她就迅速地作出了判决。到现在再怎么愤怒、妒忌,都已经无济于事了。既然这样,就别说什么遭人嫌的话,按照光源氏的意愿,说话做事不失分寸,那是最明智的。

这已经不是什么妒忌不妨忌的问题。既有身份又有地位的三公主嫁到六条院来,这就意味着三公主将成为光源氏的正室。也就是说紫姬不得不面对自己只是光源氏的妻妾之一这么个事实。可以说,这桩婚姻彻底动摇了她多年来已习惯了的正室地位。

在倾听光源氏辩解的时候,她就不动声色地和他拉开了距离,把自己的真实想法给隐藏了起来。她那过分的谦恭,一定是为了不让光源氏发现她的真情实感而作出的竭尽全力的自我防御。

而作丈夫的光源氏,没有觉察到这一点。

如胶似漆的夫妻关系,从此刻上了深深的裂痕。

就今天晚上

光源氏40岁那年的春天,三公主乘坐的花轿来到了六条院,面对这热闹非凡的婚礼,紫姬内心的不安迅速膨胀。虽然,丈夫说对自己的感情不会有变化,这可能吗?

当时的男子,结婚头三天,无论有什么事情,都必须连续去与

结婚的女子处住宿。这天正好是第三天,光源氏要去三公主处。紫姬像是在一心一意地为他作准备。作为光源氏的妻子,这是她能勉强保持矜持的行为。

但她常常陷入沉思,露出茫然的神情,那样子实在令人怜爱。光源氏越发被她的魅力所吸引。

三公主呢?见了以后才知道,还完全像个孩子,跟紫姬的美貌教养以及富有魅力的人品都无法相比。

光源氏后悔了。他含着泪说道:

〈就今天晚上,于礼我不得不去,请你谅解。从今往后,若再有不到你这儿来的晚上,我自己都不能原谅自己了。不过,话虽如此,怠慢了三公主,要传到上皇那儿,也不好办。〉

和妻子的痛苦相比,他的这些话多么没有诚意?为了顾全上皇的意向,不知今后该如何是好。看到这般优柔寡断的丈夫,紫姬苦笑道:

〈您自己都不能作出决定,更何况我?我也不知道什么礼不礼的。〉

紫姬第一次说出了顶撞光源氏的话。她的内心一定相当痛苦。丈夫要去别的女人处,自己凭什么得为他准备衣服?对他来说,自己究竟是什么?她这样问着自己,一言不发地经受着痛苦的煎熬。光源氏表示自责的一句话,把她的本意给引发了出来。

却曾相托千秋岁

接着,紫姬把砚台拉到身边,写下了这样一首和歌:

〈眼前变幻无常世,却曾相托千秋岁。〉

(目に近くらつれば変はる世の中を行く末遠く頼みけるかな)

平时难以说出口的话,借用具有一定格式的和歌,才能不加掩饰地表达出自己的真情实感。

多少年来,她是那样地信赖、依赖丈夫,培养起了非同一般的夫妻感情。她一没有孩子,二没有靠山,只有丈夫是她惟一的依托。而正是这个丈夫背叛了她。为此她痛感到爱情实质上是那样的不可靠。

作丈夫的该怎么回答呢?他也用和歌答道:

〈生死由命有尽时,人世无常情永存。〉

(命こそ絶ゆとも絶えめ定めなき世の常ならぬなかの契りを)

光源氏再次向紫姬表明:我们之间的关系非同一般,是永恒不变的。对丈夫的言行已经开始怀疑了的紫姬,这种表面文章的话,已经根本无法打动她了。

静心念佛

和三公主结婚以后,光源氏才意识到紫姬这样的女性是何等的难能可贵,他对紫姬的感情,比以往更加深厚了。

那么,紫姬还能像以往那样,以光源氏的这种爱情为自豪,和他依旧卿卿我我地过那种理想的夫妻生活吗?紫姬是聪明的,表面上,她按照丈夫的意愿,还像过去那样,和他生活得情意绵绵,至于正室三公主,她也说到做到,总是保持着低姿态,忍受着种种屈辱。由于她的这种努力,她们之间也建立起了平和的关系。然而,

她的内心是孤独的。这可以从她偶尔向光源氏请求的话语当中得到证实。

〈这种世俗的生活,我不想再继续下去了。我希望以后能够静心念佛。〉

〈再说,我的年龄也差不多了,人世间到底是怎么回事,也体味够了。请您不要阻拦。〉

她是在向丈夫要求出家。出家,就意味着断绝一切男女情思。用现代的话来说,就是分居或离婚。她向丈夫提出离婚了。

在她看来,现在光源氏对她怀有的这种爱怜,同样是不可靠的,说不定哪一天又会出现变故。她说已经看清了人世间是怎么回事,这句话里,暗含了对婚姻生活的无奈,对男女感情之虚幻等等都看破了的达观。她那孤寂的内心,并没有被光源氏的感情所温暖。不仅如此,她想彻底与现在的生活决裂,专心修佛。她向孤独更加迈进了一步。

听紫姬说出这样的话来,光源氏该怎么办?当然他会反对,坚决不允许她出家。之后,他又向紫姬诉说:自己一直是想出家的,就是怕自己出家后紫姬会无依无靠,才没有付诸行动。最终,他这么说道:

〈待等我一旦实现了出家的愿望,你再作出决定吧。〉

光源氏根本没有理解紫姬内心那种孤独感。

越来越深的爱怜

光源氏以为,自己这般怜爱紫姬,她就不该有什么不满足的了。有一天,他向紫姬讲述了自己的半生之后,对紫姬说道:

〈对你来说,除了那段痛苦的分离以外,无论从哪个方面,都不曾让你烦忧、苦恼过。〉

光源氏所说的那段分离,是他在官场上受挫而谪居的那些日子。说除此以外,紫姬就没有过苦恼。这就是他的理解。不过,他马上想起了三公主的事,又这样补充道:

〈三公主出乎意料地嫁到这里,你可能心里不舒服。不过,我对你的感情却因此越来越深,这一点,你自己也许没有感觉到吧。〉

光源氏的认识就是:看到自己越来越深的爱怜之情,紫姬就该满足了。只是,紫姬已不再是昔日的紫姬。她已经深深体味到,依托于感情的生活是多么的不堪一击。紫姬的心已经远离了光源氏。

烦恼的意义

他们已经不能再互相沟通了。只是,紫姬绝对不会把这种话说出口。她接着丈夫的话题,平和地说道:

〈如您所言,像我这样无依靠的人能有这样的生活,在外人看来,自然已是过分的了。但内心的苦恼,又何尝有片刻的轻松。不过,这些烦恼反倒成了我活下去的精神支柱。〉

光源氏一定无法理解紫姬这种沉重的痛苦。她还说,正因为有烦恼,才活了下来。这句话,是她看破红尘的象征。

从外表看上去,即使还像是对美满的夫妻,但他们的内心已经筑起了一堵高墙。由于好色心理和对名利的追求,光源氏作出的轻率决定是对紫姬感情的无情践踏,他们的关系已经无法修复了。紫姬受到伤害的心灵最终也没有得到抚慰,在孤寂中离开了人世。

代表两人爱情的关键词语

心苦し（kokoro gurushi）

这是用来形容光源氏应承与三公主婚事时心情的用语。想拒绝上皇的要求，但实在是「心苦し」，于心不忍，没能说出口。意思是令人同情，让人可怜。是出于为对方着想，觉得对方令人同情而动了恻隐之心时的用语。光源氏对三公主的感情也是以「心苦し」来形容的。

「心苦し」本身是指自己感到痛苦、悲伤等。比如，上皇见到了字迹优美的紫姬的来信后，想到自己的女儿三公主根本无法与之相比时，就产生了「心苦し」的感觉。并不是说完全站在第三者的立场上觉得女儿可怜，而是他自己为女儿的事感到心痛。

《源氏物语》中，「心苦し」共285例。主要是用在向对方表示同情时。「心苦し」可以说是三公主不幸婚姻的象征。

譲り（yuzuri）

用「譲り」表达的那件事，导致了光源氏和紫姬美满婚姻的破裂。意思相当于"请求"。「ゆづり」是「ゆづる」这个动词的名词形式。现在我们说「ゆずる」的时候，大多是指把自己的东西、权利、地位转让或委托给某人，自己退出、让步的含义较强。在平安时代，比委托给某人的含义还要更进一步，有不管别人是否愿意，请求别人或强求别人做某事的含义。

在《源氏物语》中，「ゆづり」只有两例，加上了表示尊敬的接语词「御」的「御ゆづり」也有两例。这其中的三例是表示委托之意。上皇在要求光源氏答应同三公主的婚事时惶恐地说：「かたはらい

たき讓りなれど」(这是个令人痛心的请求)。其实,对光源氏来说,上皇的「讓り」并不完全不合他的心意。悲剧的根源还在于光源氏自身。

不幸的婚姻

——光源氏与三公主

不该再娶

那么,甚至不惜伤害紫姬而选择的婚姻,又怎么样了呢?已经步入人生黄昏的光源氏和三公主能幸福吗?

有关紫姬的寂寥感,在上一章中已经介绍过了。只是,光源氏也陷入了孤独,体味了和紫姬完全不同性质的苦恼。他那痛苦的身影,打破了此前的理想化了的光源氏的形象,而散发出普通人的气息。

在这一章里,我想简单地追踪一下他和三公主的夫妻生活,介绍他那与往昔不同的人格上的魅力。

热闹非凡的婚礼,把三公主带入了六条院。但她太幼小了,都无法把她当作妻子看待。光源氏好失望。他后悔了。

〈无论有什么样的理由,都不该再娶妻室的。都怪自己好色之性难改而又优柔寡断,才发生了这样的事。〉

这一段是对光源氏的心理描写。读者几乎都可以从中听到他痛苦的呻吟。但是,事情已到了无可挽回的地步。对三公主的失望和对紫姬的内疚,谴责着光源氏的内心,后悔逐渐向痛苦升级。

可是，光源氏是个重体面的人。虽然他认识到自己娶了一个不该娶的人作正室，但对外界，他依旧把三公主当作自己迎娶的正室，给予很高的礼遇。事有意外，在他忙于照看病重的紫姬期间，三公主竟与太政大臣的长子柏木有了私情。私通只要不被发现，对现实生活不会产生任何影响。可是，柏木和三公主的私情却以光源氏最为痛苦的方式暴露了。

发现情书

光源氏这些日子一直守着病重的紫姬，听说三公主怀孕了，才来到公主这里。他觉得事情有些蹊跷，他们已经有些日子没有同床共枕了。看着怀孕后的公主多少有了点女人的味道，当晚他就宿在了公主处。一大早，他就准备起身回去照料紫姬，正在穿戴时，有一样东西吸引了他的视线。那是一封印有淡绿色花纹的信。三公主这时候还在熟睡。

不经意地拿起来一看，那竟是男人的笔迹！再仔细一看，毫无疑问那是柏木的。至于上面的内容，已把他们之间的私情写得一清二楚。光源氏不禁有些看不起柏木：怎么能这么不小心！给女人的信，难免会落入他人之手的，所以信的内容，也要写得只有对方明白就可以了。光源氏不愧为是这方面的老将，他先在心中对柏木的作法进行了评判。还可以看出，这件事不是三公主主动造成的，但她的幼稚，令人咋舌。

即使男子在侍女的指引下悄悄地来到了你的卧室，只要本人能够毅然决然，不给对方以可以接近的感觉，男的也是很难强行的。藤壶和空蝉都表现得很出色，她们不都用巧妙的方法躲过了

悄然进入卧室的光源氏吗？但三公主做不到这一点。她没有随机应变地处理事情的能力。这是个在众多侍女簇拥下长大的、没有一点生活能力的娇小姐。

光源氏这才知道，三公主怀的孩子，是柏木的。碰巧把妻子与人私通的确凿证据拿到手，假如你是作丈夫的，你会怎么做？你会把这件事公诸于众然后再离婚吗？

光源氏没有这么做。他为对方、为自己作了认真的考虑。最后他下决心把正室的私情全部隐藏在自己的内心。他一定考虑到了，如果事情一旦曝光，三公主定会受到很深的伤害。三公主是皇女，皇女与人通奸，那是再大不过的丑闻。而光源氏呢？他也同样会受到非议。人们会责怪他对三公主照顾不周，而且他也不得不接受被偷了妻子的男人——这么个小丑般的角色。不过，再怎么说，这些伤害比三公主的还是要轻得多。

光源氏甚至对紫姬都只字未提。那时，紫姬已经脱离了危险，正在恢复，如果把这件事对她讲了，自己的精神也能轻松一点，但他一直都憋在自己的肚子里。归根结底，一切都是自己的好色之性造成的，也许他正在为此而深深地反省呢。

所谓种瓜得瓜、种豆得豆。光源氏大概是做好了这个精神准备。碰到这样的事情，能够一句气话也不说，独自承担一切责任来处理事端的姿态，充满了成熟男性的魅力。

不管发生了什么

心里埋着这种对任何人都不能启齿的痛苦，光源氏陷入了沉思。年轻时，与继母藤壶私通生下一子之事，在他的脑海里萦绕。

那件事谁都不知道,孩子也被当作父皇的孩子继承了皇位。这次事件,会不会是那件事的报应呢?父皇察觉了他们之间的事没有?也许他也只是佯装不知、一言不发而已。他似乎感觉到父皇的目光,为自己犯下的罪孽惶惶不可终日。于是,他想:还是原谅三公主和柏木吧。

只是,在和怀有身孕的三公主单独在一起的时候,他的忍耐就到了极限,他暗示公主和柏木的关系,并且威胁她:

〈即使发生了再意外的事情,我也不会怠慢你,免得别人说我对你照顾不周。〉

这是在告诉三公主,不管发生过什么,作为正室的待遇是不会变的。光源氏说是为了回报上皇的委托。从年轻时开始,一旦和对方结下了姻缘,他就会自始至终给于照料。听了光源氏的话,三公主只会满面羞涩地转过脸去。

光源氏和三公主之间,没有作为成年男女的对话。只有光源氏单方面教育开导年龄悬殊的三公主。

光源氏又接着说道:

〈我现在年事已高,这样的老人,你大概早就看腻了吧。这令我感到遗憾,也让我难过。无论如何,只要上皇还活在世上,你就还是将就着吧。上皇选定我作你的丈夫,一定有他的考虑。你也同样为我这个老人想想,也别太蔑视我了。〉

〈同样〉,是指和谁同样?光源氏嘴上虽然没说,自然是在暗示柏木了。他把自己说成是老人,通过极端地贬低自己,来表达强烈的恶意和挖苦,也算是对三公主的报复。过去光源氏不曾对同性产生过妒忌,因为他永远是胜者。可是,现在却是个被偷了妻子的

老人。

独自思忖的时候,他想原谅三公主,但一旦见了面,就会不由自主地说出嫌恶和挖苦的话来。这样的一个光源氏,已经没有了神话故事中的英雄形象,而是被塑造成了一个不是尽善尽美、散发着普通人气息的人物。

最后,他又语重心长地对三公主说:

〈事到如今,千万别让你那意外的事件传入你父亲的耳朵,让他担心。〉

他是在告诉三公主该怎么处理这件事:不要把柏木的事告诉她的父亲。三公主就是个连这种事都得教她的女子。听了光源氏的话,三公主的眼泪如泉水一般滚落下来。因为和柏木的这件事,她也着实经受着煎熬。

光源氏看着三公主的泪水,回想起自己曾经犯下的罪过,因果报应的联想无论如何也挥之不去,他也不禁泪眼模糊了。

谁都会老

对柏木,光源氏采取了什么样的态度呢?自从给三公主的信被光源氏发现以后,柏木就再也没有到光源氏的府上来过。光源氏也没有故意去理睬他,首先,柏木大概把自己看作是愚陋之辈,有点怕见他,其次,一旦见面,很难保证自己能够心平气和。

有一天,在光源氏府上要举办一次演奏活动,柏木是这方面的行家,如果不请他就会引起别人的怀疑。光源氏克制住自己,给柏木发出了邀请。但柏木以病重为由拒绝了。光源氏也怕他真是因为病重而产生了同情心,特意差人给他送去一封信。这种善良的

一面是光源氏固有的人格魅力。看到光源氏的这般厚意,不知内情的父亲也劝柏木不要再推托,说本来病得又不重。没办法,柏木脚步沉重地来到了六条院。

正像大家传言的那样,柏木消瘦了许多,脸色也不好。但是一旦柏木出现在他的面前,光源氏心中的愤怒就难以克制了。他装作亲近的样子对柏木说道:

〈合拍子的事,也只有你行,才请你来的。〉

柏木有些羞愧难当,脸色都变了。但他也是克制着内心的不安:

〈最近脚气又犯得厉害,……都有些日子没上朝了。〉

他小心翼翼地挑选着词汇,好尽量回答得不露蛛丝马迹。

宴会到了高潮,光源氏盯着满脸阴郁的柏木,像是开玩笑似地说道:

〈老之将至,已是不胜酒力了,醉后总又克制不住对逝去年华的伤感。〉

〈卫门督对我的话一定心领神会吧,你的微笑,真让人无地自容啊。不过,你的年轻也只是短暂的。岁月不会倒流,谁都难逃衰老的命运。〉

卫门督是柏木的官职。光源氏的目光像是要把柏木看穿似的。柏木怎么可能在微笑呢?但光源氏必须回报他轻蔑老人的一箭之仇。年轻也是转瞬即逝的,这种具有强烈讽刺意味的话语,他也忍不住说出了口。这是光源氏表现出来的最有常人味道的妒忌心。

柏木无法坚持到宴会结束就退席了。回到家后,他就病倒了。

光源氏触动了柏木的神经。

把痛苦埋在心里

三公主终于生下了柏木的孩子。光源氏在人前表现得非常出色，但他无论如何也不愿抱一下新生婴儿。三公主感受到了光源氏内心的冷漠正在不断加剧，毅然削发为尼。柏木在病床上听说了三公主出家之事，从此失去了生活下去的勇气，就这样匆匆地离开了人世。

抱着柏木遗留下来的孩子，光源氏的痛苦是可想而知的。孩子天真的笑容里，柏木的影子清晰可见。从今以后，就得把这个孩子当作自己的亲生来抚养。

三公主、柏木、光源氏，这三者自有他们自己的痛苦。但面前的道路最为艰险的，是谁呢？是光源氏。《源氏物语》的作者，把最为苛刻的命运赋予了各方面都无与伦比的光源氏。

在这个人世上，不能向人启齿的痛苦是最难以忍受的，这种痛苦有时甚至能把人引向疯狂的深渊。光源氏都经受住了。虽然内心有时痛苦得好似翻江倒海，但在表面上，却一直保持着平静，自始至终都没有向任何人吐露半点实情。从这种坚强的精神力量上，我体味到了成年男人的魅力。

光源氏为人类的宿业而痛苦，不堪独自忍受的时候，也会偶然间表现出来，而事后都要作深刻的自我反省。年轻时那种理想化了的光源氏形象已经不复存在。在痛苦中挣扎的光源氏富有成熟男性的真实感。中年以后的散发着普通人气息的光源氏形象的形成，也是《源氏物语》从古代的神话传奇小说脱胎为描写普通人物

的现代小说的过程之一。

　　活着,究竟意味着什么?中年以后的光源氏一直都在向我们提出这个最为根本的问题。他的魅力也正在于此。

夫妻吵架

——夕雾与云居雁

中年之恋

《源氏物语》中有一段很有趣的对话,那就是夕雾与云居雁之间的夫妻吵架。

夕雾是光源氏的长子。跟光源氏不同,在那个年月,就算是再厚道不过的了。也许他是继承了母方葵姬的血统之故吧。现在,他既有地位,又有经济实力,加之堂堂的仪表,正可谓是处于花季般的中年。

妻子云居雁是他的表姐,大他两岁。他们从小在一处长大,可谓两小无猜,他整整等了六年,他的舅父——云居雁的父亲才同意他们结婚。他们结婚已是第十一个年头了,夕雾还是依旧专心致志地爱着云居雁,家庭和美,令多少人羡慕不已。他们之间也已经有了七个孩子。

可以说,同一切风流韵事毫不搭界的夕雾,到了中年,反倒移情他人了。朋友柏木死后,夕雾就按照朋友的嘱托经常前去慰问遗孀落叶公主,随着访问次数的增多,他不知什么时候对公主产生了爱慕之情。这种情节是再普通不过的了,只是他不曾有过拈花

惹草的经历,恋爱起来也显得有些笨拙,很快就难以自拔,并且终于与落叶公主结了婚。

当时,虽是一夫一妻制,但正室以外的如夫人是没有名额限制的。所以说,他的行为也是合法的。只是云居雁无法接受这样的事实。这么多年来,她一直都独占了丈夫的爱情,已经习惯了没有风波的家庭生活。

那么,他们吵架的过程如何?又得出了怎样的结论呢?就让我们来追踪一下他们舌战的始末吧。

像个赶时髦的年轻人

最近丈夫的样子有些怪,从外面回来后,要打开窗户眺望着月亮睡觉。也许是因为受了窗外吹进来的凉风,旁边睡着吃奶的婴儿哭了,把奶都给吐了出来。

云居雁起身抱起婴儿,把长长的头发夹在耳后,敞开丰满的前胸把乳头塞进婴儿的嘴里,哄他睡觉。

〈怎么了?〉丈夫问道。

〈好像不舒服。〉云居雁说完,又接着说起了挖苦的话:

〈像个赶时髦的年轻人,整天在外面游荡,又要欣赏什么半夜的明月,把窗子也给打开了,一定是把鬼怪给招来了。〉

当时,人们认为,夜里打开门窗的话,那些难以超度的鬼魂就会成为鬼怪进到屋子里来。妻子说话的口气有些小孩子气。她已经听说丈夫最近正在执着地追求落叶公主,心里很不是滋味,就在这借题发挥。说他〈像个赶时髦的年轻人〉,这是对已至中年的丈夫的强烈讽刺。又说〈又要欣赏什么半夜的明月〉,这也是对平日

里不解风月之情的丈夫的挖苦。如果换成一个文雅的女子，就绝说不出这种不留情面的话来。可以看出，这是个典型的妻管严之家。

〈你是说我给鬼怪引路了？这就怪了。当然，我要不开窗子的话，它倒是无路可入。〉

〈做了这么多个孩子的母亲，你思考问题越来越深刻了，说话也越来越有分寸了。〉

妻子的话虽有几分孩子气，但也不是没有道理。丈夫姑且予以肯定，但最后他要以牙还牙。孩子倒生了不少，但精神却是毫无长进。面对这样的妻子，他挖苦她〈说话也越来越有分寸了〉。

妻子说话不留情面，丈夫也一样。他们不是把心里想着的事隐藏起来的那种，而是想到哪儿就说到哪儿的外向型夫妻。

众人之中我独宠

夕雾对落叶公主是越来越投入了。公主的母亲从担忧公主的名声出发，病危期间硬打起精神来给夕雾写来一封信。

夕雾正在读信的时候，云居雁以为是落叶公主送来的情书，蹑手蹑脚地从背后靠进丈夫，一把把信给抢了过去。

〈太不像话了。到底要干什么？怎么能这么做事。〉

妻子做出这种突然袭击的事情来，夕雾很是吃惊。稍微有点头脑的女子，即使同样妒火中烧，也不至于采取这种明目张胆的行动。云居雁大概是个缺乏深思熟虑、性情刚直型的人物。

夕雾怎么办了呢？他一点也不惊慌，也不想着要把信抢回来，随机应变地作了巧妙的说明。他说那封信是养母送来的，是对他

去信慰问病情的回复。

〈你自己看好了,那样子像情书吗?〉

看到丈夫不在乎的样子,云居雁也以为是自己弄错了,但又不好意思马上还回去,她只好尴尬地笑笑。

丈夫趁机又接着说道:

〈还有谁像我这样?已经有了相当地位的男子,竟能目不斜视地死守着一个妻子,像一只胆战心惊的雄鹰。这会被人笑话的。〉

〈被这样一个不通风情的男人煞费苦心地死守着,从你来说,也不是件什么值得自豪的事。在众多的妻妾中,如果自己受到格外的宠爱,外界对你也自然另眼相看,自己还能永远保持新鲜的感觉,只有这样,夫妻间的情趣和恩爱才不会断绝呀。〉

这是当时人们的普遍理解。夕雾正是没有遵循这个常识,十多年来就只爱着云居雁。

但是,到了中年而陷入爱情泥潭的夕雾,突然间对自己以往的做法产生了怀疑。而且,从妻子这方来说,能够众人当中我独宠,那才是值得引以为自豪的呢。

所谓的常识,为夕雾中年之恋的正当化提供了再合理不过的依据。

谁叫你不让我习惯的

听了夕雾这振振有辞的一番话,云居雁又是如何反应的呢?

〈突然像是返老还童了似的,简直令人难以置信。这么多年来,还没见过你像现在这种样子呢,真是太痛苦了。〉

〈又没让我事先习惯习惯。〉

她是说从年轻时开始,就没让她体会过丈夫到别的女人处生活的滋味,所以她很痛苦。就是说,夕雾说的所谓社会常识,她也是毫无抵触地接受了。

在丈夫可以拥有众多妻妾的社会制度下,女子当中,有的预计到了结婚会带来的这种痛苦,一开始就拒绝结婚。也有的女子,从婚姻中痛感到了男人的情感变化之无常,难以终身相托而遁入了空门。

而云居雁,她和这类女子不一样,她对当时的婚姻形态没有半点疑虑,和丈夫有着同样的社会认识。也就是说,他们夫妇的价值观是一致的。由此可以推断,他们这对夫妇不会从根本上产生分歧,不会决裂。

那么,具体的事态又是如何发展的呢?

变成鬼算了

夕雾对妻子的妒嫉、挖苦以及夺信之类的具体行动全然不予理睬,要和落叶公主结婚的意志越来越坚定了。他们之间的事已经成了人们茶余饭后的谈资。

落叶公主是皇女,有着云居雁所没有的文雅和深沉的一面。有一天,夕雾和落叶公主谈了个通宵,太阳高照的时候才回到家里。

云居雁一动不动地躺在床上,看都不看丈夫一眼。但丈夫也并不在意,没事人似地揭开了寝具。这时候,妻子发话了:

〈你以为这是什么地方?!〉

〈咱早就死掉了。老叫"鬼""鬼"的,干脆变成鬼算了。〉

云居雁忍无可忍地大声申斥起来。人死了,如果得不到祭祀的话,灵魂就会变成鬼,她就说要死了变成鬼。

她的想法离奇,而又充满了孩子气。所以,她本人可能已经愤怒到了极点,而听的人,却能从容不迫。

从她的话里可以知道,夕雾经常叫她"鬼"。她在使用第一人称代词时,用的是「まろ」(咱),这是个过于随便的用语,表明她对丈夫怀有过分的安心感。森野宇明在《王朝贵族社会的女性与语言》(有精堂)中指出,当时有教养的女子在与丈夫谈话时都用「ここ」(我)这个比较郑重的词语。可想而知,他们是一对能够互相开玩笑、一起戏耍的亲密无间的夫妇。

云居雁的愤怒不会隐藏在内心,正因为如此,夕雾也好对付她。于是,夕雾若无其事地回答:

〈你的心,连鬼都赶不上。不过,你那样子一点不招人讨厌,我还真恨不起你来。〉

他巧妙地躲过了妻子的话锋,一副镇定自若的样子。云居雁更觉得他那样子可气可恨,又接着说道:

〈您这么衣着考究,举止典雅,像我这种身份的人,又怎么能总和您在一起呢?还不如就这样死了算了。

无论如何,千万别像今天这样,偶然想起来了,才来看我一下。想想那么多年相依为命的日子,真让我好后悔啊。〉

上文夕雾的话语,言外之意是说"我不会抛弃你的。"云居雁接着这个意思,说"还不如就这样死了算了,"但既然这一点是不可能的,她就说不要把这个家只变成他访婚的对象。她是把丈夫的话当真了,不由得悲从中来。看来她还是个思想单纯的人。

夕雾又接着道:

〈也许因为你总是这样孩子般地生气,我反倒习惯了。你这个"鬼",我现在一点都不怕了。你要有鬼的那种严厉该有多好。〉

老老实实地死了吧

云居雁听罢,再次喋喋不休地说开了。

〈你想谈什么?老老实实地死了算了。我也死。看见你就恨,听到你的声音就生气,可真要丢下你死去的话,又放心不下。〉

毫无疑问,云居雁是爱着丈夫的。她让丈夫去死,之后自己也跟着死了算了,这是只有爱着对方时才能说出的话语。可假如只是自己死了,丈夫没准会高高兴兴地与落叶公主成婚,那可不行。她像个孩子似地担心着这种事情。无疑这是个可爱的妻子,越是生气,说出来的话越能表明她对丈夫的爱。

他们夫妻吵架之所以这么明快,又有幽默感,都是由于云居雁生气时抛出来的话过于单刀直入,毫无遮掩地暴露出她对丈夫的爱的缘故。

而夕雾呢,妻子那样生气说出来的话,无异于在说"我爱你",他听了自然感觉良好。于是他心领神会地笑道:

〈我死了,之后你再死,好让我知道我们夫妻的缘分有多深,是吗?我早就跟你发过誓了,你死后,我一定会紧跟着与你同归黄泉的。〉

听了妻子妒忌中又充满了爱意的话语,夕雾也只好向妻子表白:自己也是爱她的。妻子的愤怒就这样被巧妙地平息了。

不能随便离家出走吧

夕雾接着又让妻子回忆起结婚之前的漫长的考验时期,让她明白自己的感情是不会变的。接着,就把话切入正题:

〈现在,你虽然这么憎恨我,但这么一大堆孩子,你总是放不下的,所以,你不能自个儿就这样离家出走了吧。〉

〈你就看我今后的行动吧。虽说人寿不定。〉

他对一切都作出了冷静的判断。有那么多孩子,妻子就不可能不假思索地离家出走。而且,他已打好了近期内与落叶公主结婚的主意,说什么"人寿不定",为的是告诉妻子,即使是在和公主结婚后,自己对她的感情也是不会变的。

说完,他就穿戴整齐,准备去落叶公主的寓所。云居雁拿起丈夫换下的衣物,像是自言自语般地吟道:

〈但恨此身遭君弃,不如裁作缁衣披。〉

(馴るる身をうらむるよりは松島のあまの衣に裁ちやかへまし)

她说要出家做尼姑去,眼眶里还含着眼泪。但是,要把丈夫的衣服裁作出家人的衣服来穿,这种心情本身就与出家的感觉相去甚远,反倒让人感到她对丈夫的挚爱。她是当不成尼姑的。

所以,作丈夫的夕雾也一点没有被吓住:

〈君若弃我披缁衣,当留负义薄妇名。〉

(松島のあまの濡衣なれぬとてぬぎかへつてふ名を立ためやは)

这么敷衍一下,就匆匆地走出了家门。云居雁的哭鼻子战术,

一点作用都没有产生。

怎么能丢下幼小的孩子

夕雾终于和落叶公主成婚了。公主的母亲去世不久,公主还在服丧期间,夕雾就装出了一副在公主府上住定了的表情。

云居雁打算就此结束他们的婚姻,生着气回娘家去了。从她轻率的性格来看,夕雾早就料定她会来这一手的,但毕竟还得顾及她父亲的体面,就先回了家。有几个孩子留在家里,妻子带走的是最小的孩子和女儿。一看这般情景,夕雾就知道这只是吓唬人的。男孩子们见到父亲马上就围了过来,告诉他他们想妈妈。

没办法,去接妻子。云居雁正在娘家的客厅里与姐姐聊天。

〈这么小的孩子,这儿留一个,那儿留两个的,自己却在这儿陪人聊天。〉

夕雾先发起了牢骚,说怎么能丢下幼小的孩子不管。接着,他又责备妻子做事卤莽。

〈为了这么点小事,你怎么能做出这等事来?〉

像自己这样有地位的男人,再娶一房妻室,根本不算什么。可妻子居然这么大惊小怪,甚至弄到离家出走,这种行为真是太草率了。看他还蛮有理的呢。

云居雁会说什么呢?她从根本上是与丈夫的想法一致的,所以她没有可以公开反驳的理由。这样,剩下的就只有怄气翻脸了。

〈反正你对我已经厌倦,要想再回到过去也是不可能的,所以,我想不如不将就的好。〉

意思是说我没必要老老实实地忍耐着。她翻脸了。

〈那些年幼的孩子,你能不丢下他们,我就非常感激了。〉

她这是在威胁。

夕雾也毫不示弱,他认定不讲理的是妻子一方,所以语气非常强硬。

〈让外人听来,你说的话也没个大人样,也好,既然你说要分手,那就这么办吧。〉

既然你说要离婚,那就离吧。夕雾的语气很坚定。妻子没有经过深思熟虑,就这样草率地离开了家,你只要一说离婚,她就会慌了神。而且,他料定最后丢人现眼的也是妻子。于是,他又补充道:

〈留在那边的孩子也一样可爱。他们还吵着要妈妈呢,你把他们留下也是有原因的吧。我不会丢下他们不管,反正我会想办法照料他们的。〉

挖苦说云居雁是把没出息的孩子留下了,又说自己会想办法照料他们。他到底要干什么?会不会带到那个女人那儿去。妻子开始不安了。

把话说到这儿,云居雁不久就会回来的。夕雾有这个把握。这是他都算计好了的。

最终,云居雁还是复归原位。夕雾规规矩矩地往来于云居雁与落叶公主之间,每月每人各十五天。

气味相投的夫妇

夕雾和云居雁的夫妇吵架有意思吗?有的人,把他们的这种吵架说成是"婚姻惨痛的破裂"(福永操《源氏物语的女性及作者》

炼瓦书房新社)。

但通过以上对他们的对话所进行的分析,我们可以认为他们并没有发生深刻的烦恼和争执。

他们对事物的看法是一致的,没有在根本上产生分歧。不仅如此,云居雁无论是妒忌还是挖苦,无论是愤恨地谩骂还是流泪诉说,她的话语中,都表现出了对丈夫的深深爱意。

而夕雾呢?虽然妻子有时不讲道理,但性格爽朗,孩子般地招人怜爱。他爱他的妻子,只是有时巧妙地转换话题,有时又不惜挖苦和威胁,在夫妇吵架中,总是稳操胜券。

夕雾具有冷静的判断力,任何事情处理起来都不曾慌乱,和两个妻子的关系,想他也一定能处理得圆满。就是云居雁,一旦她的醋劲过去之后,也同样是个安于现状的女子。

我之所以觉得他们之间的吵架有意思,是因为他们之间的这种风波是建立在某种安心感之上的,他们之间不会有真正的风波。

代表两人爱情的关键词语

まろ(maro)

在夕雾和云居雁的夫妻对话中,双方都用作第一人称的代词。相当于现代日语中的「わたし」「あたし」「ぼく」等,语气比较随便,孩子也经常使用。

这个人称代词,在夫妻对话中,一般只有丈夫用以自称。比如,在「玉鬘」卷里,光源氏对紫姬说「まろもそのつらぞかし」(咱也是其中之一),就是其例。

可是,在夕雾与云居雁之间,不光是丈夫,妻子在对丈夫说话

时也用「まろ」。他们之间为什么会产生这种现象呢？

　　与其他夫妇不同,他们从小在一起长大,青梅竹马。这也许就是造成这种现象的原因。两个人在还是少男少女的时候就互相爱慕,年幼的夕雾曾诉说道:〈以后要是分别了,不知会多么想你〉,对此,云居雁回答道:「まろもさこそはあらめ」(我也一定会的)。少男少女时的用语,大概就这样延用到了现在,就跟我们常常把幼年时的朋友呼作「ちゃん」(chyan)一样。

　　鬼（oni）

　　夕雾平时戏弄妻子时对她的称呼。所谓「鬼」,就是形状可怕,会把人弄死之后吃掉的、人们想像出来的怪物。把妻子比作「鬼」,一望便可知这是个妻管严的家庭。

　　在《源氏物语》中,「鬼」的用例一共有35个,而其中作为「心の鬼」(kokoro no oni)这种特殊用法出现的有15例,有受到良心的谴责、做贼心虚等含义。用于表达自己做出了类似不正当的恋爱关系、私通等必将招致他人责难的事时的羞愧难当的心情。比如「御心の鬼にいと苦しう」(心怀内疚,痛苦不堪),这句话表达了藤壶看到自己与光源氏私通生下的皇子长相酷似光源氏时的内心。

　　剩下的20例就是指一般的"鬼"。像云居雁那样被比作"鬼"的女子还有一个。那是汉学博士的女儿,她说起话来汉语词汇一个连着一个,学识也很渊博,可对男人来说,娶这么个女人作妻子,还不如老老实实地与"鬼"相对而坐更加轻松。大概男人们在看到爱唠叨的女人或与一般女子不同的女人时,就会联想到"鬼"。

寡妇门前

——夕雾与落叶公主

老实人谈恋爱

老实的男人,总的来说,追求起女人来,也显得有些笨嘴拙舌的。其中缘故,读了这一章后就明白了。

这里要说的是夕雾这个憨直的中年男子。他虽然是光源氏的儿子,但他同父亲简直判若两人,是那种与风流韵事格格不入的男子。但到了中年以后,他突然恋上了一个人。那女子是他的朋友柏木的遗孀落叶公主。

然而,他向公主求婚时说出来的好些话,总是不能打动公主的心,有时甚至起到相反的作用。通过夕雾这个人物现象,《源氏物语》展示了内向型男子的恋爱典型。

那么,他是怎么向公主求婚的呢?

请体察一下我的内心

自夕雾开始照料落叶公主母女,这已经是第三个年头了。起初,他是遵照朋友柏木的遗言,从实际生活的各方面照料这对无依无靠的母女。但不知从什么时候起,他爱上了文静优雅的公主。

于是,一有机会,他就向公主暗示自己的恋情,但公主只是一味地佯装不知,两个人之间的关系毫无进展。

碰巧公主的母亲染病,移居到山庄疗养,由此,夕雾得到了千载难逢的机会。平时,夕雾来访时,都是由公主的母亲出面应酬,而现在,只得由公主自己来直接应对了。

只听夕雾说道:

〈令堂的病情实在让人担忧,我恨不得能以身代受。你知道是为什么吗?〉

这句话说得还算马马虎虎。接着他开始陈述理由:

〈恕我言辞失礼,公主自孀居以来,整日抑郁寡欢,愁眉不展。我真心希望老夫人能健康地看到您重新开始生活的样子。惟其如此,你们双方才能安心度日。〉

话说得有些拐弯抹角,这正好表明了他谨慎处事的性格。大概他本来想说,只有你重新开始生活,你母亲才能放心。但今天毕竟是探望病情来的,而且也不能一开口就单刀直入,所以说了句〈你们双方才能安心度日〉这么句含糊其辞的话语。紧接着,他就说起了怨恨公主的话来。

〈只是,公主以为我只担心老夫人的病情,而一点也不体察我多年来对您的感情。真让我好失望啊。〉

终于,夕雾把"我想你"这句话说出了口。

在旁边听他长篇大论的侍女们,到这时方才知道他的真正目的。开场白还算合格。

不留心不在焉人

公主的母亲病情突然恶化,侍女们忙着前去照料,公主的周围没有了旁人。做佛事的和尚正在拼命地念经,驱除病魔。

到了傍晚,山庄被笼罩在浓浓的夜雾里。见此情景,夕雾说道:

〈归途亦被夜雾遮迷,分辨不清了,不知如何是好?〉随即吟歌道:

〈山庄夜雾添愁绪,迷失归途不欲返〉

(山里のあはれを添ふる夕雾に立ち出でむそらもなきここちして)

他是在借夜雾,向公主倾诉自己想待在她身边的心情。在他的心里,也许想起了《古今和歌六帖》中的一首和歌:

夜雾湿衣草为枕,只为不得会君面。

(夕霧に衣はぬれて草枕旅寝するかも会はぬ君ゆゑ)

浓重的夜雾,是男人们驻足的绝好借口。

他的名字"夕雾"也来自于他所咏的这首和歌。

那么,公主是如何回答的呢?

〈山村竹篱浓浓雾,不留心不在焉人。〉

(山賤の籬をこめて立つ霧も心そらなる人はとどめず)

她把自己比作是浓重的夜雾,把夕雾说成是心不在焉之人。这是什么意思呢?〈不留心不在焉人〉,是说夕雾要急着回家,你既然心不在这儿,就不留你了,请你回去吧。也可以理解为,只要你心在这儿,就留你。她这样回答,足可以让男人作非分之想的。在

这个时候,公主对夕雾多少是有些倾心的。她的答歌只能让人作如此推测。

本来就不擅长谈恋爱的夕雾,得到公主的这种回答后,马上就热血沸腾了。

只要你不允许

夕雾早就把喋喋不休的妻子和一大堆孩子抛到了脑后,控制不住激动的心情,向公主诉说自己的衷肠,抱怨公主的冷漠无情。公主听着心烦,只字不答。夕雾想到如果错过这次机会的话,没准就再也不能亲近公主了,于是他只留下贴身侍从,把其他人都打发走了。之后,若无其事地言道:

〈归途难辨,今夜我就在此借宿了。那么,就请允许我宿在帘前吧,等到做法事的高僧休息时,我有事要和他商量。〉

夕雾今晚显得脸皮很厚。往日,他都不会这样坐下不走,也不会有这种轻浮的举动。公主深为不安,屏息坐在帘内。

然而,夕雾不停地说长道短,竟至跟着递话的侍女进了房间。

公主惊慌地想从北面的隔扇脱身,但夕雾一把抓住了她的衣服,只是她的身体已在隔扇外,隔扇也关不上了。就是能关上,从外面也没法上锁。公主吓得冷汗直流,浑身颤抖。

侍女们也被夕雾与往日截然不同的突然行为给吓住了,但他有身份,不便粗鲁地把他拉开,只得带着哭腔求他松手,而他竟坦然地说只想在公主身边和她说说话而已。

〈我对公主仰慕已久,感情难以自制才致有这越礼行为,轻薄之责自然在所难逃。不过,只要没有公主许可,绝不会有更进一步

的非分要求。〉

夕雾向公主保证,说只要得不到她的许可,就绝不作越轨的举动。之后,又向她诉说自己的相思之苦。

知道我的心吗?

〈我内心实在痛苦难耐,正可谓是柔肠寸断啊。总以为无论如何您也会自然而然地觉察到的,可您却要故意装作不知,待我如同陌路,使我无法申诉,也毫无办法。即使您把我看作是不懂情理的非义之辈,我也要把积郁的悲愁倾诉出来,否则它们就会在我的心里腐烂掉的。〉

夕雾在详细地解说自己的思恋。也许是合情合理的,但没有一句话能抓住女人的心。所以,公主用手使劲拉住纸隔扇,僵着身子,一言不发。

如果是那个情场老手的光源氏,碰到这种场面,他一定会说自己是怎样苦心等待着这样的机会,或者说和你的姻缘是前世注定的,见到了你,我才失去了理智等等能够打动女人心灵的话语。

但是,在对待女人方面没什么经验的夕雾不懂这一点。他只会讲大道理,以求获得对方的理解。

又不是不懂男人

而且,公主一旦没有表示理解,他就说成是她不对。这是求婚时最不应有的态度。

〈总是这样不理解我的感情,反倒显得您考虑不周了。〉

一般来说,女子马上向男子敞开心扉的话,就有失浅薄。可在

夕雾看来,面对像自己这样憨直可靠的男人,你还无动于衷的话,就反倒显得浅薄了。他这是在责备公主。接着,他居然对僵坐着的公主说出了这种威胁的话:

〈您这般无与伦比的轻视,真叫我再也无法老老实实地呆下去了。〉

他在威胁她,说没准会做出违背她心愿的事来。

无论什么人,越是受到威胁,也就越是戒备。听了这话,公主自然是神情紧张,也紧紧地关闭了自己的内心。

夕雾焦急了。于是,他说出了最为伤害公主的话语:

〈你又不是不懂男人。〉

没有比这样的话更加侮辱人的了。他以为公主曾经有过结婚的经历就好接近了。这是无论如何也不该说出口的。

像这种伤害女方自尊心的话语,他说起来也毫不在意。这是个不懂体贴的男人。

如此出言不逊

不出所料,落叶公主受到了深深的伤害。一直闭口不言的她终于说话了:

〈不幸的婚姻,已使我知道自己罪孽之深重。你如此出言不逊,更教我作如何思想呢?〉

她是皇女出身。今井源卫先生在〈三公主的下嫁〉(《源氏物语的研究》未来社)、后藤祥子女士在〈皇女的婚姻〉(《源氏物语的探究》第8辑风间书房)中已作了详细的论述,皇女结婚是极为罕见的。当时的习惯是,皇女要保持优雅的风范,以独处终其身。

可是，落叶公主在父皇的劝说下，像普通女人那样嫁给了地位并不算高的柏木为妻。所以，对她来说，结婚本身就是她的罪孽。接着，她又用几乎听不见的声音，凄楚地诉说道：

〈自知此生多愁苦，何当添泪留薄名？〉

（われのみや憂き世を知れるためしにて濡れそふ袖の名をくたすべき）

违反了皇女独身的习惯嫁了人，这倒还不算什么。关键是这个婚姻非常不幸。丈夫柏木不喜欢，对她很冷淡，使她成了世人嘲笑的对象。而且，丈夫最终还撒下她早逝了。经受了这许多的不幸，使她足以被世人当作不幸的皇女的典型，成为巷谈的话柄，遭人嘲笑。

所以，对她来说，提及她的那场婚姻是最为痛苦的事。听了夕雾刚才的一席话，公主是旧愁新怨交织在一起，悲从中来。她哪还可能接受夕雾的求爱呢。

听到公主声泪俱下的诉说，夕雾也感到自己说走了嘴，赶紧陪笑道：

〈恕我说话放肆了。〉

他其实并没有什么恶意。只是想到哪儿就说到哪儿罢了。

可是，他陪罪的话音未落，又说了同样没有分寸的话：

〈我不添泪也枉然，薄名早留奈之何？〉

（おほかたは我濡衣を着せずとも朽ちにし袖の名やはかくるる）

怎么能说得出这般没心没肺的话来！他把她的短处合盘托出，而且用的是这种漫不经心的口吻。他想说，反正你的名声已经

不怎么样了,和我之间再有什么轻薄之名的话,也没什么大不了的。他不知道这只是他自以为是的单方面的理由而已。

公主被触痛了伤疤,作为皇女的自尊心也遭到了彻底的蔑视。无论如何,她也不会向说这种话的男人敞开心扉的。

可笑的是,夕雾都没意识到自己说出来的话有多伤人。他还催促道:

〈赶紧下决心吧!〉

反正轻薄之名是躲也躲不掉了,抛开一切顾虑投入我的怀抱吧。他还以为是到时候了呢。

憨直的男人不知道说些让女人高兴的话。相反,无意中一句接着一句地说出了侮辱公主的话语。可以说,他的话语与公主的感觉是完全背道而驰的。

夕雾一定还觉得意外:公主为什么不能理解他的感情呢?

何出此言

顾及到自己的体面和外人的谈论,落叶公主只对夕雾言道:

〈至少,请你在天亮前离开这儿。〉

终于,夕雾还什么都没来得及做,夜空发白,不得不返回了。但他还不死心,临走,还说了这么句招人嫌的话:

〈轻薄之名,反正你已经躲不掉了。〉

他想说,我们在一起待了一夜,谁会相信我们之间什么事都没有呢?说这种话,真是再笨不过了。

公主也清楚得很,今晚的事必定会使她的名节雪上加霜,但她至少要无愧于自己的内心,于是就毅然决然地回敬道:

〈托辞归途草露重,欲加湿衣添薄名。〉

(わけゆかむ草葉の露はかことにてなほ濡衣をかけむとや思ふ)

〈何出此言呢?〉

多好的机会,就这么白白给错过了。夕雾不仅没有把公主的心说动,反倒伤害了她,惹她生气了。

你就认命吧

三天后,公主的母亲在山庄病逝。夕雾把葬礼安排得井井有条,为的是好让公主领受他的诚意。

但是,公主觉得母亲的早逝正是由于她过分担心自己与夕雾的关系所致,无论如何也不能原谅他。

夕雾对态度坚决的公主简直一筹莫展,最后,终于想出了一条妙计。待公主从山庄返回京都的府第时,他已把房屋翻修一新。俨然一副主人的样子,在那儿等待公主的到来。让外人都以为他们已经结婚了,以此来要挟公主就范。就跟攻城一样,把护城河都填平了,不愁城会攻不下。碰到这种具体问题,夕雾还是非常有能力的。

在侍女们的催促下,公主不情愿地从山庄回到了自己的府上,但她为了避开夕雾,躲进了壁橱里,并从里面把门锁上了。公主在壁橱里坚持了两天,但这种反抗在夕雾看来已是微不足道的了。他拉拢侍女,从侍女进出的通道来到了壁橱。公主见自己已无路可逃,简直是泣不成声。夕雾见状,也不觉扫兴,但他还坚持要说服她。

〈你就认命吧。身不由已之时,也不乏投河自尽的先例,且把我对你的爱情视作深渊,把你自己当作欲弃之身吧。〉

夕雾一直希望能够得到公主的同意。可是,你想想,有哪个女人会主动答应对方:"哎,行呀。"这个憨直的男人,他对女人的进攻一直都没有切中要害。夕雾在让公主彻底绝望后,才得与她结为夫妇。

不懂女人心理的男人

夕雾有学问,官职也很高,碰到具体问题时,是个相当有能力的男子。而且他仪表堂堂,应该说,他具备了受到女人青睐的所有条件。

可是,一到风流场上,他就显得无能为力。为什么呢?通过上述对他的话语所进行的分析,我想大家已经明白个中的所以然了。用一句话说,那就是他不能把握女人的心理。

另一方面,他只知道对公主讲自以为是的道理,要她认同。一旦说理说不通的时候,他就觉得非常意外,说了那么些伤害人的、挖苦人的话语,其结果,反倒使得公主的心更加坚定了。最后,置公主于进退维谷之地,才得以结为夫妻。他不能用甜蜜的语言打动女人,也不会用暴风雨般的爱情去迷惑女人。

《源氏物语》中的这个夕雾形象,会不会就像你身边的某个男人呢?

代表两人爱情的关键词语

夕雾(yugiri)

傍晚时分升起的雾气。在这个故事里,是为男主人公创造了表白爱情机会的景物。也是和歌中的常用语之一。

公主逗留的山庄在比叡山的山脚附近,傍晚时候,浓雾锁窗。男主人公暗自盘算着在山庄过夜,就托辞雾重难辨归途。公主也用"雾"吟歌作答,那首歌容易让人理解为公主是有意留他的。在「夕雾」的撮合下,男主人公陷入了情网。

从此以后,《源氏物语》就赋与了这个山庄以"夕雾"的印象。再提到山庄时,就称"那个夕雾浓重的,老夫人住过的山庄。"

在《源氏物语》中「夕雾」只有 3 个用例。男主人公求爱的和歌,上述有关山庄的说明,还有一例用作比喻难以沟通的公主的内心。无论如何「夕雾」都是恋爱场面不可或缺的道具。

心空なり（kokoro sora nari）

落叶公主觉察到夕雾有了回家之意时说的话。表示"漫不经心""心猿意马"之类的意思。

「そら」(空)在天与地之间,是一个不属于任何一方的空间。正因为它处于不上不下的位置,就用来形容"没着没落的不稳定状态"。当这种状态发生在人物的内心时,就说成是「心空なり」。

在《源氏物语》中,「心空なり」的用例有 13 处。其中的 11 例是用来形容男子思念爱慕的女子而心不在焉的样子,而且,大多数用来形容夕雾为了落叶公主而神不守舍的神情。当听到公主移动身体时衣服发出的声音,夕雾都会变得「心も空に」。他是个十足的生手。

相近的词语有「心地も空なり」,在《源氏物语》中只有一个用例,也是用在了夕雾身上。他虽然在山庄借宿了一夜,但也没达到

与公主同床共枕的目的就不得不返回,他那时的心情就是用「心地も空なり」来形容的。

竹篮打水

——薰大将与大君

出生的秘密

有男女双方虽然互相倾心却不能结合的恋爱。这章要介绍的薰君和大君的故事就属于这一类。

他们之间的爱情没有开花结果，大君就匆匆地离开了人世。其中的原由何在呢？下面就通过对话，来进行具体分析。

薰君名义上是光源氏晚年所生，但他从小就隐隐约约地感觉到光源氏不是自己的生身父亲。母亲年纪轻轻的就削发为尼，这其中必有缘故。自己的生身父亲是谁呢？他总是闷闷不乐，为此也产生了强烈的厌世心态。他倾心佛道，经常出入住在宇治的八亲王的府邸。

八亲王是桐壶帝的皇子，因为卷入政权之争，失败后隐居宇治，醉心于佛法，过着高僧般的生活。

与八亲王交往已经有三年了。这一天，薰君来访时，正好碰到亲王到附近山上的寺院里斋戒。正在去留难定之际，他被悠扬的古琴声吸引住了，打开篱笆的门向里窥视，发现有两位绝世美人。她们是八亲王的女儿，正因为考虑到这两个女儿的生计，八亲王才

没有出家,不得已在红尘中打发时光的。

长女叫大君,今年 24 岁。二女儿叫中君,今年 22 岁。薰君今年也是 22 岁,已经升为大将。

看到这般美貌的女子,薰大将的求佛之心开始动摇了。

做一个谈话伙伴

薰君打算向她们表示一下问候就返回京城。侍从通报薰大将来访,可她们身边没有一个像样的侍女可以出面应答,只得由相当于女主人的大君来亲自与他应对。

他首先向大君表明,自己与一般的好色之徒是绝对不同的,之后开始诉说自己的心情。

〈人生在世,百无聊赖,希望您能成为我诉说这种寂寥之感的知音,您也能把我当作这种远离人世的孤寂生活的慰藉,也向我倾诉您心中的愁苦,若得与您这般亲近,我不知该有多满足呢。〉

薰大将是孤独的。而生活在宇治深山里的人们,也一定是寂寥无比。他希望两颗孤独的心能够摒弃世俗的男女之情,互相倾诉,互通信件,使各自的内心得到安慰。

正不愧是有心求佛的薰大将,他向大君要求的东西,与一般男子的不同。可是,这种事情,实际上可能吗?

大君很不好回答。如果他很清楚地表明了爱慕之心,还可能加以拒绝。可他提出的要求显得那样诚恳又离奇。大君为难了。正好,有一个口齿伶俐的老侍女过来,大君就让她前去应对,自己退回到房间里去了。

老侍女虽有多嘴多舌的毛病,但在待客方面,那是万无一失

的。老侍女见到薰大将就哭了起来。这是怎么回事？原来这个老侍女是惟一知晓薰大将出生秘密的人物。悄悄地与老侍女约定下次来听她细说由来，薰君就准备动身回京了。

一定愁绪万千吧

把视线移向眼前的风景，只见宇治川上有几艘形容枯萎的船只负着沉重的柴禾艰难地行进。由此，薰君联想到人世之虚无，随手写下了这么首和歌递给两位小姐。

〈浅滩撑篙双袖湿，料想桥姬心泪流。〉

（橋姫の心をくみて高瀬さす棹のしづくに袖ぞ濡れぬる）

〈一定愁绪万千吧。〉

大君回赠道：

〈往返宇治川上行，朝夕泪湿袖已朽。〉

（さしかへる宇治の川をさ朝夕のしづくや袖を朽し果つらむ）

〈恰似"身浮泪海中"。〉

请大家比较一下，他们所咏和歌的内容就像是出自一人之口，完全意气相投。薰君推想小姐们生活在这荒凉的地方一定是愁绪万千，大君就和答说悲愁的眼泪使得衣袖都腐烂了。意欲共同分担忧愁的两颗心，是那样的一致，薰君看到大君能这么不加掩饰地说出心中的愁绪，心想这女子果真不落俗套。像这样的两个人结合，看上去是完全顺理成章的。

薰君对八亲王困窘的生活深表同情，开始不经意地进行物质上的援助。八亲王考虑到自己来日无几，看中他为人诚恳，就把女

儿们日后的生活托付给了他。

那个老侍女,悄悄地把他出生的秘密说与他听。他的生身之父是一个叫作柏木的人。私通被光源氏发现后,柏木对日后的生活感到绝望,不久就去世了。临终前,柏木把与母亲之间往来的信件交给了这位老侍女,她把这些东西保管得好好的,希望有一天能够转交给薰君。这个老侍女原来是柏木奶妈的女儿,一直侍奉柏木,晚年后才到八亲王处照料两位小姐。

有关自己出生的秘密,老侍女是否已经泄露给了两位小姐?薰君甚以为忧。若果真如此,和他们结婚是保守秘密的最好途径。他对两位小姐越发着迷了。

意想不到的举动

八月二十日前后,八亲王在山寺斋戒中去世。薰君悼念八亲王,更担心两位小姐会伤心过度,就经常来宇治探望。

姐姐大君是他心目中的理想女性。他的求佛之心,不知不觉间变成了爱慕之情。偶然,他难以抑制自己时,会情不自禁地吐露真情,对此,大君只是佯装不知。

八亲王的一周年忌日到了,薰君把一切都安排得有条不紊。写祭文时,他把自己的爱慕之心写在纸上给大君看,大君以自己生命短暂为理由,不可能永结同心,轻描淡写地就给拒绝了。

这天晚上,薰君好像打算在此借宿。大概是为了向她求爱吧。近些日子,他开始显得有些怨恨不平,弄得大君不情愿出面应对。但念及他的深情厚意,又不忍心冷淡他,只得把亡父灵前的油灯挑得亮些,在帘子的旁边又立了一道屏风和他对话。

侍女们都退下了。她们都希望这两人能够成婚。只要他们结婚,经济上就稳定了,侍女们自然也就能得到好的待遇。

灯油将尽,竟没有一人来把灯挑亮些,周围又一片漆黑,大君有些害怕,她想溜到侍女们呆的地方去。

〈身体稍有不适,能否少作休息,留待明晨再叙吧。〉

大君想往里去。就这么让她跑掉了,今晚在此借宿的目的可全落空了。

〈跋涉山路之辛苦,小姐可曾知晓?能这般与小姐亲切交谈,才得聊以自慰。小姐就这样弃我而去,好令我沮丧啊。〉

说着,薰君就轻轻地推开了屏风,来到了大君的房间里。慌忙间,大君想脱身,但没来得及。还没能完全进入里面的房间,就被薰君抓住了。大君责问道:

〈你说无拘无束地谈话,就是指这种行为吗?

想不到你会有这样的举动!〉

想到哪儿去了?

〈我说希望和您无拘无束地交谈,可您总是不予理解,我只好进来教您了。〉

接着,薰君竟说出了再失礼不过的话语:

〈您说我的举动出乎意料,您这是想到哪儿去了?〉

被男人这样反问的时候,女人的心情会是怎样?这种话无异是指责对方想到了男女间的那种事,女人听后一定会面红耳赤,为自己的言语感到羞耻,但同时也一定紧紧地关上了心灵的大门。

之后,他还像在表明自己的纯洁似地说道:

〈我可以在死者灵前发誓。真扫兴,别这样害怕好吗?

我早就想好了,绝不伤害您的感情。别人一定想不到会有这样的事情,但我就是这样,一个彻头彻尾的傻瓜男人。〉

薰君一味地强调自己没有一点龌龊的想法。这样一来,大君简直无地自容了。现在占据她脑海的是:如何恢复被伤害了的自尊心。

无言以对

大君哭诉道:

〈我没有意识到您有这样的想法,和您这般亲近地交谈,自己都觉得意外,可今天,竟让您看到了我身穿丧服的样子,您这种太欠考虑的做法,反倒让我意识到自己是多么的思虑不周。所有的这些,都令人心绪难平。〉

与男人会面的时候,本该穿着讲究,可你却看到了我穿丧服的样子,这种做法也太无视我的感情、缺乏考虑了。大君在责备对方。但她不光只是责备,她还在反省自己。说这些都是自己思虑不周造成的。她的这套道理,是谁也挑不出毛病的。由此可见,她已经是完全由理性支配着的了。

听了大君的这番话,薰君该如何以对?但愿他能说出些让大君的精神得到放松的话语。

〈没想到您对我厌恶到这般程度,真让我羞愧难当,无言以对。〉

他的话反倒使得事态陷入了僵局。他是不折不扣地听信了大君的话,惶恐地不知所措而后退了几步。可是,这种时候是不能退

却的呀。

刚才是大君被薰君的话语所羞辱,而这次,薰君被大君的一通大道理给吓住了。他们之间的距离反而比见面之前拉大了。

薰君还要接着辩解,说考虑到自己多年来的诚意,即使是在服丧期间,大君也该原谅他的。

碰巧这时,从死者灵位前传来阵阵的佛香,漂浮在佛坛前水池里的木兰花也格外芬芳。薰君自己也意识到在服丧期间的这种行为有失轻率,像是那些轻薄男子所为。他也恢复了理性。这样一来,两个人之间不就什么都不会发生了吗?

果然,薰君轻声地谈起了人世之无常。大君不时地陷入沉思,听着宇治川的水流声,回忆起父亲留下的遗言。

薰君说道:

〈我们总能这样同心赏月、同心惜花,共话人世之无常,此生就别无他求。〉

东方已经发白了。大君答道:

〈如果不是这样尴尬地面对面,而是隔着帘子谈话,那真可以无拘无束了。〉

他们只是肩并肩地谈了一夜的话,天就大亮了。任何令人兴奋的事都没发生就分手了。薰君第一次错过了与大君结为百年之好的机会。分别之后,双方都无法解除紧张的心情,不能安睡。

您是在愚弄我们

在这之前,大君没想到薰君会真心想跟她结婚,所以也从没有认真考虑过结婚的事。而现在,他已经作出了这样的举动,就必须

得表明态度了。他是个无可挑剔的诚实、出色的男人。父亲也认可这一点。可是,对已经过了适婚年龄的自己来说,可就是高攀了。

与自己相比,妹妹年轻漂亮,就这样埋没了的话,也太可惜了。还是让妹妹跟他结婚吧,自己承担起母亲的角色来照顾她。

母亲在她们年幼时就去世了。为此,多年来一直都充当母亲的她首先考虑的是妹妹的幸福。

服丧期过后,薰君又来了。有老侍女引路,他毫不费事地来到了她的卧房。本来就难以安睡的大君听到声响就意识到了,自己悄悄地溜出了房间,而把熟睡的妹妹给留下了。薰君靠近后,才发现不是他的意中人。

确实,中君很漂亮。薰君也一时犹豫起来。但他不甘心就这样听从了大君的安排,没有和中君结合,只是静静地一直挨到天明,就分手了。

就这样,薰君失去了第二次与大君结合的机会。

薰君是这样考虑的。要想和大君结婚,就得先让中君和其他男子结婚,这样一来,大君就无论如何得投入自己的怀抱了。他想到了自己的朋友匀亲王。匀亲王早就对这双姐妹产生了非同寻常的兴趣,他又比自己身份高,虽说有些好色,但若见了中君的美貌,也一定会心满意足的。

薰君带着匀亲王来到了宇治,把一切都安排得细致周密。首先,薰君提出要与大君会面,大君为了以防万一,牢牢的插上隔扇的门闩才与他会面。不过,在薰君的要求下,她一点一点地从里屋往外移动。看样子,她还是喜欢他的。

薰君不失时机地拉住她的袖子抱怨她的冷酷，而大君则请求薰君待妹妹如同己身。薰君估计到匂亲王大概已经与中君既成事实，就把一切告诉了大君。听罢，大君几乎要晕厥过去。怎么偏偏让妹妹与这么个大名鼎鼎的好色之徒结婚呢。

只听大君言道：

〈想不到您能做出这般出人意料的事情来。我那幼稚的内心，在您面前也都暴露无遗了，所以您才这样愚弄我们的，是吧。〉

说这些话时，大君一定是竭力克制着内心的惊讶和懊悔，不让泪水流出来。她是个坚强的女子。愚蠢的是薰君。在这样关键的时刻，首先要做的是如何说动对方，他反倒坦白了最让大君吃惊和痛苦的事情。在对薰君的信赖感完全丧失了的情况下，大君又如何能向他敞开心扉呢。

既然他决意要尊重大君的感情，在没有得到她允许的情况下不作非礼之行，那么，这时候他该说的，是如何平和她的心情、同意和他结婚的话语。

没有了生活下去的信心

由于突如其来的打击，已经使得大君有些语塞，可薰君竟然还要穷追不舍地拿话激她。

〈您可能倾心于身份高贵的匂亲王，可您也得知道命运不是可以随心所欲的。人家匂亲王看上的是中君，我虽然为您感到遗憾，但我自己的一片诚意得不到回报，更是觉得既羞耻又可怜。〉

你听他都说了些什么？明知大君对匂亲王毫无那种意思，却偏要说她被自己倾心的人抛弃了，令人同情什么的。他是把大君

因过分的打击而失去了正常表达能力的样子,硬说成是因为喜欢匀亲王的缘故。说你就拿我来将就将就吧。他应该毫无保留地把自己对她的爱恋赤裸裸地倾诉出来才是。可他,面对这位不易说动的女子,竟还要雪上加霜:

〈事已至此,您就认命了吧。〉

说完,他做出一副欲破门而入的样子。看来,他打算今晚是无论如何都要把事做成了。

大君的心情简直是糟透了。但眼前,还得把薰君稳住。于是,她先让自己安下神来,然后有条不紊地向他说明自己为什么不能同意他的所作所为。最后,她决定退到里屋去,就对薰君言道:

〈我心情不好,头昏目眩的,想进屋去休息。请您把袖子松开。〉

大君耐着性子讲道理的态度,已经令薰君无地自容了。于是,他分辩道:

〈请您听我说,正因为我无上地尊重您的意愿,才落得这般愚笨。可您竟把我当作无比厌恶的人来对待,真让我不知说什么才好。

再没有在人世上生活下去的信心了。〉

大君一旦采取强硬的态度,薰君就觉得她厌恶自己而退却,甚至失去了生活下去的心情。之后,就按照大君所要求的那样把袖子松开了。

薰君松开袖子之后,大君是否躲进里屋去了呢?没有。她还坐在隔扇的那面。尽管袖子也松开了,她完全可以躲到里面去的。

薰君和大君,就这么隔着纸隔扇,彻夜未眠。只有宇治川湍急

的流水与他们为伴。

而中君和匂亲王结成了夫妻,度过了甜蜜的一夜。

挚爱惟有君

那之后,薰君还向大君表达过几次,但每次,大君都在隔扇的那一面与他谈话,她再也不与他直接见面了。亲眼目睹了妹妹的婚后生活,她已经痛感到男人的感情是多么的虚无和不可靠。她已定下主意,以独处终其身。

她仰仗着薰君物质上的援助,尽心照料妹妹的生活。薰君也不着急,耐心地等待着她有朝一日会回心转意。可是最近,大君听说匂亲王将与权门的千金正式结婚了,她担心妹妹的未来,竟然一病不起。薰君多次跋山涉水来看她。事到如今,她也才意识到,与以好色闻名的匂亲王相比,薰君是个多么有诚意的男子。一切都为时晚矣。

临终前,大君把薰君请到病床前:

〈我曾暗示,请您就把妹妹当作我自身。果若那样的话,我也就可以安心死去了。惟此,我心中的怨恨难消。〉

她期望的是,薰君能把妹妹当作自己,与她成婚。

薰君回答道:

〈在这个人世上,除您以外,无论如何也不愿与其他人有什么关联了。不得已才违背了您的心愿。〉

薰君是在告诉她,除了她以外,任何人他都爱不起来。对于一直都悄悄地爱着他的大君来说,他的这句话一定是莫大的安慰。就这样,带着薰君无限的爱怜,大君悄然地离开了人世。

永远的处女

彼此倾心却又不能结合的一对。分离的时候,他们的心是相通的,但一旦见了面,心与心之间却出现了令人痛心的隔阂。

他们的恋情没能开花结果,原因何在呢?

只要回忆一下他们会面时薰君说的话语,你就明白其中的所以然了。他看重大君用语言表达出来的感情,以为尊重她的意愿就是爱她的标志。所以,他一直是令人难以置信地被动。不知道该积极主动地向女方发起进攻,也不曾用充满热情的话语迷惑对方以致下决心和他结婚。薰君之所以自始至终要按照大君的意志行事,那是因为在他看来,大君如何看待他是他所最为在乎的。

而且,不幸的是,他还是个不知道对女人的话语打折扣的老实人。读不懂隐藏在语言背后的女人的心思,也就不知如何应对。大君责备他时,他就以为是自己讨她嫌了,不是找不到话语应对,就是说些挖苦或厌世的话。

另一方面,大君是个富有理性而又保守的女性,与自己的幸福相比,她更希望妹妹能有一个美满的婚姻,充满了自我牺牲精神。要想让她下决心结婚,除了男方更为积极主动以外,是别无他途的。

再怎么说,第一次那么好的机会给白白错过了,实在令人惋惜。那时候,大君想把薰君让给妹妹的想法还没有明确呢。

他们的这种感情波折,让我们这些俗人看着干着急。不过,没有结果的恋情也自有它的感人之处。

不曾体味过爱情甜美的薰君,踏上了寻找大君的身影的爱的

旅程。

代表两人爱情的关键词语

めづらかなり (mezuraka nari)

薫君突然闯进房间时，大君用来责备他的用语。意思是"与往常不同"、"出人意料"。也有用作褒义的，但在本章内只用作贬义。

有的书上说，「めづらかなり」与「めづらし」几乎同义，可「めづらし」的含义是"出人意料地出色"，只用于褒义，这一点就与「めづらかなり」不同了。

尤其在《源氏物语》中，大多数情况下，「めづらかなり」都用作贬义。虽然都有"出人意料"之意，但总体上是指不好的事情。比如在知道自己是私生子时，就会用「めづらかなり」来表示惊讶。

薫君瞒着大君让中君和其他男人结婚了，大君听说后，她再次用「めづらかなり」表示了对薫君的强烈不满。这是象征着薫君做事缺乏考虑的词语。

はづかし (hazukashi)

用来表达被大君的话语唬住了的薫君内心的词语。与现代日语的「はずかしい」(hazukashi i)的词义几乎相同。意识到对方的出色而所产生的"拘谨""自卑"，或是想到自己的卑小、失败而觉得"没有脸面"。

薫君经常对大君怀有「はづかし」的感觉。比如，第一次向大君吐露恋情时，大君佯装不知，轻描淡写地就转换了话题。这时，在薫君看来，大君的样子是「はづかしげなる」（让自己觉得无颜以对）。再有，虽然闯入了卧房，但却被大君巧妙地躲开了。他日后

回想起这件事时称:「いとはづかしけれど」(简直无地自容)。

　　有趣的是,大君对薰君也同样抱有这种心情。如果薰君是个普通的男子,大君可能就跟他结婚了,只因薰君「はづかしげに」(出色得令人汗颜),她才犹豫不决。他们的恋情之所以没有结果,大概就是因为受到这种「はづかし」的感觉阻碍而不能深入到对方的内心世界之故吧。

三角关系

——薰君、匂亲王与浮舟

寻找已故恋人的身影

虽然两个人互相爱慕,但没等结合,女子就告别了人世。那么,留下来的男子,他往后该怎么办呢?

许多男人不就是为了寻找已故恋人的身影而开始寻花问柳的吗?薰君也一样。为了寻找大君的身影,他先是追求妹妹中君,之后又为了她们同父异母的妹妹浮舟而费尽心机。

事到如今,薰君觉得中君与大君非常相像,但中君现在已经是朋友匂亲王的妻子,不可能再接受他的恋情了。他克制住了自己的感情,并把由中君介绍的浮舟当作大君的替身来爱她。浮舟的长相酷似大君。

然而,朋友匂亲王竟把手伸向了浮舟。他想把这个可爱的女子从薰君那儿夺过来。浮舟被两个男子的感情所左右,陷入了三角关系的泥潭中。他们的结果到底怎样?

那年薰君二十六岁,匂亲王二十七岁,浮舟二十一岁。

我希望从他们间的对话,来分析他们陷入三角关系的原由。

古琴总该学过一点吧

薰君怀着对大君的无限思恋,在京都的一间小屋里,与浮舟结合了。这种积极主动的行为在他是破天荒的。他向浮舟求爱时的表白,对他这个不善言辞的人来说,也可以打满分了。诸如把你当作已故恋人的替身之类失礼的话,他居然一句都没说出口。

〈自打窥见你的身影以后,就被你给迷住了。该是前世因缘吧,对你的这种感情,连我自己都觉得不可思议。〉你听他的口气,就是那个大名鼎鼎的光源氏也不过如此。同床共枕后,他把她抱上车,接她来到了宇治的宅第。

他计划先让她在这儿住上一阵,然后接到京都的别宅。算是情人待遇。

浮舟皮肤白皙,眼角、发鬓还有脸型,与已故的大君惊人地相似。只是她生长在关东的地方城市,情趣和教养不知要比大君逊色多少。

〈过去,大家都在世的时候,你要是也在这儿长大的话,你对这些房屋也该另有一番感情吧。〉

这座宅第,本是浮舟的父亲八亲王和他的女儿大君、中君居住过的地方。由于生母身份卑贱,浮舟没有得到父亲八亲王的承认。无奈之下,母亲带着她嫁给了常陆守,直到继父任期结束,她都一直生活在关东地区。

〈为什么在那样的农村住上这么些年呢?〉

这样的问话,让浮舟如何回答呢?又不是自己喜欢到那样的地方去的。而且,在她听来,这句话无异是在揭她的短处。薰君的

话伤害了她的自尊心。

只是,薰君并没有什么恶意。他还打算着今后要好好教她,使她具有与作为自己恋人相符的情趣和教养。

〈再怎么着,古琴总该学过一点吧。无论如何,《啊,我的妻》你一定经常弹奏吧。〉

《啊,我的妻》是用关东琴弹奏,关东琴又称和琴。因为浮舟长在关东,他才这么说。

浮舟就像是在接受一次面试。本该是男女倾吐爱慕之情的时刻,可浮舟不仅听不到山盟海誓,反倒紧张到了极点。

连和歌都不相宜的村姑

那么,浮舟又是怎样来回答的呢?

〈我是个连和歌都不相宜的村姑,更谈不上古琴了。〉

浮舟很朴实,她为自己没有修养而感到羞耻,但那是事实,没办法。

薰君提到了关东琴,她想到了关东琴的别名"和琴",由此联想到和歌,才作了以上的回答。还算回答得机敏,可以给个 60 分。薰君也放心了些。她的脑子转得还不算慢。

薰君放弃了跟她合奏古琴的想法,顺口吟诵了《和汉朗咏集》的一句汉诗:

〈楚王台上夜琴声〉

这座房子正好位于宇治川畔的一个高台上,想像着在这儿弹奏古琴的感觉而脱口而出的。话音刚落,他自己都被这句诗的含义吓了一跳。

这首诗里的女主人公是一位失去了皇帝的宠爱而遭弃的薄命女子。她被比作是夏日视作珍品而秋日终将被弃的白色扇子。可现在,眼前这位浮舟,她手里摆弄的扇子,正好是白色的。多不吉利的一致。

虽是自己无意所为,薰君也觉得好扫兴。两个人刚刚结合,本是该好好庆贺一番的,可自己竟然吟诵了一首象征着爱情凋谢的诗句。

再看浮舟,她大概是不熟悉这首诗的内容,还在与侍女一起感叹薰君的风雅呢。在崇尚武艺的环境中长大的她,都不知道这句诗的内容是应该忌讳的。

虽然,浮舟的外貌好似大君再生,但她没有修养,更没有建立在修养之上的高质量的反应。薰君感觉到自己的梦想正在破灭。她终究不是大君。

不过,耐心的他等待着有朝一日能看到浮舟内心的成熟,从她那可爱的外表,回想着大君生前的音容笑貌,以此来慰藉相思之苦。

永远和你在一起

对浮舟来说,时间实在是太富裕了。宇治远离京都,薰君相隔好久才能过来一次。浮舟常常陷入沉思,宇治川的激流和远处的群山陪伴她度过漫漫长夜。

就在这百无聊赖的日子里,有一个晚上,发生了一起彻底改变她人生的事件。侍女们以为是薰君来了,可被领到浮舟房间的,竟是薰君的朋友匂亲王。

匂亲王模仿着薰君的声音和样子,趁着夜色,混进了浮舟的房间。浮舟惊恐得刚想呼喊,嘴就被捂住了。

不久前,浮舟曾投奔二姐中君处,那时,中君的丈夫匂亲王就有意于浮舟,只是碍于周围的人物关系才未能遂愿。自那时起,匂亲王就没有忘记过妻子有一个美貌的妹妹,终于,他获知浮舟已为薰君所拥有。于是,他派人打听她的住处,制定了一个十分周密的计划闯了进来。

到了这种地步,自然只有女人认输。更何况,只要是稍有姿色的女子,匂亲王是一个也不放过的,浮舟又岂能抵抗得了?虽然浮舟一直都在哭泣,但面对与薰君完全不同的充满激情的爱抚,她的心在逐渐向匂亲王倾斜。

天亮了,侍女们这才意识到自己的过失,但为时已晚。现在再弄得沸沸扬扬也无济于事了,干脆,就当什么事也没发生过。

糟糕的是,与薰君不同。匂亲王有着对于别人的任何想法、甚至坏话都不介意的蛮劲儿。到了上午他也不准备回去。今天一天,他都要和浮舟呆在一起。浮舟把匂亲王的激情当作了对自己的深情,以为这才是真正的爱。现在,她已经对匂亲王百依百顺了。匂亲王也觉得她娇媚可爱。

匂亲王画也画得不错。

〈不能随心所欲来看你的时候,你就看看这幅画吧。〉

说完,他绘就了一对美貌男女相依而卧的画面,还说道:

〈多想永远这样跟你在一起。〉

这句话甜得都能把女人的心给融化了。

不会变心吧

春日够长的了,可今天,对他们两个来说,却显得那么短暂。眼看着太阳就要下山了。想到离别,匂亲王抑止不住内心的伤感:

〈今世愿作比翼鸟,犹恐无常命难保。〉

(長き世をたのめてもなほかなしきはただ明日知らぬ命なりけり)

〈看我都想到哪儿去了,真不吉利。〉

在激烈的恋爱感情中,人似乎突然间会想到死。

〈随心所欲地来看你,是完全不可能的,只得找各种各样的借口,寻找机会才行。想到这些,真比死还难受。〉

他毕竟是亲王,没有行动自由。要到宇治来会她,还不知要作怎样的周密安排呢。

然而,浮舟对他的话作出了过敏的反应。

〈人世只是命无常,当不怨君负我情。〉

(心をばなげかざらまし命のみさだめなき世と思はましかば)

她以为是匂亲王在为自己今后不能经常来看她寻找托词,她在抱怨他这么快就变心了。看来,浮舟已经爱上他了。她都在担心他变心了哩。

在浮舟的心目中,已经全然没有了薰君,对他的内疚感也被抛到爪洼国了。她只沉浸在与眼前的这个匂亲王的爱河里。可匂亲王却抹不去薰君的影子。

〈是谁跟你变心了,让你吟出这样的和歌来。〉

匂亲王在耍弄她。他听出来了,薰君并没有像她所希望的那样爱她。匂亲王对她与薰君之间的关系刨根问底地打听个不停。

〈任你怎么问,我也不会告诉你的。〉

浮舟在撒娇。

与薰君不同,匂亲王能让浮舟轻松自若,并巧妙地抓住了她的心。

整整两天,他们陶醉在爱河里。匂亲王把心留给了浮舟,一步一回头地回到了京都。

别担心

还被蒙在鼓里的薰君不慌不忙地来到了宇治。浮舟既恐怕事情败露,又觉得对不起薰君。但即使那样,她想见的还是匂亲王。她已经懂得了男人的激情。想到匂亲王听说自己跟薰君在一起会作如何感想,她就痛苦不堪。

但面对薰君,她知道这是个和蔼、宽容、可以托付终身的人。假如他知道了和匂亲王的事而抛弃自己的话,那今后的日子又去靠谁?浮舟陷入了沉思。

看到浮舟的这副样子,薰君还以为有些日子不见,她突然间成熟了呢,心中暗暗高兴,说起话来也比往常充满了情意。

〈过些日子就接你到京都的别宅,那儿可以赏花,离家也近,随时都可以去看你了。到春天就可以搬过去了。〉

可是,匂亲王昨天也派人送信来说已经准备了一个安静的去处。到底该怎么办呢?

想到此,浮舟泪如泉涌。薰君误解了她的眼泪的含义。

〈有什么人跟你说了些不该说的话吗?〉

〈如果我对你的感情有几分虚假的话,又怎么可能跋山涉水远道而来呢?我的身份也不允许这么做,又不是顺路。〉

薰君也是政府高官,所以公务繁忙。他以为浮舟落泪是在责怪他久不来访,所以一个劲地安慰。不过,这一夜碰巧月色明媚,望着这样的夜色,薰君不禁陷入了对大君的深深的回忆之中。

而浮舟呢,她想着匂亲王,为痛苦的三角关系而烦恼、流泪。两个人的感情完全是背道而驰的。

薰君无法安慰抽泣不停的浮舟,就吟歌道:

〈两情恰似宇治桥,何故无缘动疑心?〉

(宇治橋のながき契りは朽ちせじをあやぶむかたに心さわぐな)

〈往后你自然会明白的。〉

薰君告诉她自己的感情是不在于这朝朝暮暮。事实上,没有比薰君更靠得住的了。这一点,浮舟也清楚得很。

〈宇治桥上尽断痕,怎敢相依托终身?〉

(絶え間のみ世にはあやふき宇治橋を朽ちせぬものとなほたのめとや)

这是浮舟发自肺腑的呼喊。大概她是在请求薰君把她从困境中解救出来。你以后多来看看我吧!让我忘了那个匂亲王!

当然,薰君不可能听到她发自内心的呼喊。他把她的和歌只看作女人们的惯用套话了。这也难怪,他还对她与匂亲王之间的事一无所知呢。

我若浮舟去无踪

在宫中举行的诗歌会上,匂亲王从薰君的神态中发现他对宇治的浮舟相当迷恋。匂亲王有些着急了。浮舟会不会还是放弃自己而选择薰君呢?他呆不住了。再次克服重重困难,偷偷地来到了浮舟处。那是一个白雪纷纷的寒夜。浮舟深深地为匂亲王冒着苦寒来访的行为所感动。匂亲王的突然袭击奏效了。

在几个嘴严的侍女的安排下,匂亲王来到了浮舟的卧房。第二天,他又带着浮舟和一名贴身侍女乘小舟来到了事先让家丁准备好的对岸的小屋里。浮舟心中害怕,紧紧地依偎在匂亲王的怀里。

河中央有一座桔子岛,岛上生长着茂密的常青树。匂亲王对浮舟言道:

〈你看,别看那些树不高,可是那绿色,却是千年不败的。〉

随即,他又吟歌述怀:

〈桔子岛边与君契,岁月流逝不变心。〉

(年経ともかはらむものか橘の小島の崎に契る心は)

桔树本来就能让人联想到不变的盟誓。匂亲王是借小岛的名字,向浮舟诉说自己永远不变的爱情。

〈桔子岛上树常青,我若浮舟去无踪。〉

(橘の小島の色はかはらじをこの浮舟ぞゆくへ知られぬ)

浮舟不知在匂亲王和薰君之间应该作何选择,所以把自己比作了没有行进目标的小舟。她的称呼"浮舟"就由此而来。在古典日语中,「浮き」和「憂き」是双关语,「憂し」是用来表示自己痛苦身

世的词语,也就是说,浮舟这个称呼,本身已经暗示了她不幸的一生。

毫无疑问,浮舟的心已完全倾向于匂亲王了。可是,匂亲王是姐姐中君的丈夫,就是说自己在和姐夫私通。而且,据说匂亲王还是个无与伦比的好色之人,把自己的终身托付与他,其结果会是怎样?浮舟不敢再往下想了。

相反,薰君看上去不像匂亲王那么情深意长,但却可以放心地委以终身。可要选择了薰君的话,就必须和匂亲王分别。这对浮舟来说,都有切肤之痛。

在对岸的小屋里,整整两天,匂亲王和浮舟荡漾在爱的小舟里,他们的痴态,令傍人简直目不忍睹。那是完完全全的两个人的世界。浮舟把身心全都交给了匂亲王,陶醉在两心合一的甜蜜中。而这种感觉,和薰君之间是永远不可能体味到的。

匂亲王用尽了所有的语言来强调自己的爱情,以此来牢牢抓住浮舟的心。他必须战胜薰君。返回时,匂亲王紧紧地把浮舟抱上了船。

〈你珍惜如命的那个人,他可不会这么待你吧。你可想好了?〉

浮舟也一点不会掩饰,她真觉得匂亲王要比薰君深情,就在那儿点头。

浮舟会放弃薰君而选择匂亲王吗?

不要让世人把我当作笑料

事态突然告急。来宇治送信的薰君的家丁刚好与同样来宇治送信的匂亲王的家丁相遇,薰君知道了事情的真相。

〈不知君情移他处,犹为望我宇治行。〉

(波越ゆるころとも知らず末の松待つらむとのみ思ひけるかな)

〈请不要让世人把我当作笑料。〉

见到来信,浮舟心中咯噔一下。难道他知道了与匂亲王的事不成?这里的人,一直都不敢走漏半点风声的。到底是怎么回事?

浮舟把薰君的信照原样封好,附言道:

〈概是送往别处的信吧,错投到了这儿。近来不适,恕不冗言。〉

她把信退给了薰君。这个做法简直巧妙至极。

假如薰君已经一五一十地掌握了事情的来龙去脉,那她没有任何辩解的余地。如果还属于怀疑阶段的话,那就没必要主动坦白。而且,还可以否定到底。没有比这更机智的处理方法了。人,一旦陷入窘境,就会急中生智。

面对浮舟机智的回复,薰君也只得苦笑。他喜欢这种充满才气的应对。这时候,他可能已经在某种程度上原谅了她。薰君加强了浮舟所住宅第的警备,以防匂亲王再度接近。自己的女人被匂亲王偷了,这在世人听来,毕竟不太体面。

浮舟进退维谷,她开始乞求死神早日降临。

抱定神不知鬼不觉地弃身宇治川的打算,半夜里,浮舟摸索着出了家门,就这样不知了去向。

为何难以抉择

这已是后话。浮舟还活着。在小野的山庄里出家后,安静度

日,对自己的过去只字不提。她是自杀未遂。薰君听说后,给她去信,说已经什么都原谅她了,要她回来。

但浮舟没打算给薰君回信。对于那充满痛苦的男人和女人的世界,她是再也不想迈进一步了。

薰君和浮舟,还有匂亲王和浮舟的对话,读来感觉如何?浮舟为什么会不满于薰君而倾心于匂亲王,你有没从他们的对话中发现其中的原由呢?

和薰君在一起,浮舟的精神处于高度紧张状态。薰君是个理性的人物,他希望能与浮舟之间进行有充分修养的对话。可长在关东地方的浮舟,缺少的正是这种修养。和薰君在一起,她就会感到自卑、紧张、窘迫。

于是,匂亲王出场了。他想从浮舟身上得到的,只是感性的东西。他是个感性的人物。浮舟有没有修养,在他根本无关紧要。他自己画画写字,以此来取悦浮舟。和匂亲王在一起,浮舟就能轻松自如,情绪高涨。因为她自己也是个感性的人物。

浮舟的感性能够对匂亲王的激情产生共鸣,能和他融为一体。她离不开他。她是打心底里这么想的。但是,另一方面,她的第六感官告诉她,匂亲王决不可能使她幸福。只有薰君,才可能使自己过上安定幸福的生活。

她必须选择其中的一方,但哪一方她都无法舍弃。不同类型的男人的魅力,在她感情的天平上居然保持了平衡。而事实上,她必须作出抉择。就这样,思前想后,她竟选择了本不在选择范围内的"死"。

代表两人爱情的关键词语

命（inochi）

正当匀亲王和浮舟沉浸在爱河之中时，匀亲王所咏和歌中的用词。那首和歌的意思是说，再怎么山盟海誓，一旦死去，也就什么都谈不上了。

匀亲王大有愿意把自己的生命奉献给他所爱的女性的气概，这个词语很符合他的性格。意思是"寿命"。

在《源氏物语》中，这个词语共出现了113次，都用于"寿命"之意。主要用于对话和书信中。看起来，古代的人们是经常把人的寿命当作话题的。

为了让对方明白自己的感情有多深时，匀亲王经常使用「命」这个词。不光是浮舟，对妻子中君，他也这么说：「たはやすく言出づべきことにもあらねば、命こそ」（这种话轻易不好说出口，只要我还活着），以此来表达自己的深情。

薰君呢？他在与浮舟的对话中，一次也没有用过这个词，但在与他已故的恋人大君对话时，却也是用这个词语来表白的。薰君真正爱过的，也许只有大君一人吧。

浮舟（ukifune）

在两个男人的爱情中不知如何是好的浮舟用来自比的词语。她的称呼也由此而来。

意思是"随波漂荡的小舟"。在《源氏物语》中，这个词只出现了一次，也就是上文已介绍过的浮舟的和歌。对于作为出场人物象征的重要词语，《源氏物语》都只在这个人物身上使用，而且只用

一次。「浮舟」是暗示着浮舟境遇的重要词语。

　　「浮舟」还是个优美的和歌用语。在《源氏物语》以前,《拾遗和歌集》中有它的用例。有一女子在与某男子结为露水夫妻以后就不知了去向,几年后她给男子送来了一封信,「浮舟」就用在男子回赠的长歌中。那首和歌是这样的:「かひなき恋に なにしかも 我のみひとり うきふねの こがれて世には 渡るらむ」(纵然忆君深,亦无同心情。我独似浮舟,漂泊度人世?)。我们的主人公浮舟也是失踪后不知了去向的。也许,作者从《拾遗和歌集》的这个例子中得到了启示,才塑造了浮舟这个形象吧。

平安朝"泼辣派"列传

——《今昔物语集》的女性们

写作意图

假如有人问我，那么多古典作品中最喜欢哪一部，我就会毫不犹豫地选择《今昔物语集》。

那是因为那里的故事就跟发生在你身边一样，不像是部古典作品。它所展现的是一个撕掉了一切假面的活生生的生活。

故事中的人物，他们不讲虚荣，也不要什么体面，只是为了生存下去，在那儿绞尽脑汁地各显神通。我对这些为了生计而最大限度地发挥自己能量的老百姓，产生了无限的共鸣。

而且，我也为塑造了这些人物的《今昔物语集》的叙述方法所倾倒。读着读着，就会不由自主地咋舌，赞叹它的表达能力。

《今昔物语集》的语言魅力到底来自何处呢？很久以前，我就希望能够解剖它的语言结构。这里奉献给大家的便是我多年研究成果的一部分。

充满活力的女性形象

《今昔物语集》共收集了一千多个小故事，什么内容的都有。

这里主要向大家介绍的是一些充满活力的女子的形象。

因为,我觉得她们与现代女性有相通之处。不仅如此,归根结底,还是因为我喜欢这些精神饱满的普通百姓家庭中的妇女形象。如果有可能的话,我甚至希望自己也能成为其中的一员。

一旦碰到什么事情,她们会说,"交给我了,让那家伙尝尝我的厉害",够带劲的吧。她们精力充沛、富有活动能力,而又妩媚动人、让你恨不起来。脑子转的特快,鬼聪明劲儿十足,而且,还蛮有风情的。

就是这么些女子,她们不折不扣地生活在已经是日落西山的平安朝末期。《源氏物语》诞生后尚不足一百年,在同一个平安时代。

《源氏物语》中出场的都是些有教养、有情趣的优雅女子,《今昔物语集》的女子正好与她们形成了鲜明的对比,她们在动荡的社会里完全依靠自己的力量生活着。在分析《今昔物语集》的语言魅力的同时,也把这些女子介绍给大家。

未完成的作品

《今昔物语集》成书于平安末期,可惜是部未完成的古典。作者没等全书完成就谢世了。

所以,全书虽有三十一卷,但中间的第八卷、第十八卷、第二十一卷没有内容,大概是没有收集到相应的故事,只有卷名。

另外,虽然在卷首目录中列举了故事的题目,但找不到原文。

扣除这些,全书还共有 1040 个故事,作者大概原本打算收集 1300 个小故事的。

全书共分印度、中国、日本三部,各国的故事又分别由佛教和世俗部分构成,井井有条。

即使这样,1040个故事中,也有未完成的痕迹。首先,有的故事只有开头,大概是中途写不下去了,不过这种现象并不多。

还有的是,叙述中留有不少空格,这一点在下面的章节中还会提到。比如:

〈则光是□□的儿子。〉

这里用□□表示的地方,在原文中只是空白,是作者准备查清后再补上的地方。只是作者事后没有做到这一点,留下这些空白处就离开了人世。

每到碰到这样的空白,我就好像见到了活生生的作者一样,更加觉得《今昔物语集》可怜可爱了。

作者是个和尚?

这么多的故事,都是以"从前"开始,以"故事就是这样"结束。那么,到底是谁收集的呢?

遗憾的是,作者的姓名不得而知。有各种各样的说法,我以为今野达先生过去提出的说法比较符合事实。他的意见是,作者该是在某个大寺院供职的无名和尚。

这位无名的和尚不是个高深、超凡的佛教徒,而是个散发着俗人气息的和尚。这一点,你从《今昔物语集》的字里行间就能感觉到的。

不过,他看人的目光倒是入木三分,正因为如此,才能创作出这样有意思的作品。每当看到《玄奘三藏绘》画卷的时候,我就觉

得《今昔》的作者就像画面当中那个侧着脸、一心一意写着东西的和尚,而不禁看得出神。虽然他的外表看上去像是个倔强的老头,但挺有人情味。

和尚经常出入寺院内的图书馆,在阅读了大量书籍的同时,他产生了一个非同小可的野心,要把全世界的故事都收集起来。

他先制定了一个构想,之后按照这个构想开始收集,独自抄录下来。假如一天抄一个的话,1040个故事,有四年也就差不多了。

有人认为,《今昔》的故事量是需要几个人共同作业才能完成的,我倒不以为然。只要是那种偏执狂般的、有毅力、不肯善罢甘休的人,一个人也完全可以完成。

就这样,每天都要把收集到的故事抄录下来,那个和尚着实度过了几年充实的时光。

但是,在快要大功告成的时候,抄录作业中断了。可能是和尚病了,也可能是发生了无可奈何的事情而不得已中止了。和尚一定是怀着万分的遗憾离开人世的。

是有参照本的

之所以说《今昔》的故事量是一个人可以完成的,那是因为还有一个根据。

当然,1040个故事完全要自己创作的话,那自然非同寻常。可《今昔》是有参照本的。

现在可以断定是《今昔》参照本的书目有:《三宝感应要略录》《冥报记》《大慈恩寺三藏法师传》《弘赞法华传》《孝子传》《日本灵异记》《法华验记》《日本往生极乐记》《注好选》《俊赖髓脑》《伊势物

语》《古今集》《后拾遗集》《道信集》《元辅集》,除此之外,还应该有许多,只是这些书籍都散失了而已。

另外,还有虽然不能算作是参照本但收集了一些与《今昔》完全相同故事的说话集。有《打问集》《古本说话集》《宇治拾遗物语》《世继物语》。

包括《今昔》在内,这些说话集都以《宇治大纳言物语》为参照本,各自按照自己的需要抄录了不同的故事。《宇治大纳言物语》已经失传,现在已无法了解其全貌了。

《今昔》的作者把这些参照本放在座右,不时地给予一些润笔,写下了1040个故事。追加的部分虽然不多,但却有着参照本所没有的《今昔》特有的光彩。而且还有经过《今昔》作者的大脑后形成的统一的文体。

灿烂的魅力

《今昔》是部不幸的作品。

在芥川龙之介称它是部具有"野性之美""美丽而生动"的作品之前,它的文学价值一直没有得到承认而长期遭到埋没。《今昔》和以前的优雅的王朝文学实在是太不一样了。

不过,更为重要的是,人们一直不知道有《今昔》这么部作品。作为一部未完成的作品,它一直沉睡在奈良寺院的某个角落里,几乎没有被任何人阅读过的痕迹。

只是,也不是完全的不见天日。曾经被抄写过几次,在江户时代,也发行过附有插图的读本。

《今昔》作者写下来的原文,现在已经不存在了。不过,相当忠

实地继承了作者原文风貌的抄本之一,现保存在实践女子大学的图书馆里。书写方法称作"宣命体",那是独立语用汉字,助词、助动词、词尾变化用片假名分两行书写的一种文体。

乍看起来,这种文体显得生硬,但你可知道,这正是我们现在使用的汉字假名混合文体的始祖。话虽如此,对我们来说,这种文体毕竟还是不易阅读,所以,本书中有关原文的引用,都改成了大家熟悉的汉字假名混合体。

在实践女子大学的图书馆里尽情地翻阅尚保留着作者气息的《今昔》原文的时候,我在心中暗暗地下了一个决心。

继芥川龙之介之后,不少研究者、作家开始对《今昔》进行研究、鉴赏、评论,或以《今昔》为题材进行小说创作,但还没有人就《今昔》的语言魅力作过深入透彻的分析研究。我自大学时代起就迷恋《今昔》的表达方法,那么,就由我来完成这一工作吧。

我拿起了笔,从我最喜欢的类型的女性——重方之妻开始。

向老婆求婚

——泼辣的女性形象

这里向大家介绍的是〈近卫舍人参拜稻荷神社,重方遇一女人〉(《今昔物语集》第28卷1段,《今昔物语集》以下简称《今昔》)的故事。

说的是丈夫在外面拈花惹草,受到妻子狠命惩罚的事。题材不见得有多新,但重方与所遇女人的对话,实在值得一读。你推我搡,虚虚实实,既轻松又有幽默感。还有,猎色行径败露后妻子惩治之严厉,也别有一番味道。

我想以重方的妻子为焦点,看看这位平民阶层的泼辣的女性形象,是用什么样的语言和方式塑造得如此栩栩如生的。

不安分的男同胞们,读一读这则故事,该不会没有好处。

舍人——女人们的追求目标

言归正传,这个故事的主人公叫茨田重方,男性。年龄不详,可能已到中年。是近卫府的舍人。

所谓近卫府的舍人,是指手持弓箭担任皇宫警卫的政府职员,天皇等外出时,还要列队保驾。

比如,天皇行幸太上皇的寓所时,舍人们护卫着天皇来到太上

皇的寓所后,手持弓箭在门外夹道列队等候。我们的主人公重方就是这种舍人中的一个。

他们当中,有的还是奏乐、舞蹈、骑射、相扑的能手,在近卫府中是最引人注目的。

就这样,近卫府的舍人们服侍于天皇的周围,经常参加各种活动,令人瞩目。而且,还会些武功,有男子汉气,让女人有依靠感。更重要的是,他们的官位并不算高,正合女人的口味。

这样的男人,追求的女人最多。

而且,从他们这方面来说,因为官职不高,行为不受限制,干起偷香窃玉的事来也得心应手。

主人公重方也是个相当的好色之徒。每当老婆因此而醋劲大发的时候,他总是矢口抵赖,一次次地虎口逃生。

伏见稻荷神社的初午之日

今天,是二月的第一个午日(中国古代的历法中,年、日、时辰是用干支来表示的,日本延用了这个方法——译者注)。重方和几位稍有些知名度的同僚六人一起来参拜伏见稻荷神社(稻荷神社是供奉五谷神的神社,遍布日本各地。伏见稻荷神社位于京都伏见地方——译者注)。

你可不要以为他们是一本正经地来拜神的。让侍从们带着装有食物的口袋、饭盒、酒等等,简直像是来郊游。原来,这一天是全京都的男男女女一齐出动来神社参拜的日子,自然也是个制造艳遇的绝好机会。

伏见稻荷神社是一座把稻荷山整个都围了起来似的雄伟建

筑。过去,要按照顺序参拜山脚的下社、山腰的中社和山顶的上社,合起来才称"参拜稻荷"。

参拜的路途是相当艰辛的。《枕草子》的作者清少纳言等只到中社就哭丧起脸来,再也走不动了。对没有走惯山路的人来说,是够累的。不过,据说这里的神很有灵验,《土佐日记》的作者纪贯之、《蜻蛉日记》的作者,还有和泉式部都有过"参拜稻荷"的经历。

我也想得到神的保佑,于1990年1月下旬去了一趟。记得那是一个下着零星小雪的日子。不愧为是个造福现世的神灵,正殿后面挂满了"绘马"(读作 ema,日本神社出售的一种木制微型匾额,人们把心愿写在上面后,把它挂在指定地方,这样就可以得到神的庇护,因常画有马的图形而得名——译者注)翻开几张瞧瞧,清一色地写满了现实生活中的各种愿望,什么"早结良缘""婚姻美满""痼疾痊愈""发财致富",令人忍俊不禁。

现在的伏见稻荷神社,与平安末期《今昔》成书那时相比,已是面目全非了。有高耸的楼门和壮观的正殿,下社、中社、上社的界限已不明显,随处都有殿堂和由牌楼排列而成的红色甬道。而过去,连台阶都没有,只得老老实实地爬山路,一定要花很长的时间。

再说重方他们,一行人已来到了中社(现在称为命妇社)附近。准备登山的人和参拜后下山的人在此汇合。在人群中,他们和一位打扮得格外标致的女人擦肩而过。

为了一睹芳颜

女人身着深紫色的鲜亮的上衣,上面还套着粉红色和鹅黄色衣服,艳而不俗。

看到重方他们从对面走来,女人往边上一让,正好躲到了一棵树下。该是拜完了神准备打道回府的。

男人们一边走着,嘴上说些不干不净的话调侃,一边佯装蹲下身去瞧女人的脸。

女人戴着一顶"市女笠"(读作 ichimegasa,用蓑衣草编成、上面涂有油漆的凸形帽子,最初是卖东西的妇女戴的,到平安中期,连上流女子外出时也经常使用——译者注),所以男人们要想一睹芳颜的话,就得蹲下身去往帽子里面张望。只能看到下巴轮廓,以此感觉是否是美人。

不安分的重方,马上就把这个女人给盯上了。江户时代的这个故事的插图中,重方正在与女人搭话。女人被画成是披着披巾(从头盖到背后的一种衣服)的,这大概是反映了江户时代女人外出时的风俗吧。要是这种披巾的话,再怎么埋着头,眼睛鼻子都是一目了然的。再说,女人是从山上下来,走的是下坡路,男人们没有必要蹲下身去瞧。

女人一定是戴着平安时代外出时常用的"市女笠"的,男人们为了看一眼她的脸,才在她身边转悠。

老婆长一张猴脸

重方让同事们先走一步,自己来到女人的旁边,一边紧跟着她的脚步,一边把身体往上凑,拼命地向那女人套近乎。

于是,女人说道:

〈一定是有了妻室的人,逢场作戏地说这么些话,怎么会有人当真呢。〉

娇滴滴的声音。重方马上动了真格的,居然说道:

〈那是自然了,有一个贱妻,她的那张脸长得跟猴子一般,她的心又与女贩子无异,这样的女人,早就想跟她离了,但眼下要没有个缝缝补补的人又不方便。如果碰到称心的人,就想跟她结婚。我是打心眼里这么想的,所以才在这里跟你讨话呢。〉

真有他的。这要是让妻子听到了,不知会气成什么样子。这段对话,把好色男人的面目暴露得淋漓尽致。他心里一定非常清楚,要想讨得女人的欢心,说妻子的坏话是最奏效的。

而且,为了贬低妻子的长相,说〈那张脸长得跟猴子一般〉,简直是没有比这更恶毒的谩骂了。〈她那张脸〉原文用的是「しや颜」(syakao),「しや」(sya)是表示憎恶谩骂的接头词,充满了不屑一顾的轻蔑之意。

有趣的是,重方的表白,意外地富有真实性。那是因为他把〈眼下要没有个缝缝补补的人又不方便〉这样的语句轻描淡写地夹在了里面的缘故。一个家庭里,有着各种各样的琐事,从中只拣出缝缝补补这种既细微又具体的事例来,使得对话充满了生活气息。这也是《今昔》文字表达的巧妙之处。

顺水推舟

女人跟重方确认,你刚才说的可是当真。重方更是来了劲,发誓说那是千真万确。还不失时机地向女人打听道:

〈你是一个人吗?住在什么地方?〉

像这种非弄清不可的事项,能这般若无其事地开口打听,足见他的经验之丰富。

于是，那个女人，也居然这么回答道：

〈我也说不上有没有丈夫。曾经在宫中做女官，有一个人说让我别干了，于是，我就成了他的妻子，不再去宫中了。可是，我那丈夫在老家去世了。这三年来，总盼望能找到个依靠，才来这儿参拜神社的。〉

女人现在也是独身！她是到这个伏见稻荷神社来祈求良缘的。重方的心跳不禁加快了。

接着，女人又说道：

〈你要真的对我有好感的话，要不，就把地址告诉你算了。〉

似欲顺水推舟。男的当然以为事已成八九了。

地动山摇般的耳光

可是，转瞬间，那个女人像是刚回过味来似的：

〈那怎么行，萍水相逢的人说的话，我怎么就当真了，好傻呀。你赶紧走你的路吧，咱也该告辞了。〉

说完，女人即要就此走开。她的话一会儿把重方拉得紧紧的，一会儿又把他推到千里之外，真是非同一般。

准备抽身走开时说的〈咱也该告辞了〉一句，妙趣横生。译成〈咱〉的原文是「まろ」(maro)，现代日语可译为「あたし」(atashi)，是一个相当随便的用语。国语学者森野宗明先生曾作过充分的论述，只有在关系相当亲密的人之间，才可以使用这个词。

女的在介绍自己的身世时说，〈我也说不上有没有丈夫〉，用的第一人称代词是「ここ」(koko)，显得那么稳重。

她用「ここ」这样慎重的词语道出了自己的身世,之后慢慢地改用让男子感到亲近的语言,最终却用让人感到相当随便的「まろ」来拒绝。这样的拒绝反倒会吊起男人的胃口。嘴里说着"我不",而那态度明明是在说"行啊",一种女人特有的拒绝方式。这种态度足以让男人再作一试。

这个女人,她的手腕与男的也不相上下,没准还在其上呢。

重方的血气又往上涌,为了不让她走掉,他采取了行动。

他慌忙合拢双手放在额前,把戴着的乌帽子刚好顶在女人的胸上,说道:

〈老天爷啊,快帮帮我吧。〉

每当读到这儿的时候,我都会情不自禁地笑出声来。合拢双手放在额前,厚着脸皮把乌帽子顶在女人的胸上,这种夸张动作就会浮现在眼前。还有他的〈老天爷啊,快帮帮我吧。〉这句台词,反倒有点让我佩服。真能说得出口!不愧是个老手。看样子,好色者还得脸皮厚。对一个初次见面的女人,能轻松自如地做到这份上,才算够格。

《今昔》成功地把好色者重方描绘得活灵活现,富有幽默感。乌帽子是一种黑色帽子,男子日常戴的。比如,有官位的人,在宫廷里要戴与品位相当的冠,回家后,就换成乌帽子。既无官又无位的人,那就只得一天到晚戴着这种乌帽子了。

今天,因为是来参拜稻荷神社,男人们没有戴冠,只戴一顶乌帽子就轻轻松松地来了。

再说重方,他把帽子顶在女人的胸上,继续说道:

〈不要说这样绝情绝义的话嘛。我就这么跟你走,再也不踏进

我那个家门了。〉

说完,垂着脑袋,在那儿祷告上帝。

正在这时,女人隔着乌帽子一把抓住男人的发髻,地动山摇般的一个耳光打了下来。

啪……。

那一巴掌,响彻了整个稻荷山。重方一时被打得目瞪口呆:〈你,你这是要干什么?〉

说着,抬头再看女人的脸,天哪,这不是我老婆嘛!

重方在外不安分守己,就这样被妻子抓了个现行。

撕破你龟儿的脸皮

重方张着的嘴闭也闭不上了。好不容易才说出一句:〈你,你难道是疯了不成?〉。妻子不顾周围来来往往的人流,大声地叫骂开了:

〈臭小子,干什么做出这种不要脸的事情来!你的朋友常来警告我,说"你那丈夫可是个见缝插针的家伙",我还以为他们是想让我吃醋,就没往心里去,原来他们说的全是实情。

行啊,就按你刚才说的,从今天起,要再到我那儿去,就等着这个神社的神灵来惩罚你吧。

干什么你要说这样的话!真想撕破你的脸皮,让过往的行人都来瞧瞧,看他们怎么笑话你。什么人呢!〉

满口是充满了憎恶的脏话。

对丈夫能使用这种恶毒语言的,在此前的平安文学中,是绝对发现不了的。

想来也难怪，从一开始，她就在那儿忍着。说我长得像猴子、又跟女贩子差不多，恨不得马上就离婚。这些都是丈夫厚着脸皮说出来的。打那时起，她的肚子里就翻江倒海似的。怒气一下子迸发了出来。她那愤怒的程度，在原文使用的词语中，得到了充分的体现。

译成〈臭小子〉的原文是「おのれ」(onore)、相当于现代日语的「あんた」(anta)，但语气实际上比「あんた」厉害得多，更接近于「おまえ」(omae)，是鄙视对方时用的脏话。

〈脸皮〉的原文为「しや頬」(syatsura)。「しや頬」的「しや」(sya)，前面重方说老婆坏话的时候已经用过。丈夫把妻子的长相说成是「しや顔」(syakao)，妻子用「しや頬」来还击。「頬」(tsura)比「顔」(kao)要粗暴得多，为此，妻子说出来的「しや」(sya)比丈夫的也就更加充满了憎恶感。

动词〈撕〉的原文是「うち欠く」(uchikaku)。「うち」(uchi)是个加强语气的接头词，比单纯的「欠く」(kaku)要强烈得多。

妻子接二连三地吐出这样的脏话来，结句还用了「ぞ」(zo)，效果也不错。「ぞ」具有强烈的肯定和责问对方的语气。在这里，正好把妻子近乎疯狂的愤怒充分地表达了出来。

在这之前，妻子一直是扮演着使用敬语的好女人，一下子急转直下，满口脏话地大声叫骂。其落差之大，令人捧腹。

到你喜欢的女人那儿去

不过，在重方，这可不是闹着玩的。又有过往的行人看热闹，赶紧陪罪，尽快平息这场风波才是上策。

重方勉强挤出一点笑容：

〈别那么动气。你骂的没错。〉

尽量装作低姿态，安抚妻子，想以此来消除她的怒气。可妻子抓着丈夫的发髻就是不松手。先走一步的重方的朋友们不知发生了什么事，跑着赶了过来。原来是色鬼重方被老婆给逮住了。哈哈，重方这下可逃不了啦。

〈嫂子，干得漂亮！〉

他的朋友们在一旁起哄。只听妻子又说道：

〈就像各位看到的，这下我可把你这小子的花心给看穿了。〉

她的火气还没有平息。这句话里，除了「おのれ」(onore) 之外，〈花心〉的原文为「しや心」(syagokoro)，脏话还是照说不误。不过，她到底还是在乎周围人的目光，抓着丈夫发髻的手终于松了。重方一边整理着被捏皱了的乌帽子，赶紧和朋友们一起到上社去了。

冲着他远去的背影，妻子还接着骂：

〈臭小子，到你喜欢的女人那儿去吧。要再到我这儿来，看我不敲断你那狗腿。〉

妻子的最后攻击。又是一个「おのれ」(onore)，除此之外，〈狗腿〉的原文是「しや足」(syaashi)，〈敲断〉用的是「うち折る」(uchioru)，依旧是脏话成串。

再重复一遍，能对丈夫进行这般谩骂的，找遍以《源氏物语》为首的平安朝的所有文学作品，也是仅有的。

奇怪的是，这个妻子的言行并不那么令人生厌。这又是为什么呢？

是老公不对

这是因为,她的愤怒是正当的。

归根结底,做错事的是丈夫。去向别的女人献殷勤,而且,别的什么不能说,偏要把我说成那个烂样子,让我再怎么忍?于是,她就骂开了。

《今昔》里的女人形象之所以显得那么生动、泼辣,都是因为在对方做了理亏的事情时,能够正面地、毫不客气地还击对方。在《今昔》的其他故事中也有和重方的妻子一样,劈头盖脸地向男人骂脏话的。

〈对人动手动脚的家伙,当心挨耳光!〉(《今昔》第 23 卷 18 段)

还有这般威胁、惩治对方的女人:

〈你这臭小子,打今儿起不得在这条街上长住,给别人添乱子。要是不听劝告,还在这儿住下去的话,我一定会回来找你,打死你这小子。〉(《今昔》第 23 卷 18 段)

这些狠话,也只有在对方有错的时候,才脱口而出。她们自己没有心虚的地方,坚信自己是绝对正确的,所以说起话来底气就足。更何况,话虽鄙俗,但掷地有声,不令人生厌。

让她们在人前堂堂地说出这些非同寻常的语句,这正是《今昔》塑造平民阶层妇女形象的巧妙之处。

而站在重方的立场上,当着众人的面,遭到妻子的这般谩骂,就不能说她骂得正当而不往心里去了。事态非常紧急。游山逛水的兴致恐怕早就被抛到了九霄云外,猜想他一定是铁青着脸,在那儿苦苦思索善后之策了。

到你喜欢的女人那儿去吧。再到我这儿来的话,就敲断你的腿。老婆都把话说到了这份上了。大家猜猜,重方下一步会怎么办?

泼辣的妻子再婚了

还是只有回到老婆那儿去。重方本是个痛快人,嘴皮子又灵。于是,他就打定主意向老婆献殷勤,说这说那讨她的欢心。这种行为古语称「をこつる」(okotsuru)。它形象地把重方搓着手在妻子面前低头哈腰的可怜相给勾画了出来。在描述重方的行为时,重复使用了这个词语。简直就是重方丑行败露后他那可怜相的象征。

看到妻子的怒气已消,重方憋不住笑道:

〈说到底,还不是因为你是我老婆,才演得成这出戏。〉

又是一句蠢话。果然,妻子又火了:

〈你贫不贫?笨蛋一个。〉又挨了骂。〈连自己老婆的举止动静也察觉不出来,说话声也听不出来,出这么个洋相遭人笑话,还有比你更傻的吗?〉

老婆说的一点不错。重方无言以对。

在这样的夫妇对话中,有着与优雅风流的平安贵族全然不同的、平民阶层的世界。这也正是《今昔》的魅力之所在。泼辣开朗,要是生气了,连丈夫都敢痛骂一顿。还有,她敢亲自出马去验证丈夫的好色行径,令人佩服。

《源氏物语》中出场的女性,都是在自己的内心深深地苦恼,而《今昔》的女人们,毫不畏缩地生活在现实当中。

这个故事的结尾也很有意思。那个妻子大概与重方年龄相差悬殊,当时还很年轻。重方死后,她正值盛年,就和别人再婚了。什么事都能放得开,这样的生活方式也是满不错的哩。

一个人生孩子

——独特的叙述语气

我常常会回想起小时候母亲一边做着针线活,一边给我讲故事时的情景。

记得母亲常讲的是《桃太郎》的故事。她总要改变一点故事的细节,本来是桃子从上游冲下来,却一会儿说成是西瓜、或是别的什么瓜,有时甚至是很下流的东西。孩提时代的我觉得这很有趣,每当说到下流的东西冲下来的时候,总是尖叫着,笑个不停。

扑隆通通,扑隆通。

扑隆通通,扑隆通。

不知重复了多少遍的音节,听起来却格外入耳。

《今昔》也包含了许多本是口传文学的作品。这些故事虽然以文字的形式固定了下来,但作为口传文学时代的叙述语气还保留着,形成了作品特有的魅力。

这里要介绍的即是其中之一。〈临产妇女、至南山科、遇鬼逃脱〉(《今昔》第27卷15段)的故事。

一无所有

某地方,有一个在大户人家帮佣的年轻女子。她既没有父母,

也没有亲戚,连熟人都没有一个。所以也没有可以去散心的地方,只得独自关在房间里,天底下没有比她更无依无靠的了。

她很担心,〈要是生起病来,那该怎么办?〉只要能干活,就能在这儿住下去,还能有个房间。可要是病了,主人就会赶她走,她可没地方去。

也许是命运要捉弄她,也没有什么固定的丈夫,可她居然怀孕了。

她很难过,想到自己不幸的遭遇,不禁暗自神伤。难过归难过,到底该怎么办呢?

打胎?在那个年代,碰到这种情况的话,也有把孩子打掉的,在记录性文字中可以确认这一点。对这个女人来说,她也可以走这一步。

但是,这种事,她想都没想。除了生下来以外,没有别的办法。可是,没有生孩子的地方。在当时人们的意识里,生孩子是件龌龊的事情,自然不能在主人的府上生产。但又没有别的可去之处,连可以商量的人都没有。也曾想跟主人商量,但没好意思开口。她大概是个说话不多,只是一味默默干活的女人吧。

真正是个一无所有的女人。《今昔》是这样形容她的:

〈无父母、亲戚,

聊无熟人,

无可投奔之处。〉

至于到哪儿去生孩子,也是:

〈无计可施,

无可商议之人。〉

一连几个〈无〉字,把女人的困境全盘托出。这种类型的故事,

往往是凄凄惨惨的,但《今昔》的叙述很明快。〈无〉的重复,只在耳中形成了轻快的节奏,没有灰暗的感觉。

那么,天底下最孤独的、一无所有的女人,她怎么办了呢?

若是难产死了

她本是个聪明的女人,经过一番苦心思索之后,她决定:

〈要是临产了,就带上惟一的丫环,到不知名的深山里去,在什么树底下都行,在那儿把孩子生下来。〉

接着,她又暗自思忖:

〈这样,即使死掉了,谁也发现不了。如果太平无事的话,就像什么事都不曾发生过那样,还回到这儿来。〉

即使是在医学发达的当今,女人大都会做好思想准备:生孩子没准会丢了性命。更何况是在医学不发达的平安末期,生产是女人的一大关口,与死只有一纸之隔。

女人的这种精神准备,《今昔》是用工整的对偶来叙说的。

〈若死,则不为他人所知,

若生,即无事人般回府。〉

很有节奏感。女人决心一死的心理准备,听起来也是明快的。

即将临盆了,女人感到难以名状的悲伤。在孤立无援的状态下,不得不把孩子生下来,又没有任何人的祝福,不该出世的孩子,对她来说,没准还可能是世界的末日。

然而,她装得没事人一般。开始准备食物,一点也没让主人和周围的人察觉到。要带去的丫环,也把情况给她讲明白了,通常,该由母亲照料的事情,她都一丝不苟地独自准备了。自己的事由

自己来做,女人坚强的一面令人佩服。

〈而间〉的接续法

〈而间〉,天刚蒙蒙亮的时候,女人感到要生产了,"得赶在天没亮之前离开府上"。想到这儿,她让丫环带上所有预备好的物品,匆匆地上了路。

在这里,〈而间〉的用法很有意思。大意是〈就在这样那样忙碌的当儿〉,好像《今昔》的口传者突然出面来向我们讲解似的。

《今昔》很喜欢用这个〈而间〉,在故事的进展中经常出现,形成了一种独特的叙述语气。只有〈不久〉〈于是〉等含义的时候,《今昔》也爱用〈而间〉来接续。

一般用〈那么〉来转换话题的场合,《今昔》也要用〈而间〉来表示。

再有可以用〈不过〉,表示轻微转折语气的,也还是用〈而间〉来展开话题。

在众人面前说些什么的时候,每个人都有他特定的口头禅。在一次研究发表会上,我可能在讲话中连用"那么",记得会后,大家左一个"那么"右一个"那么"地模仿我的说话语气。

〈而间〉是一个能让人领略到《今昔》叙述特色的接续词。

〈而间〉,阵痛慢慢开始了。

有一间空房子

来到户外,第六感观告诉她,往东走离山更近些。女人出了京城就径直往东走。可是,刚到贺茂川的河边上,天就大亮了。

〈唉,该到哪儿去呢?〉

她心里怕得要死,但一直都强忍着,走一会儿歇一会儿,歇一会儿走一会儿,朝着粟田山的方向,一直来到了山的深处。

为了找到一个较合适的地方,走着走着,到了叫北山科的地方。

〈只见,山坡上有一座山庄。有一间行将倒塌的房屋。〉

两个短句子,重复一个"有"字,传神般地点出了终于找到了一间空房子时,女人急不可待的神情。

幸好,那房子不像有人住。

女人想:

〈我就在这里生下孩子之后一个人回去。〉

"什么?"我们会觉得吃惊。难道她要把孩子留在这儿?正像当时许多贫困的百姓所不得已而为之一样,她也想把孩子丢掉算了。

首先,她自己得活下去。

和《今昔》几乎同时编撰的《金叶和歌集》中,就有附在弃婴身上的这样一首和歌:

"人生苦一世,无物更关身。

弃儿实无奈,悲泪湿衣衫"。

(身にまさるものなかりけり嬰児はやらむ方なく悲しけれども)

女人想到要丢弃孩子的时候,她的心情也一定是这样的。

好不容易跨过了围墙,走进了那所空房子。

就在这儿生吧

那所空房子,已经破到了极点。与堂屋紧相连的偏房,只剩下几块没有烂掉的地板了。

正当女人蹲在那儿休息的时候,像是有人从里边走出来。

〈啊,这可怎么办?这儿住着人呢。〉

正想到这儿,拉门轻轻地开了。抬眼一看,见一白发老妪走了过来。

〈还不知道她会怎么说我呢。〉

她这么担心着,谁知那老妪竟满脸堆笑道:

〈是哪位呀?哪阵风把你吹来的呀?〉

听她这么一说,女人哭诉了事情的始末,于是老妪安慰道:

〈也真够可怜的。请吧,就在这儿把孩子生下来吧。〉

说完,就让她进里屋去。女人可高兴坏了。

〈这是老天爷要救我。〉

进了里屋后,老太婆给铺了一张破席子。这张破席子就是她的产房了,她这才放心地生下了孩子。

孩子是可爱的

女人自阵痛开始起,为了寻找可以生产的地方,一直都在走路。一定是走路使她顺产了。生孩子前,适当的步行,是顺产的秘诀。

那时候的女性,不像现在那样仰面躺着生孩子。而是蹲着生孩子的。一个人抱着产妇的胸,另一个抱着她的腰,两个人这么扶

着她才行。

可是我们的主人公,没有这样的帮手,她只得靠那么个丫环,顽强地一个人给生了下来。而且,像剪脐带什么的一般都该由女方近亲做的事,她也自己动手给剪掉了。

不久,老太婆走了过来。

〈真是太高兴了。我年纪也这么大了,又住在这样偏僻的地方,可不在乎什么污秽。就这样住上七天左右再回去吧。〉

说完,让丫环去烧水,给新生的孩子沐浴。女人高兴了,孩子本是想扔掉的,可是刚生下的孩子太可爱了,而且还是个男孩,就不忍心扔了。喂了奶之后,她就让孩子睡下。

女人就是这样,生孩子、喂奶,通过这些养育孩子的过程,慢慢地培养起强烈的母爱来。在这个女人身上,也开始出现了这种情感上的变化。看着全神灌注地吮着自己奶水的孩子,女人一定忘了自己根本没有养育孩子的条件。

孩子可爱得让你挑不出一点毛病来。

讲故事的语气

我这么一口气地把故事给讲完了,而实际上,在这段文章中明显地保留着口传文学特有的讲述语气。

女人走进空房子刚刚坐下,老太婆就出来了。从女人开始担心,到老妪意外地把她叫到里屋去为止,原文是一个连续的长句子。上面的译文中,为了尽可能保持原有的味道,从〈不知道她会怎么说我呢。〉开始,我也忠实地没有把句子断开。

另外,生完孩子后,老太婆走进来,露出欣喜的神情,到女人让

孩子睡下为止,也是用连贯的语气,一口气讲完的。这段的译文也没有断句,保留了原有的氛围。每当讲到紧要关头,《今昔》就不断句,一口气讲完,让人感觉得到讲故事者忘我的情形。还保留着口传文学时的节奏。

这样长句子的文章,经常会被说成是冗长、幼稚。这是因为只考虑到了用眼睛阅读的缘故。

这样的文章,一定请你用耳朵来听一听,体会一下文中的味道。非常顺畅、自然。口传文学时代的、讲故事者生动的语气都能真切地感受到。甚至似乎能够看到设身处地地担心女人命运的讲故事者的表情。

女人平安地生下了孩子,给孩子喂奶,她感到好幸福。产妇的忌日是七天,老太婆答应她可以在这儿住着。女人打心眼里感谢那位老妪。

只是,那也只是一时的平静。

真香啊,就那么一口

女人在睡午觉。旁边的婴儿也睡得甜甜的。

看着这孩子,老太婆说道:

〈真香啊,就那么一口。〉

似醒非醒间听到这句话,女人一下子睡意全无,睁开眼,看到老太婆的那张脸。好恐怖的一张脸!

女人想道:〈这是个鬼。再这样下去,我一定会被吃掉的,得赶紧逃出去,别让她察觉了。〉

女人开始寻找逃走的机会。于是,正当老太婆中午熟睡的时

候,她让丫环背上孩子,自己只穿了件便服。

〈上帝救救我!〉

一边这样祈祷着,出了那所破房子,顺着来时的路,不停地跑啊跑的,终于逃出来了。不久就来到了粟田口。

从粟田口再到贺茂川,走进一个小屋,在那儿换好衣服后,回到了主人的府上。孩子让人抱养了。

只有聪明的女人才能做到这样。《今昔》的叙事者是对她大加赞扬的。

确实,这个女人有着养在深闺的女性们所绝没有的行动能力和顽强。话虽不多,但一旦碰到什么事,就能巧妙地把事做成。只靠自己一个人的力量,闯过了一个接一个的关口,竭尽全力地生活着。

重复的节奏

这是个值得讲述的女人的故事。这个故事流传下来后,才在《今昔》这个故事集里,作为文字形式固定了下来。

当其成为用眼睛阅读的文学作品以后,自然会受到与口传文学时不同的原理所支配,要发生质的变化。不过,口传时代的语气,总会在某些地方留下来的。

这个女人的故事中那种独特的节奏,便是口传时代的痕迹。重复使用同一个词语,也是讲叙时的节奏。

平安时代,和尚们经常为百姓举行讲经和教化活动。那时的宣讲题纲还有保留下来的,那些资料里,反复使用同一词语的倾向也照样明显。

上文中我曾指出过的同一词语的重复现象,大概也是这个故事所保留的说讲时代的节奏感吧。

〈汝知否,何树无根?何牛无犊?何马无驹?何夫无妻?何女无夫?何山无石?何水无鱼?何人无字?〉

这么冗长的重复,在《今昔》(第10卷9段)的故事中也时有出现。像这种记述,本不该是默读,若是朗读出声的话,就会有轻快的节奏感。

扑隆通通、扑隆通。扑隆通通、扑隆通。像《桃太郎》的童话一般,讲故事的时候,重复的节奏实在别有一番滋味。《今昔》把它应用到文字作品上了。

听起来悦耳

女人决计生下孩子,并做好了死的准备,她的决心是由完整的对偶句道出的。对偶的句法,口诵起来,既有乐感,又顺口。即使故事采辑的原本中没有类似的句法,《今昔》也要加上,方才罢休。如:

〈不信三宝,不悟因果。〉(第13卷37段)

听起来悦耳的对偶句法,《今昔》也用到了这个女人的故事中,营造出了故事独特的节奏感。

另外,在这个故事中,还出现了《今昔》爱用的接续词〈而间〉。意思是〈就在这当儿〉〈那么〉,讲叙者直接出现在我们的面前,说明故事的进展。

《今昔》最喜欢使用说明文章脉络的词语,在这个故事中,除了上面已介绍过的〈而间〉外,还有〈而后〉〈于是〉〈之后〉〈另外〉〈由

此〉等等。

默读的时候,这些接续词语显得啰里啰唆。但当你用耳朵听的时候,这些词语却是必要的。听人讲故事的时候,词语是一次性的。不像用眼睛默读的时候那样,可以重复来重复去地回味。所以,要想把话说得明白,就必须要有说明情节进展的词语。

没有比《今昔》更频繁使用这类接续词的了。过去我曾对所有的平安文学作品中的接续词作过调查,《今昔》是用得最多的作品。

《今昔》的文章是为了达到听起来悦耳这么个效果,才认真地解说故事情节的。

另外,到了故事的紧急关头,还常常不断句一口气把话讲完,对此,我们上面已作过分析,这也是继承了说讲的节奏。

忘不了的台词

一个人生孩子的故事,充分发挥了说讲时的节奏感。悦耳的重复和对偶句法,减轻了这类故事常有的灰暗色调和凄凉的程度,成功地把这个顽强、聪明的女人的故事描绘得轻松明快。默读起来略嫌冗长的文章,用耳朵听的时候,反而能使你产生与女人同步的紧张感。当模仿着老太婆的声调,用低低的可怕的声音说:

〈真香哪,就那么一口。〉

讲到这儿时,听着的人,一定会吓得叫出声来。这个故事甚至能让我们推想出这种讲故事的场景。像我这样,故事的细节会忘掉,但只有:

〈真香哪,就那么一口。〉

这句话,从来都那么鲜明、强烈。

口传下来的故事,总会有这种给人深刻印象的词语。《桃太郎》的:

〈你腰上的吉备团子,给我一个吧。〉

还有,《开花爷爷》的:

〈挖这儿,汪汪。〉

〈让枯树开花吧。〉

等等台词,谁都不会忘记。

〈真香哪,就那么一口〉,也是这类给人深刻印象的台词之一。

当你用耳朵去品味的时候,《今昔》中有的故事,确实别有一番味道。

背个女人穿街而过

——可视性的叙述方法

当一个美女用甜甜的声音在你的耳边低声细语时,到底什么样的男人能够无动于衷呢?这里要讲的是一个久米仙人般功德圆满的仙人迷上女人后丧失法力的故事。就是〈一角仙人,背个女人下山来京城事〉(《今昔》第5卷4段)。

故事非常幽默,还有很强的视觉感,像是在看一部喜剧电影。那么《今昔》到底用了什么样的叙述方法呢?

为什么额上长角

过去,在印度的深山里,有一个高人叫作一角仙人。因为他头上长了一只角,才有了这么个称呼。

至于为什么额上长角,《今昔》对此不作任何交代,但只要能找到一角仙人故事的起源,这个谜也就解开了。

根据印度文学研究者岩本裕先生的考证,一角仙人的故事最初见于古印度的长篇叙事诗摩诃婆罗多。由印度传到中国的《大智度论》《法苑珠林》《大唐西域记》等书籍中都有记载。这些汉译佛典再由中国传到日本,变成了佛教故事,而被《今昔》采用了。

在《今昔》之前,不同的文献,所记载的故事情节也多少有些差

异。简单地说,仙人的母亲原来不是人类,而是雌鹿。雌鹿与一高人婚配,生下的就是一角仙人。所以,额上有了继承母方血统的鹿角。

一角仙人额上的角,告诉了人们他出生的秘密。但《今昔》对一角仙人的出生,只字不提。《今昔》的作者是对这样的出生不以为怪呢?还是《今昔》采辑的原作中,已经没有了有关一角仙人出生秘密的记载?这一点,目前还无法加以断定,但正由于《今昔》没有记述仙人的出生,反倒使故事有了真实感。《今昔》的一角仙人只是作为一个异形人物出场的。

滑了一跤,生气了

仙人凭着多年的修炼,现在他能腾云驾雾,神通广大得很。还能自由自在地操纵鸟兽。

尽管这样,下过大雨之后,道路很滑,仙人在一陡峭的山坡上,〈一脚没踩稳,滑倒了〉。

上了年纪,给这么跌了一跤,仙人很恼火。

〈都怪世上还要下雨,路才会那么不好走。穿着的衣服也湿漉漉的不舒服。下雨,是龙王做的事。〉

想到这儿,他就大施神通,把所有的龙王都给抓了起来,装进了水瓶中。

他自己走路滑了一跤,却把气撒在了龙王身上,这下,印度的人民可遭殃了。印度国内再也不下雨了。

各种求雨的祈祷一点效果都没有,因为没有谁的法力能够敌得上他的。

当时,某大臣想出了一个绝招。他认为,即使是功德圆满的仙人,也绝不会对女色熟视无睹,不为美妙的音乐所感化。于是便把整个印度内所有外貌漂亮、声音优美的女人都召集了起来,让她们穿上华丽的衣裳,抹上或是洒上各种芳香,派到了仙人居住的山上来了。

女人进山后下了车,十人一队,二十人一群地走着,在仙人有可能居住的山洞、树下、峰间唱起了歌。美妙的歌声在山间回荡,宛如天女们飘然下凡。

听到了美女们优美的歌声,在一个很深的山洞旁边,仙人出现了。你猜,仙人的风采会是哪般?

电影式的出场

仙人,〈瘦弱极了,身上没有一点肉,只有皮和骨头。也不知何处可以隐蔽他的魂魄。〉

先是仙人的全身像。瘦得几乎没有人样,说连魂魄都无处隐蔽了。语言的夸张,到了让人难以置信的程度,但却挺有新意,充满了滑稽味。

〈额上长有一只角,可怕得无以复加。〉

这次映出了仙人的脸部。一张额上长角的可怕的脸。

〈影子般瘦弱的身体,靠一个拐杖支撑着,一只手拿着水瓶,笑歪了脸,晃晃悠悠地走了出来。〉

又是仙人的全身像。

这样,你就会发现,先是映出了主人公仙人的全身,接着是头部特写,之后又回来照他的全身,也就是说,出场人物画面的大小

是改变着的。

也许显得有些啰唆,我再来重复一下这个主人公的出场方式。先是对仙人的整体描写,用照相的术语来说,就是全景摄影。接着,描写了仙人的脸部和额头。这也用照相术语来说的话,就是近距离的特写镜头。紧接着又是对整体的描写。就像是照相的全景摄影或远距离摄影。

作家小岛政二郎曾说过,《今昔》的表达方式具有绘画式的。确实,这样的描写使事物的姿态和形状如同亲眼所见一般。

不过,更准确地说,这儿的表达方式并不像"绘画"那样是静止的,而是像通过摄像机的镜头,由全身到部分,再由部分到全身,画面的大小是变化着的、动态的。所以,与其说是"绘画式"的,我以为用"电影式"来形容更贴切。

笑歪了脸

主人公的仙人,就这样电影式地出场了。

瘦弱得〈如同影子〉的仙人,看见美女们,〈笑歪了脸,晃晃悠悠地〉走了出来。

〈如同影子〉,这个词语现在已不太用了,平安时代,常用它来形容人的消瘦。人生病憔悴了,人家说他〈如同影子〉。因为影子没有实体,大概是跟人瘦了以后没有重量的感觉是一致的吧。

〈笑歪了脸〉,是一个很有趣的描写。高兴得眉毛、嘴都笑歪了。仙人见到这些歌声优美的漂亮女子,耷拉着眉毛,笑得嘴都合不上了。

只是,由于已经年迈,走起路来都〈晃晃悠悠〉的。

无论你年纪多大,也无论你怎么修炼,男人还是迷恋漂亮女人的。

仙人问女人们,你们是天女吗?还是魔鬼?女人们知道自己肩负的使命,现在,有必要唬住他。

〈我们跟吉普赛女郎差不多,听说这座山里住着高人,想让他听听我们的歌声,之后,和仙人结个缘,我们这么想就这么做了。〉

女人们这么回答着。

接着,她们又用优美的声音唱起了歌。

仙人〈头晕目眩,神魂颠倒〉了。一句话,他被女人们迷住了。女人们的美丽,令他〈头晕目眩〉。而〈神魂颠倒〉一词,则说明他已被女人们彻底迷住了。相近的词语有〈神不守舍〉,《今昔》其他故事(第20卷7段)中也有用这个词的,那是用来形容被爱欲所左右而千方百计想把女人弄到手时的男人的心情的。两个词语虽然很相近,但所表达的含义却大为不同。仙人还是情窦初开,他是纯情的,所以〈神魂颠倒〉了。

摸你一下,行吗?

仙人已深深地迷上了女人们,几乎到了晕头转向的地步。

在众多的女人中,对一个大概是他最倾心的女子说道:

〈你会顺从我吗?〉

居然还有这么直言不讳的。不过,这正好表现了没怎么接触过女性的男人的懵懂。

听了这话,女人心想,〈看样子,他开始松动了,那就骗他堕落吧。〉

于是，女人说道：

〈无论怎样，哪能有对您不顺从之理呢？〉

这是《今昔》中女人愿意听命男人摆布的惯用句，一个 OK 信号。

接着，仙人又开口道：

〈我想摸你一下，行吗？〉

什么？让人不禁怀疑自己的耳朵。仙人居然吐出了这样的话。而且，他说这话的时候，〈显得那么笨嘴笨舌，还有些含羞〉。

真不愧为是仙人说出来的话。他大概是有生以来第一次意识到什么是女人。仙人不好意思的样子如在眼前。每当我读到仙人的这些话语时，都不得不感叹《今昔》行文之巧妙。

而且，每当读到这个场面，都会让我想起《华严五十五处画卷》中的一个场面。

那画卷上绘有一个挺有风范的仙人，抓着女人的手腕。实际上，从画卷的故事来说，被抓着手腕的，不是女人，而是善财童子。只是因为这童子长得太丰满了，我常把他当作女人。而且，它与仙人说完〈想摸你一下〉之后的场面简直一模一样。更何况，从那个童子的脸上，我还能看到女人困惑的神情。

女人怯生生地顺从了

对于仙人开门见山的要求，女人感到非常困惑。即使明知迟早会到那一步，但毕竟速度也太快了。而且，额头上的那个角，好可怕。

不过，是为了诱使仙人堕落，国王才派我到这儿来的。想到这

儿,女人终于怯生生地顺从了仙人说的话。

仙人这才知道了女人。他破了戒了。他的法力也就此丧失。就在那当儿,所有的龙王都高兴地踢破水瓶腾空而起,天空转瞬间乌云密布,雷电交加,下起了祈盼已久的大雨。

女人按照国王的命令,诱惑了仙人,让他堕落了。她现在已经完成了使命。

可是雨下得那么大,回去是不可能的。女人虽然觉得挺可怕,也只得在岩洞中和仙人一起住着。仙人已打心眼里迷上了她。

第五天,雨停了,天空一片晴朗。女人对仙人说:

〈总不能老这样下去,我该回去了。〉

〈好吧,那你就回去吧。〉

话虽这么说了,但仙人看上去好痛苦的样子。若不顺心,一发怒把龙王都可以抓来关在水瓶里的仙人,而现在,还不得不同意心爱的人离去,那语气中透出的酸楚,正好表现了迷恋上女人后仙人软弱的内心。

仙人鲜明的风貌

女人说道:

〈本来我也没走过长路,这次还在岩缝中走,脚都肿了。而且,回去的路,我也不认得。〉

〈那好吧,山里面我来给你带路吧。〉

仙人显得挺热忱,说完,就站起来先走了。女人跟在后面,着实好好打量了一番仙人的模样。

〈头上像是积了一层雪〉。他的头发被比喻成没有一点黑色污

染的白雪,很是鲜明,白发和白雪的比喻关系,看上去并不新奇,但却很难找到用例。《今昔》里共有 1040 个故事,〈像是积了一层雪〉的比喻方式,除了形容这个仙人的头发外,再也没有第二个例子了。

再扩大范围,查遍平安时期的文学作品,有着白雪般白发的人物并不多见。只有《宇津保物语》中出场的一个 90 岁的老妪有一头那样的白发。把仙人的白发比作白雪,是塑造鲜明形象的有效一环。

〈面如叠波,额生一角。〉

满脸的皱纹,再加上商标似的一只角。把脸上的皱褶比作波纹,形象也相当生动。

〈弯腰拱背,身着苔衣。〉

佝偻着腰,穿着粗糙的法衣。把法衣的粗糙比作青苔,也很形象。

总之,通过这些比喻,极为鲜明地勾画出了仙人的风貌。

特写式的叙述方式

不仅如此,顺着作者的视线注视仙人的相貌,那感觉又跟在看电影一样。

从白发到满是皱褶的面孔,从脸部到额上的角,之后又把视线往下移,就是佝偻着的腰。这些都给人以循序渐进的印象。

与刚才摄像机改变焦距摄影有所不同,这次是把摄像机定在近距离上,一部分一部分地观察,之后再慢慢地移动视线的方法。

《今昔》喜欢这样的描述,在许多故事中,随处都用这个方法。

它能勾画出鲜明强烈的画面。

比如，在月兔（《今昔》第5卷13段）的故事中，兔子拼了老命似地寻找食物的样子，是这样描写的：

〈耳朵竖得高高的，拱着脊背，眼睛睁得老大，前爪短，屁眼大张着，东西南北地找食，但终究一无所获。〉

兔子急迫的样子，从耳朵到脊背，又从脊背到眼睛，从眼睛到前爪，从前爪到屁眼，用特写式的叙述方法，如同摄像机慢慢地改变着角度拍摄影片一般。把身体中的各个部分，用近距离摄影式的画面来表达，这是《今昔》最为得意的创作技巧。

女人撒起了娇

通过特写的方式，一角仙人的长相已逐一介绍给了读者。他现在正在给女人当向导。

看着仙人的形象，〈半觉得滑稽，半觉得可怕〉。女人能觉出仙人滑稽，说明她在精神上已经放松了。她没有彻头彻尾地讨厌仙人。相反，知道仙人现在对她已是惟命是从，感觉还不坏。

来到了一个非常陡峭的悬崖面前，那是一堵〈像是竖了张屏风〉似的绝壁。

在那绝壁上，有一条挖出来的小路。女人得跟在仙人后面走过去，下面，有瀑布、深渊。那里冒着白色的烟雾。周围呢，一片云雾缭绕。

女人向仙人恳求道：

〈这个地方，我无论如何也走不过去了。看一眼就头晕目眩的，更不用说走路了，连腿都不听使唤了。你走惯了这样的路，就

背我过去吧。〉

仙人已被女人深深迷住,也不好意思说不愿意:

〈那就趴在我背上吧。〉

可是,仙人的脚那么细,〈稍拧一把就会断了似的〉。让他背着,反倒会掉到山谷里去。但毕竟还是仙人,居然安全通过。

女人尝到了甜头。与自己走路相比,让人背着可真是轻松。过了那个险处,女人说:〈再背一会儿,好吗?〉

她就是不肯下来。女人知道仙人爱她,有这个自信作保证,她就踏踏实实地让仙人一直背到了都城。

把锡杖横在女人的屁股底下

有关仙人的消息一下子就传遍了整个京城,全城的人都跑来看热闹。

于是,只见一个白发如雪,额长一角的仙人,〈腿肚子细得像根针,把锡杖横在女人的屁股底下,每当女人的身体往下滑的时候,他就往上耸一耸的。〉

出人意料的细腿,和女人丰满的身体形成鲜明的对照,产生了幽默的效果,加上,〈把锡杖横在女人的屁股底下〉,当她的身体下滑的时候就往上耸的动作描写,充分地表达出了女人的重量感。

我又有在看电影似的感觉。把锡杖横在女人的屁股底下,仙人背着女人摇摇晃晃地穿街而过,路旁围着一大堆看热闹的,一个个都笑弯了腰。这样的场面如在眼前。

把女人平安地送到王宫后,仙人回去了。没有了法力,也不能再腾云驾雾了,是〈跌跌撞撞地〉走回去的。画面上,只剩下一个长

相奇怪的仙人,不时地绊一跤,摇摇晃晃地往回走的背影,那背影在慢慢地缩小。就跟电影结束时的镜头一模一样。

　　不过,这个故事的尾声意外地显得明快。那是因为把迷恋上了女人的男人的弱点毫不隐讳地暴露了出来的缘故。仙人大概没有后悔。即使失去了法力,又遭到了众人的嘲笑,但和女人一起度过的时光,是任何东西都无法替代的,他一定是这么想的。这个故事明快的基调,允许我们作如此的想像。

夜半婴啼

——象声词的妙用

前几章主要介绍了精神头十足的女性,在这里,我觉得该向各位介绍一个男人的故事了,好让大家放心,《今昔》里的男人也是相当勇猛的。这是个连女人的幽灵都不怕的勇敢胆大的男人的故事。〈赖光的家丁、平季武遇女鬼事〉(《今昔》第 27 卷 43 段)。在这个故事里,模仿物体、声音的词语(象声词)的用法很有特色。

每当夜晚,在渡口上……

那是源赖光任美浓国守时的事情。休息室里,聚集了众多的武士,他们正在那儿高谈阔论。美浓国位于现在岐阜县的中南部。只听有人说:

〈据说在这个地方的渡口上,死于难产的女鬼在那儿作祟,每当夜晚,要是有人想过河的话,女鬼就把婴儿弄哭,对渡河者说"抱抱这孩子吧"。〉

日语把死于难产的女人的幽灵称作「産女」(ubume)。在医学不够发达的平安时代,尽管有和尚的法事作保佑,仍有不少女性在生产中死去。人们相信这样的女人的灵魂会变成「産女」出来作祟。

在渡口附近出现的,就是这种女人的幽灵。渡口,是指飞弹川和木曽川的汇合处附近。这样的地方,到了晚上,真有些阴森可怕。在平安时代,又没有什么路灯,如果还没有月亮的话,周围漆黑一片,那种恐怖,远不是我们可以想像得到的。

故事的发展自然是以勇敢自居的武士们要比试一下胆量,有人说道:

〈怎么样?有没有人敢现在就去渡口,过个河试试?〉

于是,一个名叫平季武的男子说道:

〈行,我现在就去,让你们也开开眼。〉

季武说起话来毫不含糊,这也是难怪,他是个颇有两下子的武士。毕竟,他是后世与渡边纲、板田金时、平贞道一起被称为赖光的四大天王中的一员。不光武艺高强,而且颇有胆量,有谋略。所以很得主人赖光的赏识。

只是,这时候交手对象不是人,而是女人的幽灵。在场的武士们说道:

〈在千把人的敌军面前,您也许能以一挡千,但这和现在要过那渡口,可是两码事。大家可有好戏瞧了。〉

被人这么一激,对自己的武艺充满了自信的人,自然是非要坚持到底的。

只听季武回敬道:

〈什么?不就是过个河吗?有什么可大惊小怪的。〉

于是,其他武士们也毫不退让地坚持:

〈您的武勇,我们自然佩服,但这次多半不成。〉

到渡口去

季武也较上了劲。双方各持已见,互不相让,终于发展成了打赌。

说渡不过去的,有十来个人,他们说:

〈如果你渡过去了,我们就出甲胄、弓、箭囊,再有配有马鞍的马、身上带的日本刀。〉

看样子,他们相当有把握:河是渡不成的。

季武也毫不示弱,答应说:

〈如果我过不了河,我也出同等的物品。〉

季武也有自信。在他行将出门的时候,他叮嘱道:

〈把押的东西都准备好了!〉

听了这话,别的人以为是季武胆怯了,在那儿磨蹭,就催促道:

〈少不了你的,快着点儿吧。〉

季武穿上盔甲,背上弓和箭囊,跨上马,就准备一个人出发了。但是,他一个人去,到底过没过河,谁又能证明呢?没有证据。

季武说道:

〈我把箭囊中的箭插一根在对岸再回来,明天一早你们再去辨认吧。〉

说完,他就出发了。

有女人的声音和婴儿的哭声

和季武打赌的武士中,有三个年轻胆大的小伙子。他们想确认一下季武是不是真的过了河,三人就溜了出来,骑上马跟来了。

好像季武早已开始在渡河了,只听到水声。

哗啦,哗啦……

现在是九月下旬,正好没有月亮,周围伸手不见五指,只有划水的声音在漆黑的夜空中回荡。〈哗啦,哗啦〉,这个词用得很有效果。这是个描写水声的象声词,现在还在使用。这是一个从平安末期《今昔》时起就使用的传统的象声词。

〈哗啦,哗啦……〉

象声词能使场面产生此时无声胜有声的效果。

季武依旧在水中跋涉。

年轻的三个武士躲在了岸边的草丛后面。武季好像已到了对岸,水声停了。

季武在对岸把护腰(围裙式的皮制物)拍得老响,像是在掸水。大概是把箭拔下来往地上插吧,有一段时间一点声响都听不见。

过了一会儿,河上传来了季武往回返的声音。

等他来到河的正中央,突然间,河面上传来女人的声音:

〈抱抱他,抱抱。〉

听得一清二楚。

之后,是婴儿的哭声,打破了黑夜的寂静。

〈咿嘎咿嘎……〉

出来了!

三个年轻武士都被吓住了。

咿嘎咿嘎是形容婴儿哭声的象声词,比〈哗啦哗啦〉所起的作用更大。三个武士本来就提心吊胆的,怕会发生什么,这个婴儿的哭声使他们陷入了恐怖的深渊,就像悬念剧或是描写幽灵的电影,

先要制造出令人恐怖的气氛,之后突然间有一个大的响动,使人陷入恐怖之中。《今昔》用的也是这种手法。

〈咿嘎咿嘎〉是令出场人物毛骨悚然的声音,《今昔》的用法很巧妙。

咿嘎咿嘎的哭声

不过,从现在的语感来说,咿嘎咿嘎这个词没有真实感。我们都知道,婴儿的哭声是用〈哇哇〉来形容的,咿嘎咿嘎不像是婴孩啼哭的象声词。可是,查阅文献后可以发现,在古代〈咿嘎咿嘎〉确是婴儿哭声的象声词。比如,光在平安时代就有这样的例子。

一次次端来热水,弹着弓弦,高声颂咒。寅时许,传来了婴儿咿嘎咿嘎的哭声。

(《宇津保物语》第 18 卷)

这里描写的是产妇的祖父为了祈求顺产,弹着弓弦,口里高声念着咒文避邪,凌晨四时左右,婴儿才呱呱坠地时的场景。这儿用的也是咿嘎咿嘎。

另外,在《荣华物语》中,描写了村上天皇的皇后安子生产的场面。在做法事的高僧们朗朗的颂经声中,伴随着咿嘎咿嘎的哭声,一个女婴降生了。

在当时,咿嘎咿嘎是婴儿啼哭的象声词。

婴儿的哭声在志怪小说中常被使用,意外地令人毛骨悚然。像是生命的根本被彻底动摇了似的恐怖。在故事的高潮,《今昔》用了象声词咿嘎咿嘎,取得了再好不过的效果。

头发都粗了

听到咿嘎咿嘎的婴儿啼哭声,那三个年轻武士〈吓得魂不附体,头发都粗了。〉

他们是被恐怖感给镇慑住了,头发竖了起来,像是变粗了似的。也就是说,在那一瞬间,突然感觉到了头发的存在。这种感觉在这儿叫作〈头发都粗了〉。表达恐惧感时,《今昔》常用这个词。

我也碰到过这种恐怖的场面,至今仍清晰地记得,真是全身的汗毛都竖了起来似的。如此强烈地感觉到那样细短的汗毛的存在,还是从未有过的事。所以我完全能体会到〈头发都粗了〉所表达的那种感觉。这是伴有生活体会的描述。

在漆黑的旷野上,三个年轻武士吓得〈头发都粗了〉。

然而,季武只身一人站在河当中,想到他该有多害怕,虽说事不关己,但三人想像一下,都已吓得半死了。

因为恐惧而身体都僵住了,连手脚也动弹不得的状态称之为〈吓得半死〉。这也是《今昔》爱用的表达方式。

〈头发都粗了〉,能感觉到头发的存在,说明还有意识。随着恐惧感的加深,就会几乎失去了知觉,身体僵住不听使唤,全身像是冻僵了。这就到了〈吓得半死〉的状态了。

三个年轻武士在草丛中像是给冻住了似的,动弹不得。

那么季武会怎么样了呢?

季武,好样的

季武说到做到。

〈行,我来给你抱,他妈的。〉

听他这么一说,女人接着喊:

〈这儿,这儿呢!〉

像是在把什么东西交给季武,但等季武把孩子抱定,女人就转而来追赶季武。像是在说:

〈还给我,把孩子还给我!〉

而季武呢?

〈还给你?休想!〉

说着,一步蹬上了岸。

之后,跨上马,一溜烟似地回到了公馆。三个年轻的武士也灰溜溜地跟在后面。

面对几个和他打赌的伙伴,季武说道:

〈瞧你们说得那么可怕,你们看,河过了,连娃儿都让我给抢过来了。〉

说罢,打开右边的袖子一看,里面只有些树叶。

暗暗跟踪的三位把在渡口的所见所闻细细地讲了一遍,听完以后,连那些没去的人也都〈几乎吓了个半死〉。

于是,按照约定,大家把押上的东西摆到季武面前,可季武不肯收。

〈打个赌,闹着玩罢了,这么点事也做不了的话,还称得上什么武士?〉

说完,就把那些物品还给了大家。

就这样,季武的名气越来越大了。

嘎嘎的大笑声

黑夜里有人嘎嘎大笑。

季武的故事就到此结束。像这样既勇敢又有智谋的男子汉，《今昔》中还有不少。

刚才这个故事的紧张空气，完全是由象声词咿嘎咿嘎制造出来的。

在其他传奇故事中，为了喧染恐怖感，《今昔》也有使用象声词来制造音响效果的。再来举几个例子吧。

有这么个故事。

住在京都的一个男子，在病危老母的再三要求下，半夜三更去接住在三条京极的和尚弟弟。

刚才我已提到过，平安时代夜晚的黑暗那是远远超过了现代人的想像。即使是京都市区，一到晚上，漆黑一片，真正是伸手不见五指。

惟一的亮光，就数月亮了，可今晚，连月亮的踪影都没有。

男子独自一人，带了三枚箭，胆战心惊地来到京都市区。不巧得很，弟弟去了比睿山，没在。

男子只得又独自一人原路返回。来到应天门和会昌门之间时，只见上面有什么东西放出蓝光。周围漆黑一片，不知那发光体为何物。

男子害怕了，每个神经都紧张了起来。

就在那时，觉得好像有老鼠在叫，而转瞬间，只听得有〈嘎嘎〉的大笑声。

男子〈头发都粗了,吓得个半死〉。

在这里,〈嘎嘎〉这个象声词是用来描写不明物发出的声音的,它形容出来的声音,几乎把男子吓死。

也许是给吓着了,男子回去以后,高烧不止,昏睡了几天。

这是《今昔》第 27 卷 33 段的故事。试想,如果从这段文字中把〈嘎嘎〉这个象声词去掉,会怎么样呢?故事失去了紧张感,甚至都没有了传奇的味道,象声词〈嘎嘎〉在这里所扮演的角色是至关重要的。

半夜,盖子哐啷一声开了

还有这样的故事。

有一个男子没来得及下山天就黑了,每办法,只得在一所废弃的房屋里过夜。躺下后不久,只觉得房间阴气逼人,无论如何也睡不着。

那时,只听旁边的一个装马鞍用的大箱子有动静。

〈哐啷!〉

盖子开了,但不见人影。

男子吓得浑身打颤。他大概是住进了幽鬼出没的破屋里了。

他装出若无其事的样子,屏住呼吸,眼睛死命盯住那个箱子盖。只见那打开的口慢慢地大了起来。

男子打算装作若无其事的样子逃跑,就故意自言自语道:〈还不知马怎么样了,我得去瞧一瞧〉。说着就爬起来,轻手轻脚地把鞍套在马背上,又蹑手蹑脚地上了马,之后,一挥马鞭就跑了起来。

就在这当儿,大箱子的盖儿发出重重的响声。

〈咔嚓!〉

是有人从箱子里出来了。黑暗中,看不见具体的形状,只觉得有个庞然大物向男子追来。〈咔嚓〉是表示瞬间声响的象声词。

男子是不是逃脱了呢?遗憾的是,这个故事到中途就断了。所以,这个男子到底怎么了,一切不详。不像是作者中途写不下去了,而是由于抄本的破损而使得后半的文章散失了。这是《今昔》第27卷14段的故事。

尽管故事不完整,〈哐啷〉和〈咔嚓〉这两个象声词的效果依旧妙不可言。在抄本中,这两个词是用片假名书写的。在《今昔》中象声词一般都用片假名明显地标记出来的。它的音响效果也由此而倍增。

〈哐啷〉〈咔嚓〉是这个故事不可或缺的词语。激起男子的恐惧感,作为传奇作品的恐怖紧迫感全体现在这两个词语上了。

就像刚才介绍的那样,在寂静的黑暗里,出场人物正神经高度紧张,担心将会发生什么的时候,《今昔》就不失时机地使用象声词。为此,出场人物听了那声音,就〈头发都粗了,吓得个半死〉。真是个安排周密的表达方式。

每当看传奇电影或悬念剧,听到那些不光使出场人物、连作为观众的我们都会陷入恐怖之中的音响效果时,我都会想起《今昔》那无可挑剔的象声词的用法。

沉醉于魔女色香的故事

——情节扑朔迷离

有些故事显得古怪离奇,可只要你仔细阅读,就往往会发现它的叙述方法本身就隐藏着许多谜团。〈不为人知的女强盗〉(《今昔》第29卷3段)的故事就属于这一类。

故事的女主人公被神密的面纱包裹着,令人百思不得其解。你想知道《今昔》是用什么样的方法塑造了这么个谜一般的女人吗?

〈鼠叫声〉的诱惑

这个故事发生在何年何月,不得而知。就连男主人公的姓名也没有交代。

不过,倒是知道他的长相。高高的个子,蓄着稍微有些长的红胡子,该是个会被女人盯上的那种美男子,年龄大约在30岁左右。看上去像个浪迹天涯的侠士。

傍晚时分,他走在京都的大街上,在一处房子的木窗后面,被人用〈鼠叫声〉给叫住了。有人向他发出像老鼠那样的吱吱声,又用手在那儿招呼他。

嗯,好怪的叫人方法。现在,再也没有人学老鼠叫来引起别人

的注意了,所以,我们一看就会觉得不对劲。即使是在江户时代,〈鼠叫声〉不也是花街柳巷里的女人招徕客人时才用的吗?那可是特殊场合中的特殊用法。不过,仔细查阅一下就会发现,在平安时代,这种行为好像并不是什么怪事。为什么这么说呢?平安末期编撰的国语辞典《色叶字类抄》里,表示〈鼠叫声〉的「鼠鳴き」(ne-zunaki)是和「妬む」(netamu)、「舐る」(neburu)、「願ふ」(negau)、「寝言」(negoto)"这些表示人类最普遍的行为的词语排列在一起的。也就是说,它和表示嫉恨、舔东西、祈求、说梦话这些词语是属于同一档次的、日常行为之一。

再说,在《今昔》的其他故事中(第27卷3段),也有发出〈鼠叫声〉来引起人们的注意的描写。因为那是在黑暗中,不知发出这种声音的为何物。另外,著有《枕草子》的清少纳言,就是用〈鼠叫声〉来呼麻雀的。

对平安时代的人来说,〈鼠叫声〉不是什么特殊场合的可疑行为,而是日常生活中谁都会轻易做出的一种动作。

男人即使让〈鼠叫声〉给叫住了,也没觉得有什么不对劲的。怪事还没发生呢。

沉迷于色香之中

〈有什么事吗?〉说着,他走了过去。只听有女人的声音:

〈我有话要跟你说,那个门看上去像是关着的,一推就能推开。你推门进来吧。〉

听到女人的声音,男的虽然觉得有些意外,但还是进去了。房间里只有一个20岁出头的媚态十足的漂亮女子,浑身透着色香,

她正独自坐在那儿朝着男子微笑,那微笑又是充满了诱惑。那后面的文字很有意思。

〈女人这般亲昵,做男人的哪有退却之理,就和女人睡了。〉

叙述得多少有点含糊。真是个超高速结合,但读来并没有什么牵强之处。那是因为其间插入了〈做男人的哪有退却之理〉这么一句话。这大概是句表达了一般公认的男人心理的语句。

休息一会儿之后,男人开始觉得奇怪:

〈这儿到底是个什么样的人家呢?〉

不过,他的疑惑只那么一闪而过。男人沉迷于女人的色香之中,任何事情都无所谓了,就这么和女人缠绵着,也不知道天已黑了下来。

只写男人的心理

于是,听到有人敲门。这所房子里除了女人以外再没有别人了,男人只得出去开门。只见有两个家丁模样的男人和一个管家似的女人带着一女佣人走了进来。放下窗子,把灯点上,摆上了美味的晚饭让他们俩吃。

奇怪!

〈我进来的时候,把门插上了的。之后,女人也没向任何人吩咐过什么,他们怎么还准备了我的饭菜呢?会不会,除了我之外,她还有别的情夫?〉

男人不安起来,但和女人亲热了一下午,肚子早饿了,就〈好好地吃了一顿。〉〈女人一点不装模作样,也毫不介意地吃着东西〉,那样子倒是挺自然的。

不过，仔细想来，这种时候，女人一般是会感到羞涩的。可这个女人，在初次见面的男人面前，就那么大大方方、津津有味地吃起饭来了。

她倒底想达到什么目的呢？面对面地进食，想以此来解除男人的戒备心？关于女人的想法和女人的心情一句都没有记述，无可奉告。

与此相反，对男人的感觉作了说明，你能明白他在想什么。这是个什么样的人家？女人是不是还有别的情夫？等等。

以男人为视线

男人和女人饱餐了一顿之后，刚才的那些人收拾干净后就退了出去。女人让男人插上门，俩人又接着睡。

第二天早晨，又有人来敲门。男人去开门，进来的人跟昨晚的不一样，他们打开窗户，这儿那儿地打扫卫生，让他们俩吃早饭，接着，又让他们吃午饭。之后又都走了。两人又上了床。男人的理性已经彻底麻木了。

就这样过了两三天后，女人问男人道：

〈你要到什么地方去办事吗？〉

男人回答说：

〈就到熟人那儿去一下，有事要跟他商量。〉

〈那你就赶紧去吧。〉

女人说道。

也不知道女人这时为什么要劝男人外出，是想试试他的心吗？至此，《今昔》对女人的内心还是不作任何交待。

女人劝男的外出，给他准备了漂亮的坐骑、三个猎装侍从和一个马夫。还给男人预备了〈他想往身上穿的服饰〉，让他穿上那些衣服，把他送出了门。男人〈想往身上穿的服饰〉，这句话告诉我们，故事是以男人为视线叙述的。

侍从们对男人〈言听计从，服侍得再周到不过了。〉这也是男人的感想。

只是，女人为什么要做得像个贤惠的妻子那样再把男人送出门呢？是为了让男人一路上体味一下出人头地的滋味？让他觉得是碰到了个好女人？还是，让男人作这般设想，而实际上只是防他逃跑呢？女人的用意，只字没提。如此对女人的内心保持沉默，是什么缘故呢？我以为，这里蕴藏着《今昔》叙述故事的方法。

《今昔》一定是在通过男人的视线来叙述这个事件的。所以明确地记叙了男人的所思所想，却不涉及女人的内心。至于女人，只描写男人看到的动作和他听到的话语。

通过这样的方法，女人真实的内心世界和企图，读者就不得而知，由此使得女人的存在像个谜。我认为这就是《今昔》在这个故事中制造悬念时所采用的方法。

挨鞭子打

男人办完事后，回到了女人这里。那几个侍从，没听见女人作什么吩咐就不知去向了。饮食还是照旧，女人没说什么，就不知从哪儿给端了来，之后又同样地离去了。男人尽管不明女人的真相，但也没有向她打听。男人什么都不做就能有好吃的，还可以享受与女人在一起的甜蜜时光，他这就满足了。但是，总觉得有危险将

要发生了。和女人过了 20 多天的时候,女人对男人说道:

〈想不到会有这么段姻缘,虽然是萍水相逢,但也一定是命里注定的。

所以,是死是活,我说什么,你总不能再反对了吧。〉

这话听起来够可怕的。然而男人大概是打心眼里迷上了这个女人:

〈说真的,到现在,是死是活,就全凭你了。〉

居然能这么回答。即使被杀死了也值得,他爱她到了这种程度。

女人倒底要干什么呢? 她把男人带到后面的偏房里,用绳子系好头发,把他捆在绑人用的木架上,露出上身,再把他的腿曲起来也紧紧地绑上。

之后,女人戴上乌帽子,穿上猎装扮成男人模样,脱去一只胳膊,拿起鞭子一下一下重重地打在男人的后背,啪、啪……。

整整打了 80 下。

〈感觉怎么样? 女人问。

男人答道:〈这,算不了什么。〉

〈跟我想像的一样,好样的。〉女人说完,就让男的喝下止血的药物,轻轻地擦去沾在身上的泥,让他睡下了。大约过了两小时,恢复得跟平常差不多了的时候,然后摆上了一桌比平时还丰盛的饭菜让男人吃下。

又过了三日,〈伤痕快痊愈的时候〉,女人又把他带到前面的那个偏房,还跟上次一样把男人捆在绑人用的木架上,按着上次的鞭痕又打了一顿。于是,〈顺着那鞭痕,鲜血横流,皮开肉绽〉。

还没好彻底的伤口再经这么一打,真正的血肉模糊了。但是,女人还是毫不犹豫地〈打了80下〉。之后,问道:

〈怎么样?受得了吗?〉

男人面不改色,〈没什么!〉

女人比上次更加佩服他了,真心地夸奖了一番,仔细地包扎伤口。

再过了四五天。又经历了同样的80下鞭打。男人还说〈没什么!〉,这下,女的让他翻过身来,〈打起腹部来了〉。肠子被撕断般的剧痛传遍了全身,男人忍住了。

〈这,没什么了不起的!〉,男人依旧一副若无其事的样子。

女人更是佩服得五体投地了。之后的几天里,好好地护理了男人的伤口。

然而,女人倒底为什么要鞭打他呢?有人把这看作是为了获得虐待狂般的性快感,但关键的《今昔》对此一字不作说明,女人的用意是什么呢?

初作强盗

鞭打的伤痕也彻底好了。有一个傍晚,女人把衣服和工具交给男的。衣服是黑夜里宜于藏身的黑色猎装,脚底下是便于行动的绑腿和走起路来不会出声的草鞋。工具是崭新的弓箭。

男人多少有点觉察到了。只听女人仔细地告诉他道:

〈现在你到蓼中(地名)的城门那儿去,轻轻地弹一下弓弦,会有人同样地弹一下弓弦。之后,吹一下口哨,也会有人同样地回你一个。走近那儿时,会有人问"是谁",你就只回答说"我来了"。

然后，就到他们带你去的地方，叫你站哪儿就站哪儿，要有人出来想妨碍工作的话，就把他打发走。

再之后，到船岳山的脚下，在那儿要分配所获的财物，不过，他们要给你什么的话，千万不能收下。〉

啊，原来女人还是强盗中的一员。那么，既然这样，分赃的物品为什么不能收呢？

来到指定的地方，和男人同样装束的有 20 来人。稍微远一点的地方，站着一个〈白净的小个子男人〉。他好像是个头领，大家都听从他的安排。不知为什么，这个白净的小个子男人令人生疑。

除此之外，还有二三十人打下手的。这是个总人数有四五十人的强盗团伙。大家都按指令行事，闯进京都的大户人家抢劫财物。男人也圆满地完成了望风、射死逃跑者的任务。

然后是分配所获财物。男人按照女人事先的提醒，谢绝了给他的那一份。像是头领的小个子男人赞赏地看着他的言行态度。

回到家里，女人在家里烧好水准备好了饭菜等着。洗完吃完之后，〈两人睡下了〉。

男人终于当了强盗。对此，他是怎么想的呢？〈这个女人可爱得让人难以舍弃，男人也不以当强盗为恶事〉。即使是做了强盗，只因死心踏地地爱着这个女人，男人也没觉得有什么不好的。

鞭打的目的

就这样，男人开始做强盗了。于是，正如国文学者长野尝一先生所言，女人的鞭打会不会是作为强盗的资格考试呢？

强盗需要有忍耐强烈疼痛的体力和魄力。而且，更为重要的

是,必须培养出对女人绝对服从的心理。险些置人于死地的肉体惩罚,如果没有对女人绝对的爱,是无法忍受的。忍受了,就能得到女人的赞赏和温存。如果这些不是任何东西都无法取代的快乐的话,又怎么能够忍受那残酷的鞭打呢？只要这个女人高兴,让做什么就做什么,连性命也在所不惜了。这就是鞭打的最大目的。

另外,鞭打的时候,女人要穿上男装,那又是为什么呢？与其说是为了获得虐待狂似的性快感,我认为,女人只有变成另一个人,才能狠下心来对男人施以残暴的鞭打。

还有,女人告诫男人不要接受分给他的赃物,这是为什么呢？我认为,这也是加入强盗团伙的资格考试。如果不能守约,一开始就只盯着财物的话,以后就没法合伙干下去了。男人一定是在接受考验。男人合格了,成了一个忠实的强盗。

女人的泪水

那之后,那样的强盗又干了七八次。有时候负责拿着日本刀闯进家里去,有时候手持弓箭在外面放哨。每次,男人都干得很出色。

男人得到了彻底的信赖。有一次,女人把一把钥匙交给男的,让他把某处一个仓库里值钱的东西全给偷了来。而且,需要时,那些偷来的东西还随时都可以拿出来给他用。

就这样,和女人过了一两年。

然而,这些日子,女人常常难过地哭泣起来。

〈到底怎么啦？〉

〈也许会有不得已分手的事,想到这儿,心里好难过。〉

〈都这么长时间了,你怎么还那么想呢?〉

〈在这个无常的世上,谁能保证这样的事不发生呢?〉

男人并不知道女人的眼泪里有着更深的原因。这一天,男人到外面办事去了,因为去的是个得住上两、三天的地方,就把侍从和坐骑都留在投宿处了。

第二天早晨,侍从装作就到附近去一下的样子,牵着马出去了,就再也没有回来。找遍了可能去的地方,哪儿都没有,男人一下子紧张起来,借了匹马匆忙返回,一看,房屋和仓库踪影皆无。

不是夸张,真的是连建筑物都没有了。连《今昔》的讲述者都觉得不可思议,为什么在那么短的时间内可以把房屋和仓库都拆除、灭迹呢? 真的什么都没了。

男人这时才想到女人说过的话,茫然不知所措地站立着。失去了女人的男人不知如何是好,干了两、三次盗窃,就被抓住了。以上就是男人被捉后坦白的内容。

单方视线酿成的谜

这是个不折不扣的离奇故事。自始至终以男人为视线,使女人披上了神秘的面纱。

《今昔》经常使用这种方法来叙述惊险场面。

比如,有一个白犬喂养婴儿的故事(《今昔》第 9 卷 44 段)。说的是一男子目睹一个刚生下的婴儿被遗弃在寺院门下,他担心到了夜晚婴儿会被狗吃掉,但又没有办法,只得置之不理。

可第二天再过去看的时候,婴儿还挺精神地活着。

再过一天,还是那样。男子深以为怪,到了第三天夜里,他就

躲在阴暗处想看个究竟。只见一条大白犬来给孩子喂奶。第二天也一样。可再到第三天，大概是觉察到有人，孩子和白犬都不见了。

由于故事只通过目击者来叙述的，为此，白犬和婴儿就充满了神秘感，引起读者的兴趣。

还有这样的故事。

有一次，围棋高手宽莲被一陌生女子请进屋里下棋。女人出手不凡，宽莲连连败北。棋艺之精湛，可谓是神机妙算。宽莲觉得事情蹊跷，第二天又来到了女子的家里，可那里只住着一位行将作古的老妇人。那个女人的真实身份终于不得而知。这是《今昔》第24卷6段的故事。

这个事件也只是从宽莲方面描写，对方的女人就成了充满神秘色彩的人物。

当我意识到《今昔》始终以某出场人物为视线的叙述方法时，着实吃惊不小。像是充分领会了现代小说的创作方法似的。

在平安时代的作品中，到底有没有和《今昔》采取同样创作方法的呢？

我一本接一本地阅读了《竹取物语》、《宇津保物语》、《落洼物语》、《狭衣物语》、《夜不成寐》。可是，在这些作品中，故事的叙说者可以毫无顾忌地深入任何一个出场人物的内心，道出他们的心理。

只从某一出场人物的立场上，对其他人物的内心活动则不予介入，采用《今昔》这种叙述方法的作品，我迄今没有发现。

《今昔》是把目击者的讲述，作为文字表达的一种方式融汇到

作品里了。也正是因为采用了这样的方法,《今昔》才得以描绘出其他许多物语的创作方法所难以企及的神秘色彩。

神秘女人的真面目

就拿女强盗的故事来说,那个女人神秘得让人不得其解。

她到底是什么人呢?男人不经意地说过这样的话:其他人都对他另眼相看的那个小个子男人,他的脸,既白净又好看,难以想像那是男人的脸。他的面颊,还有整个脸庞的印象,跟妻子长得出奇地像。她十有八九是强盗团伙的头领。

那么,她又是怎样来统帅总共有四五十人的强盗团伙的呢?

而且,她又为什么把男的一个人留下忽然失踪了呢?是因为发生险情即将被逮捕了吗?还是女人真心爱上了男的,而长此以往的话,以女色来操纵的团伙内部的关系就会失去平衡。是不是为了避免这种危险性?

在行将分离之际,女人泪滴如雨。那眼泪,难道就是女人真心爱上男人的佐证?

为了解开有关女人的种种谜团,这个故事,我不知反复读了多少遍。

不听老人言

——事态突变

无论是现在还是过去,老太婆总比老头子活得精神。该不会是我才有这种想法吧。

这章要说的就是一个腿脚硬朗的老妪的故事,〈给老妇人每天必来察看的卒塔婆涂血〉(卒塔婆,梵语 stupa 的音译,一般是指塔或是塔状的建筑物。在日文中,墓碑及插在墓后的写有戒名等的木条也称卒塔婆。为此,一般人不知道塔也称作卒塔婆——译者注)(《今昔》第 10 卷 36 段)。故事的情节出人意料地发生急剧变化,能让人充分体味到《今昔》在叙述这类故事时的艺术魅力。

故事发生在何时何地呢?

这是发生在中国的故事。不知道是哪个朝代的。《今昔》的作者按惯例用这样的方式开头。

〈从前,中国□□代的一个叫□□洲的地方有一座大山。〉

至于故事具体发生的时间和地点,作者留下了两处空格,以便日后查明后补上。

这个故事还收录在《宇治拾遗物语》中,那里是这样记述的:

〈过去,中国有座大山。〉

不明白的东西,干脆就放弃把它搞清楚了。《今昔》的作者如此超乎寻常地拘泥于事情发生的时间和场所,让我觉得非常有意思。国文学者池上洵一先生把这些空格看作是为了使故事具有真实性的手段,就是说空格是为了强调:这些故事是对真人真事的真实记录。这种理解也挺有意思的。而我呢?每当看到这些空格的时候,就会联想到新闻报导的记述方法,①何时 when,②何地 where,③谁 who,④何事 what,⑤为什么 why,⑥怎么做 How,5W1H 缺一不可。我由此感觉出《今昔》作者所具有的新闻记者的素质,很有意思。

接着,《今昔》又作了这样的介绍:

〈在那山顶上,有一卒塔婆。山脚下有一个村庄。村庄里住着一位老妪,已年近八旬。〉

简单明了。大山的顶上有卒塔婆,山脚下有村庄,村庄里住着一个老妇人。相当于"谁"who 的部分。主人公就这样出场了。她是个无名的 80 岁的老太婆。

死心塌地的老太婆

之后,《今昔》又对老妇人简单的日常生活作了介绍和说明。而那日常生活,正是事件的关键之所在。其他多余的事,一概不予记述。

老妇人每天必定要爬上山顶去看那卒塔婆,这座山很高,从山脚至山顶有相当的路程,而且很险。尽管如此,老妇人还是一天不拉地爬上山去看塔。

〈不怕风吹雨打,

不怕雷电轰鸣,

寒暑无阻,

一日不缺。〉

对老妇人死心塌地的样子,《今昔》是这样记述的。真正做到了风雨无阻。可以说到山顶上去看卒塔婆,是老妇人不可或缺的功课。

可以乘凉的卒塔婆

夏日酷热的时候,年轻的小伙子们爬上山顶,来到卒塔婆的下面乘凉。

你是不是觉得有点怪。〈卒塔婆〉有那么大吗?可以让几个男人在下面乘凉。

一提到卒塔婆,我们马上想到的是插在墓后面的那根薄且细长的木头条。那是把杉木或丝柏削薄了,上半部做成五层塔的形状,再在上面用梵文写上咒语,下半部写有死者的戒名和施主的名字。

可是,真要是这样的卒塔婆,年轻小伙子们怎么能在那里乘凉呢?《今昔》可是清清楚楚地写着:〈年轻男子和儿童等,登上这座山峰,在卒塔婆下乘凉。〉

卒塔婆必须大到人们可以在那下面乘凉。过去的卒塔婆是什么样的?我开始到处查阅过去的画卷,寻找起卒塔婆来了。《今昔》成书50来年以后创作的《饿鬼草纸》里画有柜子状的,镰仓后期的《春日权现验记画》中有柱形卒塔婆。同是镰仓后期创作的《玄奘三藏绘》中也有那样的柱形卒塔婆。

这些比现在的都要大得多,形状也不一样,但这也不是可以供几个男人乘凉的。也就是说,这里的卒塔婆不是安放在个人坟墓或墓地上的东西,而是真正意义上的卒塔婆。〈卒塔婆〉是梵文 stupa 的音译,意思是"塔",是指为了安放释迦牟尼的舍利而建的。这里的〈卒塔婆〉最起码也该是"五重塔"、"三重塔"那类建筑物。

而且,这是中国塔,该是可登高远望的楼阁式建筑。所以,要比日本的醍醐寺的五重塔、或一乘寺的三重塔还要高得多。这样的塔,人再多点也不要紧。

年轻人表现出了兴趣

年轻人就在那样的塔下乘凉。可那老妇人,一边擦着汗,佝偻着腰,拄着个拐棍,来到塔下后,既不为乘凉,也不为拜塔,只是一圈一圈地绕着塔看。

老婆子这是在干什么呢?年轻人觉得奇怪。他们对老妇人表现出了兴趣。

第二天,第三天,老妇人还是那样看了又看,然后再回去,年轻人忍不住了,终于打定主意要向老妇人问个明白。

正好,老妇人爬似地上得山来了。

〈老太太,我们年轻人上这儿来乘凉,都觉得路上累得慌,以为您也来乘凉呢,又不是。看样子也没有特别要紧的事,如此酷待老弱的身体,爬上爬下的,到底是为什么呀?

太不可理解了,能告诉我们为什么吗?〉

想知道其中的原由,这也自然。

老妇人回答道：

〈你们这些年轻人，一定觉得奇怪吧。我父亲活了一百二十岁，爷爷活了一百三十岁，爷爷的父亲、还有爷爷的爷爷都活过了二百岁。

父亲告诉我说，上辈人传下来一句话，说这个塔要是沾上了血的话，这座山就要崩塌，变成深海。我住在山脚下，要是山崩了，我就会被压死，所以我每天都这么来看一趟，一旦发现塔上要沾了血的话，就赶紧逃走。〉

什么呀，傻里傻气的，就为了这个?! 每天都累成这样。小伙子们嘲笑道：

〈那真太可怕了。要是山崩了，别忘了告诉我们一声。〉

老妇人也不以为他们在取笑自己，一本正经地回答：

〈那还用说，难道我会只管自己逃命而不告诉你们？〉

老妇人绕着塔看了一遍就下山去了。

那些小伙子正血气方刚，对老妇人的迷信很不以为然。他们蠢蠢欲动起来。

往塔上涂血

故事讲到这儿，已是山雨欲来的感觉。不出所料，几个小年轻商定要吓唬一下老妇人，好好取笑取笑她。他们故意弄来一些血，在塔上抹了一大片。之后，他们回到村里，告诉大家说：

〈我们在塔上涂上血，老太太明天一定会吓得到处乱跑，够我们瞧热闹的。〉

村里人也轻蔑地答道：

〈那是一定要山崩的了。〉

难道,真的什么都不会发生吗?总有一种不祥之兆。塔是为了安放佛祖的舍利而建造的,在那上面涂血,这种行为不会遭到报应?要发生什么了,已经危机四伏。

第二天,老妇人爬上山来,塔上有血!

老妇人当场吓得〈晕头转向,跑回村里〉,向村民们大喊:

〈乡亲们!赶紧离开这个村庄,逃命去吧。这座山马上就要崩塌变成大海了〉。

老妇人挨家挨户都说到了,才回到家里,让孩子和孙子们背上家俱,逃出了村庄。家俱杂物,在当时是一个家庭的贵重财产,是生活在现代的我们很难想像的。

日本史学者藤木久志先生通过研究证明,在《今昔》成书后不久的时期,有那样的习俗,人们为了保全家俱杂物,要把它们藏在某个安全的地方或寄放在他人家里。正因为如此,在这个故事中,家俱杂物也一再成为话题。由此可知其珍贵的程度。

涂血的那帮小年轻,看到老妇人惊慌失色、匆匆忙忙地带着一家老小逃离村庄的样子,个个都捧腹大笑。计划圆满成功了。

地球在骚动

可是,正在他们大笑的当儿:

〈也没有发生什么事,只是周围骚然作响。〉

沙沙,沙沙……

像是物体在互相摩擦。这种现象称之为「さらめく」(sarameku)。

「さらめく」大约是当时的日常用语,找遍了《今昔》以外的平安文学作品及其他资料,都没有发现第二例。

除此之外,像「かかめく」(kakameku)、「こそめく」(kosomeku)、「ざぶめく」(zabumeku)、「ふためく」(futameku)都是《今昔》才有的词语。在象声词后面加上结尾词「めく」(meku),表示发出什么声音或使发出什么声音。「……めく」这种词语品位不太高,可以想像,优雅的王朝女流作品中是绝对不会使用的。

然而,这类词汇形象易懂,并且具有诉诸读者感官的力量。《今昔》利用了这一点。大胆地运用这类俗语,创造出了独特的气势和临场感。

沙沙,沙沙……

也不知道什么原因,周围回荡着一片异样的声音。

老太太没说错。

〈是要起风了?还是要打雷?〉

村民们正在诧异之际,天空突然一片漆黑,那样子令人丧魂失魄。

紧接着,大山开始晃摇起来了。

〈这,这是怎么啦,怎么啦?〉

在人们的吵嚷声中,大山轰隆隆地开始崩塌。

〈老,老太太说的是真的!〉

嘴里这么喊着,一边拼死地逃命。有碰巧逃出来的,也有的是父母不见了,或是孩子逃晚了一步。更不用说搬家俱杂物了,个个都嘶哑着嗓门叫喊着。

而老妇人呢,孩子和孙子都没事,连家俱等也一概没有丢失,

她逃到别的村庄,在那儿过着安静的生活。

那些嘲笑老妇人的小年轻,个个都没有逃脱,给压死了,不久高山崩塌了,变成了大海。

这就是整个故事的始末。

起承转结

我们一口气就读完了这个故事。在还没明白个所以然的时候,故事就这么开始、展开、结尾了。情节的进展异常迅速。

这种紧凑的节奏,实际上是汉诗的起承、转结的方法的应用。

比如:

(起)春眠不觉晓,

(承)处处闻啼鸟。

(转)夜来风雨声,

(结)花落知多少。

这首诗就是由起承转结构成的。"起"是导入部,第一句的〈春眠不觉晓〉便是。"承"是承上启下的部分,〈处处闻啼鸟〉是对上一句的继承和发展。这两句在含义上是连贯的。"转"是指打破以前的格调,实行转换的部分,第三句〈夜来风雨声〉与前两句描绘出来的春日早晨暖洋洋的幸福感截然不同,使诗篇富有变化,就是这个部分的意图之所在。"结"是承接"转"的部分,巧妙地收尾。

我喜欢四联一组的漫画,也经常看。那大多也是以起承转结的方法来构思的。就拿〈小穗〉的第一回来说,第一联是小穗要妈妈买蝌蚪,妈妈不肯。第二联是小穗回家后还在想着蝌蚪的事。第三联是妈妈打开浴缸盖,惊叫起来,浴缸里有一条大蝌蚪。第四

联,小穗的父亲拿起那条大蝌蚪,原来是一只涂黑了的勺。相当于"转"部分的第三联,小穗的母亲被惊吓的那个样子,《今昔》故事中的那个老妇人发现血时惊慌的神色也不过如此吧。

《今昔》中的起承转结

我们刚才介绍的这个故事也是以起承转结的方法构思的。所以,节奏紧凑。我们再来回顾一下。

首先,相当于"起"的部分是关于老妇人的介绍和对她的描写。

"承"的部分集中描写了老妇人的功课所引发的事件。老妇人和小年轻们的偶然相遇,为故事的发展作好了铺垫。

从"起"至"承"的过渡很自然。

然而,在"转"的部分,小年轻们半开玩笑地往塔上抹血,那之前的平安无事的日常生活突然发生了变故。危机出现了。老妇人也不知道那是年轻人的恶作剧,按照祖上传下来的话,领着一家老小逃难,村民们嘲笑老妇人的迷信无知,计划取得了超越预期的效果。

在"结"的部分里,叙述了完全出乎意料的结尾。小年轻们始料不及的事情发生了。正如老妇人所说,山崩地陷,许多村民死于非命。

《今昔》的故事就是以这起承转结四段法来叙述的。文章展开,除四段法以外,还有二段、三段、五段、六段,这么多方法,可《今昔》的故事,大多采用这四段法。

故事虽然有长有短,但《今昔》故事的构思基本上是这个四段法。故事太长的时候,〈起承转结〉就要重复几回。《今昔》跟四联

漫画一样,只展开精髓部分,由此,情节紧凑,进展迅速。除了故事的主线外,一切不必要的东西都一概删除,只有骨骼部分的展开。

那么,为什么只展开骨骼部分就能把原委交待清楚了呢?到底省略了些什么?

通过行动和对话叙事

《今昔》是把心理描写一概删除了。

就在这个老妇人的故事中,有关出场人物的心理描写,是一处也没有,故事是通过人们的行动和对话来叙述的。比如,老妇人不问严冬酷暑,也不顾山高路险,天天去看塔的时候,老妇人也许是既想中途放弃,又觉得要遵守祖上的遗训,一直是充满矛盾的。

或许,那些在塔上涂血的小年轻,他们的内心也有过各种各样的想法,他们也犹豫过,也曾经有过自责的念头。

但是,《今昔》对这些人物不作任何心理描写,心理描写会妨碍情节的紧凑性。这时,他是这么想那么想的。加上诸如此类的心理描写的话,情节的进展就会在这里停顿。所以作者才要不涉足人物的内心。

有人称《今昔》是行为的文学。说得一点也没错,只通过行动和对话等外围描写来叙述故事的始末。《今昔》实现了只有骨骼部分的陈述。

急性子的我之所以深深地倾心于《今昔》的节奏,就是因为有这般紧凑的叙述方法。

自己吓唬自己

——透过动作看心态

有一次去温哥华,住进饭店的时候,夜幕已经降临了。打开门,走进房间,我惊叫了起来。

有人!

定神细看,那个人原来是映在大镜子里的自己。

我一向觉得自己胆小,因为没必要逞强,也就毫不隐讳地把自己的弱点告诉别人。

假如,这事发生在平日里好逞强的人身上,结果会怎么样呢?下面就向大家介绍这类有趣的故事。

题目是〈武士模样的人,被自己的影子吓着了〉(《今昔》第28卷42段)。

大个子少年小偷

大约是一千年以前的事。有一个国守的家丁,总希望被别人看作英雄而到处逞强。因为他的职责是护卫主人,也就有必要是个勇士。

有一天,他得一早离开家,妻子为了给他预备早饭,起了个大早,丈夫还在一旁睡着。这种情形和现在的家庭没什么两样。

妻子来到厨房,黎明时分的月光从屋顶的木板缝中投射下来。定睛一看,有一个〈头发蓬松〉的大个子少年小偷的影子投在墙上。

实际上是她自己的影子,妻子误会了。她刚爬起来,头发还乱蓬蓬的。〈头发蓬松〉一词,把寻常百姓家庭的妇女形象给刻画得如在眼前。

〈啊!〉

妻子惊叫着,逃到了丈夫睡着的地方,对着丈夫的耳朵轻声地告诉他:

〈在那儿,有一个个子高高的少年小偷,头发乱蓬蓬的,他站在那儿,一定是进来偷东西的。〉

不对,是个大人!

丈夫说道:

〈把他交给我了,这可是件大事。〉

回答得够带劲的。他摸索着拿起放在枕边的日本刀。

〈看我非把他的脑袋砍下来不可。〉

越说越来劲了。就势爬起来,赤裸着身子,头发乱糟糟的,举着日本刀就出去了。

然而,这次他看到的也是自己的影子。

〈不对呀,不是什么孩子,可是个手提日本刀的家伙。〉

丈夫害怕起来了。要是个孩子,我手里又有刀,就有可能胜他。可是,对方也是个手提大刀的成年人。

〈这样一来,没准我的脑袋会被劈成两半。〉

想到这儿,丈夫并不太高声地喊了一声:

〈喂……〉

装作威胁人的样子,慌慌张张地跑回妻子的身边。〈并不太高声地〉象征性地〈喂〉了一声的描写,可谓是入木三分。丈夫平日里装出一副勇士的样子来,而实际上,是个地地道道的胆小鬼。

而且,他对妻子说的那番话,简直可称得上是杰作。

〈我还以为你是个凡事不会出偏差的武士妻子呢,谁知你这次可犯了个大错误。说什么是个孩子小偷,那可是个手提大刀的家伙呢。〉

就此打住,还算说得过去。可他还要接着说:

你去把他赶跑了吧

〈那家伙是个胆小鬼,看到我出去,吓得手里的刀都快掉地上了,浑身都打颤。〉

那样浑身发抖的,不是别人而正是他自己。他还不知道是自己的影子,认定那就是小偷。

接着,他竟说出了这样的话:

〈你过去,把他赶走算了。他那么发抖,一定是非常怕我的。〉

什么?!妻子一定是吃惊得无言以对了。

丈夫毕竟还是觉得过意不去,这样辩解道:

〈我马上要出门去办事,一不小心受点伤就不吉利了,要知道,他是不会杀女人的。〉

当时,好像有不准对女人动手的、类似于骑士精神的规范。在《今昔》的其他故事中(第 25 卷 5 段)有这样的台词:

〈只要是女人,不问上下尊卑,一概不许伤害,凡是男的,一个

不漏,统统射死。〉

所以你去把小偷轰走。丈夫说完,拉过被子睡下了。唉,怎么是这么个人。我似乎能听到妻子的叹息。干脆就此分手算了,谁跟他过一辈子?那一瞬间,妻子一定是心灰意冷。

持弓赏月

不过,妻子也并没就此沉默,马上打起精神来反驳。这也只有普通百姓才能做得到。女人中,有的人是把对丈夫的不满深埋在心里的,这样做天长日久,就会变成一种怨恨。《今昔》中的女人们正好相反。有什么不高兴的,马上就摆出来。《今昔》女人的优点也正在于此。

〈真是个胆小鬼。冲你这样子,居然还能巡夜。依我看,撑死了也就是拿着弓箭,看看月亮了事。〉

这话够挖苦人的。平日里那么逞强好胜,碰到这么点事就没有了一点魄力。弓箭在你手里都白瞎了。

既然丈夫不中用,那就只得由妻子去了。妻子爬起来准备再次去厨房看看情况的时候,丈夫身旁的拉门突然倒下,还正好压在了他的身上。

丈夫以为是小偷扑上来了:

〈啊!〉

声嘶力竭的一声惊叫。

妻子是既好气又好笑:

〈喂,丈夫大人,小偷早就走了。是拉门倒在你身上了。〉

全赖你

看看周围确实没有了小偷的影子,只是拉门倒在了自己身上,丈夫一下子蹦起来,满脸得意地〈搔胁舐手〉道:

〈那小偷到我们家来,实际上不可能轻而易举地偷走什么东西的。他只踩倒了拉门就逃跑了。他胆敢再呆上一会儿,我就把他抓住了。〉

就这么又吹起牛来,刚才还吓成那个样子,竟能这般厚颜无耻地逞能,往后,还不知会吹成什么样子呢。

这个丈夫的性格,是通过对话巧妙地表现出来的。最后他还加上了这么一句,而这一句话使得他的人格暴露无遗。

〈全赖你,做事粗心,就这么白白让小偷跑了。〉

又把责任转嫁到妻子身上来了。妻子已经生不起气来,反倒忍不住大笑起来。妻子知道实情,自然是更加觉得丈夫的言行可笑。

这是个微型小说,故事到此就结束了。虽然短,但很有味道。面对丈夫孩子般的逞强好胜,妻子不予深究,反而大笑起来,这说明这对夫妇还能过下去。妻子既对丈夫感到失望,同时又原谅了他的无能。

妻子要比丈夫稳重能干得多。正是这样的妻子辅佐着光会逞强的胆小鬼丈夫,支撑着整个家庭。我以为这就是寻常百姓家庭的原型。

舐手

这个故事乍看起来差点劲,实际上挺有意思,那是因为外部叙述写得到家。

首先是对话写得巧妙。无论是丈夫说的,还是妻子答的,都充分体现了各自的个性。

其次是善于透过动作来描写心理。丈夫欲逞能的心理是用〈搔胁舐手〉这个动作来说明的。通过肉眼所能看到的动作或行为来具体地表达肉眼看不到的心理活动,这是《今昔》独特的表达方法。

那么〈搔胁舐手〉到底是什么样的动作呢?

〈舐手〉这一动作,挺容易懂。〈舐〉就是"舔",舔一下手心,沾上些唾沫,准备接受对方挑战时的动作。

我小的时候,有一位叔叔常跟我玩,他每次都要舔一下左右手。跟我玩自然是件好事,但我不喜欢他舔手的动作,脏脏的。细想起来,没多久以前,我们还在舔各种各样的东西。比如翻书的时候,要在拇指或食指上沾些唾沫。还真挺管用。现在可以戴上橡皮指套或用手指在含水的海绵里捏一下,要比过去卫生多了。

干了的毛笔我们也常舔,舔上一下,唾液能使笔尖湿润,就可以写字了。现在有了钢笔式的毛笔,就再也没必要舔了。

也常舔铅笔,甚至有这样的熟语〈舔着铅笔头写东西〉,舔了的铅笔芯写出来的字很浓。现在铅笔芯的质量好了,也没必要再舔了。

邮票也要舔一下再贴,这个动作既不卫生也不雅观,用不了多

久,也会消失的。在过分讲究卫生的今天,舔的动作是越来越少了。

《今昔》说的是平安末期的故事,当时的男人们在跟人较劲的时候,舔一下手心大概是常有的事。

在《今昔》其他的故事中(第29卷6段),也有武士〈舔手〉的动作。那是武士们准备一个不漏地逮住即将入侵的强盗时的描写。他们有的手持弓箭有的手持日本刀,个个身着盔甲〈舔手以待〉。〈舔手〉是一种表示等待对方挑战的动作。我们的这个胆小鬼,一旦确认小偷已经不在了,他也马上摆出了严阵以待的架势。

搔胁

那么,〈搔胁〉又是个什么样的动作呢?

因为在碰到这种情况的时候,我们现在是不作〈搔胁〉动作的,词义就不太好把握了。在整个《今昔》中,〈搔胁〉的动作一共出现了五次,都是在故作威严、自以为是、或是得意洋洋的时候作〈搔胁〉之举的。

具体地说,这到底是个什么样的动作呢?至今仍众说不一。有人以为是〈叩胸〉。确实,这是个显示得意感的动作,但从〈搔胁〉这个词语上,恐怕很难派生出〈叩胸〉的含义。而且在《今昔》中另有〈叩胸〉的用法,与现在的含义不同,那是在钦佩、赞赏对方时的动作。随着时代的变迁,含义也在发生变化。

又有人认为是:交叉着双臂,搓胁下。还有人以为是:交叉着双臂,搓胸和胁下部位。

可只要你试上一试,就会摇头。觉得不对劲,太不自然了。

而且在这个故事中是〈搔胁舐手〉,在〈搔胁〉的同时,还要作〈舐手〉的动作。要是交叉着双臂,就不可能同时〈舐手〉。即使是两个前后的动作,也要先把交叉着的双臂松开,这就显得不自然。只要稍微比划一下就会发现,动作显得慌乱还有些滑稽。

考虑到两个动作的连贯性,能不能这样设想:不是双手交叉着抱胸而只是一只手作〈搔胁〉的动作呢。一只手放到另一边的胁下,在连着胸的那个部位作出嘎嘎的声音来。我们在表示〈交给我啦〉那种感觉的时候,也会砰地拍一下胸脯。跟这个动作很像,但不是拍,而是〈搔〉,从这样的动作过渡到〈舐手〉也非常顺当。

在《今昔》其他的故事中,有〈搔胁,高高扇着扇子〉、〈搔胁、手指着……〉之类的用法。〈搔胁〉之后,或同时啪嗒啪嗒地扇扇子,或用手指着什么东西。扇扇子的话,因为有一只手是空着的,不成问题,可以让空着的那只手拿着扇子。〈搔胁〉之后,可以很自然地过渡到啪嗒啪嗒扇扇子的动作。

虚张声势的丈夫,他本是赤条条躺着的,爬起来以后,把一只手伸到胁下抓了两把,之后又舐一下两只手的手心,沾上些唾沫,装出一副要抓小偷的样子。而他又明知,小偷已经不在了。

男人想逞强的心情,通过〈搔胁舐手〉的动作给描绘得淋漓尽致。

目瞪口呆

像这样通过动作、表情来描述内心变化的叙述方法,是《今昔》的特色之一。我很喜欢这种表达方式,曾经仔细地查阅了这类词语,简直是目不暇接,着实高兴了几天。跟现在相通的动作也不

少。比如,〈眨眼〉,表示困惑不解。我们在不知所措的时候也会作这样的表情。这种叙述把人物的内心视觉化了。

表示悲哀心情时用的是〈掩目拭泪〉,这也和我们现代人相通。

自《今昔》成书的院政期至镰仓时代,以"说话"为题材创作了大量的充满活力的画卷。见到这些画卷,能让人一个接一个地想起《今昔》的有关描述。

《信贵山缘起画卷》有这么一个场面,几个摊开双手的女人茫然地坐在那里。每当见到这幅画,我就会想起《今昔》表示茫然不知所措的几种句式(「手迷ひをして」「手を迷わして」「手を捧げて迷ふ」),简直是一模一样。这是个表示惊慌失措的动作。

另外,在同一画卷中,绘有三个女人,看一眼她们的表情,就会想起《今昔》〈目瞪口呆〉(目口開りて)这个成语。眼和嘴都圆圆地张着的那种呆傻的表情。是碰到始料不及的事情时的那种狼狈相。我们在受惊吓的时候,也是作这样的表情的。

以动作状心态

另外,在当时的画卷中也有能让人想起《今昔》〈托腮而蹲〉这个词语的人物形象。就是在不知如何是好的时候,托着腮帮子蹲在那儿沉思的样子。

也有让人联想到〈双手掩面〉的人物,这是表示被在场的人们取笑数落后羞愧难当、恨不能一死了之时的动作,张开双手捂住脸。我们有时也会作这样的动作。

画卷中也有让人想到〈点头抚首〉的人物。一边点着头,一边把手放在脖子上抚摸。这是在碰到令人心服口服的事情时,那种

心领神会、喜形于色的神态。

另外,不是画卷中的人物,而是在现实生活中,每见到暴跳如雷的人物时,我也会暗暗地想起《今昔》这样的表达:〈浑身颤抖,头部不由自主地晃悠着〉。这就是《今昔》用来描述感情激昂、气愤到了极点时的形象。不光身体,连头部都颤抖起来,其气愤的程度,一目了然。

牙根冒汗

在这一类文字表达中,有一个词语让我无论如何都忘不了,就是〈牙根冒汗〉。牙是根本不会出汗的。可就是从这不会出汗的牙齿上,一点一点地滴下冷汗来。这是一个夸张的比喻,但生动地勾画出了手足无措时那种茫然的神情。《今昔》第19卷18段里有这个词语。我们来看看,到底什么时候牙根才会冒汗呢。

三条的大皇太后上了年纪后决定削发为尼,用剪子剪去长长的头发,遁入佛门。主持削发的高僧,请来了增贺圣人。增贺圣人在当时,以其拒绝结交权贵而为人称道。为大皇太后削发,也可算得上是结交权贵,本以为他会拒绝的,谁知他竟痛痛快快地答应了。

而当天,出现在众人面前的高僧,虽然一望便可知是功德圆满的大和尚,可他的眼神总有些令人不安。果然他刚把剪刀挨着大皇太后的头发就大声叫了起来。动词〈剪〉,在日语为〈鋏む〉(hasamu),与〈夹〉同音,如〈夹在女人胯骨之间〉(《今昔》第4卷6段)那样,容易使人联想到男女间的性爱行为。于是,高僧说道:〈为什么要特意请我来呢?是不是因为听说我的那玩意儿比

常人的大得多?

确实,比别人的要大多了。可现在不行了,就像蒸熟了的蚕茧,皱巴巴的。年轻的时候那可不一般。真太遗憾了。〉

他的说话声,远近的人都听到了。帘子内的贴身侍女们个个惊得目瞪口呆。在帘子外面待命的僧人、贵族也都〈牙根冒汗〉。

在这段描述中,〈牙根冒汗〉这个词语是最令人回味的。生动形象地勾画出了在场的人们高度紧张而又茫然不知所措的神情。这不是一般的词语可以比拟的。即使浪费许多笔墨来介绍众人内心对高僧旁若无人的态度的非议,也没有〈牙根冒汗〉这个外部描写的词语更加来得逼真。

因为这个词语给了我很强烈的印象,就想确认一下其他作品中是否也有同样的表达方法。结果,一个都没有找到。《宇治拾遗物语》中有〈浑身冒汗〉,算是比较接近的了。但身上是会出汗的,只是个再普通不过的说法,根本没法与〈牙根冒汗〉相比。《今昔》的外部描写中,确实有许多精华之处。把肉眼看不到的内心变化,通过肉眼能够看到的外部表情、动作、行为来描述。

这与正面描写内心世界的《源氏物语》迥然不同,是一种光彩夺目的叙述方法。它赋予《今昔》以鲜明强烈而逼真的形象。

为冷美人殉情

——事态不断升级

第一封回信

人品不错,又眉清目秀,很帅气,说话也幽默。要是有这样的男人,女人准会爱上他的。这就是〈平定文向本院的侍徒求爱〉(《今昔》第 30 卷 1 段)故事的主人公平定文。是个真实人物,俗称为平中。

他是桓武天皇的第四代皇孙,宇多天皇的母亲和他的祖父是兄妹,也就是说,他是个正宗皇亲。

只可惜,作为官僚并没有留下什么政绩,官也做得不大。与此相反,在恋爱方面,名气却不小。

和歌方面的才能也不错,自我感觉又好,动不动就作恋歌,向女性求爱。可算得上是这方面的行家里手。不管对方是身为人妻的女子,还是情窦初开的少女,或是出仕宫廷的女官,只要他喜欢上了,一个都不放过。活像个花花公子。

然而,就是有人不肯屈从于他。对方是他经常出入的藤原时平府上的叫作侍从君的年轻贵族侍女。自然,她是个姿色俱佳,温

文尔雅的女子。

这样的女人,他是绝对不会放过的。他想尽办法去接近她,一封一封地寄上求爱信,可就是一点效果也没有。连回信都没一封。平中思前想后,百思不得其解,终于在信里这样写道:

〈哪怕,你只写上看了这封信的"看了"两字也行啊。〉

寄出这样一封近乎哀求的求爱信之后,第一次收到了她的回信。平中实在太高兴了,跌跌撞撞地跑到信使那儿去了。他心跳加快,血往上涌,一路上撞倒踢翻了东西也毫无察觉。

只有"看了"二字

用薄薄的很高档的和纸写来的她的来信。打开一看,只有〈看了〉二字。再仔细看,那两个字竟是从自己给她的那封信上撕下来贴上去的。

不像话,太不像话了!平中越发觉得对方可恨可气,自己可悲可怜。

〈可恨可气〉的原文是「ねたし」(netashi),是指在遭到对方冷落后觉得对方既可气又可恨的那种心情,像这个故事那样频繁使用〈ねたし〉的,还没有发现第二个。被女人愚弄后男人气恼的心情,是这个故事发展的原动力。

〈可悲可怜〉的原文为「わびし」(wabishi),就是那种心里隐隐作痛、无法排泄的痛苦心情。

平中遭到了这个女子意想不到的愚弄、侮辱,比没有收到回信时,更加气恼,简直难以忍耐。

于是,平中暗下决心:

〈有什么办法呢。就这样算了吧。反正再怎么喜欢也都是白搭。〉

假如他真能就此罢休的话,就万事大吉了。但是,想到她那自以为是的傲慢态度,平中反倒忘不了她。这也自然。那个女子是充分估计到了这一点才那么做的。有谁收到这么一封捉弄自己的信后会就此沉默了呢?

越是在恋爱方面有信心的男子,越不能就这样输给女的。这是他们的自尊心所不允许的。无论如何要让女的顺从自己,这是好色者的通病。那个女子一定预计到平中是迟早会落网的。

在伸手不见五指的黑夜里

在接到〈看了〉这封半是玩笑半是愚弄的回信后,大概有三个月,平中没再给她去信,断绝了一切音讯。

让女人觉得自己放弃了追求时,女的反而会对男的产生留恋之情。他也是个恋爱道上的老手。决定冷处理之后,瞧准时机,再和她接触。可算得上深谋远虑了。

五月下旬,阴雨连绵,在一个漆黑的夜晚,平中想到那个女子的地方去。

〈无论如何,今晚到她那儿去,即便她是个有着魔鬼般冷酷心肠的女人也一定会动心的。〉

他是这样盘算的。

尽管外面是〈扎了眼也看不见的黑暗〉,平中还是动身到她那儿去了。在一个真正伸手不见五指的黑夜里,为了让对方明白自

己的一片赤诚,他出发了。

〈扎了眼也看不见的黑暗〉,这个说法对我们这些现代人来说挺有意思。大概是说即使别人来到身边要扎你的眼睛也看不到的黑暗。亮的话,只要有人来到身边就都能马上感觉到的。太黑了,连要扎你眼睛都感觉不出来了。可以和现在的〈被揪了鼻子也不知道的黑暗〉比美。

《今昔》中,这类使用身体语言的说法很常见,从现代看来,感觉非常新鲜。比如,在确定不了方向,只是乱走一气的时候就说〈顺着手脚的朝向〉。傲慢地瞧不起人时,说〈吹鼻子〉,翘起鼻子把鼻孔张得大大的那种样子。万分惊恐,连话都说不出来的时候,说是〈团起舌头〉,就是舌头缩成了一团。实际上,舌头是不可能缩成一团的,这个〈团〉字,抓住了受惊吓时下意识地张开嘴时的舌头的那种感觉。

这类文字表达中,有的在当时已是惯用的语句,算不上什么新颖,就是〈扎眼都不知道的黑暗〉,除了《今昔》其他故事也有运用外,《平家物语》《太平记》等作品中也有同样的说法。

〈扎眼的"扎"读作「さす」(sasu),古文中没有清浊音的标记,有人就把「さす」读作浊音,这样一来,「めさす」就成了「めざす」,这部分就可理解为〈即使到了目的地也不知道〉。这样的话,那就太理所当然了。《今昔》为何要用这么个长长的修饰语也就不得其解了。〉

和〈被揪了鼻子也不知道的黑暗〉一样,谁在旁边扎了自己的眼睛也不知道的黑夜,才使整句话具有了作为惯用句的几分滑稽味,在以后的作品中也得到运用。反正,我是这么认为的。

高兴得发抖

不枉他在漆黑的夜晚雨中来见,看样子,她会来见他。负责传话的丫头告诉他说:

〈现在,老爷那边的人都还没睡,所以还回不来,请再等一会儿。回来以后,我就悄悄告诉你。〉

听了这话,他的心噔噔地跳了起来。

〈还是吧,这样的夜晚来看她,哪能一点都不动心呢。真是来对了。〉

他躲在黑黑的树阴里,翘首等待着她回来。

那段时间真长啊,让人觉得像是过了一千年。

大约两个小时以后,听声音大家都睡下了。这时候,听到轻轻的咔嚓一下。这是打开拉门锁的声音。平中走近拉门,拉门竟乖乖地开了。

〈高兴的时候,身体也会发抖的呀〉。这里用了助动词「けり」(keri),是表示对某事有了新的认识时发出的感慨。这个「けり」使得整个句子充满了临场感。平中稳住激动的心情,轻轻地走进房间,满屋子散发着一种清香。

摸摸床上,那女子穿着柔软的衣服在那儿躺着。〈小巧的头部,摸摸头发,像是铺着一层冰似的凉嗖嗖的感觉。〉

平中高兴得不知所以然了,身体哆嗦着,不知该说些什么话才算得体。这时只听这女子说道:

〈啊呀,有一件要紧事忘了,没把中间的拉门插上,我去去就来。〉

平中想，那是该插上，就说：

〈那你就赶紧去吧。〉

他这么一说，女子就爬了起来，把盖在身上的衣服就势脱在了那儿，只穿了单衣和裙子就出去了。

落雨般的眼泪

平中脱掉衣裳，躺在床上等着。听到拉门上锁的声音，〈该来了〉。可左等右等，反倒听到那女子的脚步声是往里去了。

奇怪了，走过去一看，拉门上确实有锁，但没锁上。拉一下，方才知道是从那边锁上了。女子躲到里面去了。

离计划成功仅差一步之遥，平中又被捉弄了。他气恼的心情无以言表，直想跺脚大哭一场。

〈平中茫然地靠在拉门上，眼泪不由分说地涌出来，一点不比外面的雨小。〉

既然把人都这样引到房间里了，还要捉弄，真太可恨了。要知道事情会这样的话，应该和她一起去上锁就好了。她一定是想试试我，才这样做的。还不知道她以为我是个多大的傻瓜呢。

再怎么后悔，也都是马后炮了。

平中的心情是：〈比不见她的时候更加恼恨，又后悔无比。〉

后悔的古语是「悔し」(kuyashi)，是对自己的行为感到悔恨的形容词。「ねたし」(netashi)是表示对对方的又气又恨的感情的，而「悔し」则是表示责备自己的过失，不由自主地悔恨自己行为的心情。在这里，平中既觉得那女子可恨可气，又对自己的行为后悔不迭，简直是悔恨交加。

平中受到的愚弄比以前的都要厉害。他打算就这样在她的房间里呆下去,可天快亮的时候,听到周围有人起来了,他还是回到了自己的家。他那沮丧的神情是可想而知的。

夺马桶

就此打住,再也不上她的当了,从今天起就开始讨厌她。可是,又有什么办法可以忘掉她呢?

平中想出了一个不得了的主意。

〈这个女人虽然这么文雅、漂亮,可送进马桶里的东西也一定和我们的一样。把那东西搅拌搅拌,暴露在光天化日之下,看了就一定会讨嫌她了。〉

平中是想从遭受捉弄的痛苦中解脱出来。于是就把他的想法付诸了行动。

瞅准了丫环去洗便器的时间,从丫环那儿夺来了马桶,跑到没人的房间,从里面把门插上。丫环在门外急得直哭。

马桶用的是上等的油漆,看上去像个工艺品,让人不忍心打开它。可当他〈胆战心惊地打开马捅盖时〉,居然香气扑鼻。再看里面:

〈半桶浅棕色的水,另有三段大拇指粗细两三寸长短的黑黄色的东西在里面滚动。〉

这也写得太具体了,我都不忍心看下去,不由自主地想捂住眼睛。那之后的有关平中的一举一动,也都一点不漏地给实录了下来,比如〈拿来一段木片,插上,挑起来放到鼻子边嗅嗅〉,〈还把用这木片挑起来的东西用舌尖舔一下尝尝〉,无论是多么令人瞠目结

舌的场面,《今昔》都会毫不退缩地进行具体描述。《今昔》的近似于写生的手法,在这里也得到了充分的应用。

拿木片挑着,无论你怎么闻,那都是很迷人的香味。仔细看后,才发现以为是尿的东西,实际上是丁香煮了以后的汤,另一种东西是把山萆薢和配好了的香料用甘葛草调好后装在粗笔管里之后挤出来的。

那女子一定是料到会有这种事发生,都预备好了。平中的一切想法做法,都在对方的意料之中。

得相思病,死了

平中,彻底给制服了。本是为了忘掉她的,可现在,反倒是〈一心只想亲近那女子,几乎到了疯狂的地步。〉

无论如何,一定要把这个人弄到手。他这么想着,思恋之情越发难以抑制。

本是为了忘掉她而采取的最后努力,也被她巧妙地耍弄了一通。对她的赞美之情,现在是不断地升级。可要把她弄到手。又谈何容易?相思之苦已到了极点。

平中在相思的痛苦中,终于病倒了。病了些日子,就一命呜呼了。

就这么轻易地死了。说什么可恨可气而又为自己的行为流下懊悔眼泪的人物,已经作古了。相思之苦到了无以复加的地步,平中经受不住了。

然而,事实上,平中有没有殉情而死呢?

《平中物语》是以平中为主人公的和歌物语,是平安时期的作

品。那里也描写了与这个女子的故事。直到他去会那女子为止的描写都很相近，之后，只是周围有她的姐妹在，两个人没能结合，更谈不上平中为了那女子害相思病致死了。他们只互相赠答和歌就结束了。

另外，《今昔》之后的说话集《宇治拾遗物语》、《世继物语》中也收录了与《今昔》内容很相近的这个故事。每个说话集中，故事的细微处都有所不同，可除了《今昔》以外，好色者平中都没有害相思病而死。在《世继物语》中，平中只是生病而已；而至于《宇治拾遗物语》，连有关生病的描写都没有，只是作为一个没有成功的恋爱经历，平中日后向人讲述的一个轻松的小故事。

只有《今昔》把平中塑造成了陷入恋爱的泥潭而最终死去的人物。这到底是为什么呢？在这里，我发现了《今昔》的修辞方法。

渐进法

《今昔》里有不得不让平中为情而死的必然性。在这段故事里，用修辞学的术语来说的话，《今昔》采用的是渐进法。

从程度较轻的事件开始，慢慢地加重法码，最后是最重要的事情。以这种排列来叙述的方法，称作渐进法。

《今昔》是有意识地不断加重相思之苦的，反过来说，也就是有意识地让那女子捉弄人的程度不断地升级。

首先，平中接到了只有〈看了〉两个字的回信，这比原来没收到回信时更加气恼。平中被她捉弄了。这是第一回合。

但这只是个开头。那女子实施了更加厉害的捉弄方法：出现在平中的面前，让他充分认识自己的美丽之后，就转身不见了。这

是第二回合,平中是又恨又恼。他还啪嗒啪嗒地掉下了悔恨的眼泪。他的可怜的程度,比第一回合时更加重了。

最后,平中想干脆忘掉她算了。可她不让他逃出自己的法网,捉弄的方法更加变本加厉了。这就到第三个回合了。像是嘲笑他试图摆脱对她的思念而作的努力,她居然在马桶里做手脚,害得平中对她的相思之苦发展到了极点。平中被近乎疯狂的恋情所左右,而恋爱成功的可能性几乎等于零。他只有在恋爱的地狱里挣扎了。

到了这地步,除了死以外,就没有别的路可走了。宁可改变故事的原型也要让平中死于非命。这是《今昔》使用的渐进法的必然结果。

从低到高

注意到《今昔》在使用渐进法,那是在读一个更为简单但挺有趣的故事时的事。

《今昔》里有一个与平中故事中的女子完全相反的女性(《今昔》第17卷33段)。故事的内容是这样的。

过去,在比睿山上,住着一个年轻的和尚,本来打算好好做学问的,可他喜欢女人,根本没法把心思用在正道上。

有一次,他碰到了一位出色的美人,他想得到她,可那女子告诉他说:

〈等到你能背诵《法华经》的那一天,才行呢。〉

和尚为了能早日见到那女子,拼命地背诵《法华经》,但到他去会那个女子时,她又提出了新的要求:

〈你真要是爱我的话,就好好修行,当一个出色的有学问的和尚,那时候,我就做你的妻子。〉

和尚躲进了深山,把那女子寄来的书信当作心灵支柱,刻苦钻研了三年,终于成了在比睿山赫赫有名的大和尚。这下终于可以得到那个女子了!可不知是他累了呢,还是由于别的什么原因,在去会她的路上,他竟睡着了。

这也是个使用了渐进法的典型例子,从达到较低水平的要求起,不断地提高要求,终于使一个懒惰、好色的和尚变成了一个出色的大和尚。真要有这样的女子该有多好。这种女人是谁都会向往的。本来,那个女子并不是真正的女人,是虚空藏菩萨为了投其所好变成一个女人来诱导他做学问的。故事编的也太离奇了。

和尚睡醒的时候,发现自己独自躺在荒野的芒草上面,以为是上了狐狸的当,害怕得直打哆嗦。梦中知道这是虚空藏菩萨的安排,也就放了心。

这个和尚的故事,从现存的资料中没有找到类似的内容,无法进行比较。为此也不能断定渐进法是不是《今昔》所热衷的。但若碰到像平中故事那样哪怕改变原话也要按照渐进法叙述的例子,我就有把握断言。

《今昔》喜好技巧

《今昔》喜欢渐进法,除了整体构想中运用这种手法外,在局部叙述中也经常使用。

〈开始断粮食吃蔬菜,下一步断蔬菜吃瓜果,再下一步,断绝一切进食。不过,每天可吃一粒粟。身穿藤衣。终于彻底不食人间

烟火了。〉

这是和尚为了成为仙人而绝食的场面。最初是光吃蔬菜,之后是瓜果,再之后是一粒粟,最后连这一粒粟也不能吃了。就这样从程度轻到程度重的,一件一件地排列起来的。

又比如〈一天抄写一部《法华经》,都是有恒心的人才能做到的。更何况说的不是十部,也不是百部,而是一千部。一个连想都不敢想的数字。〉

这是孩子们听说抄写《法华经》千部供于佛前就能救母亲出地狱时,觉得一千部跟天文数字一般,根本不可能。也可以用一句话说:一千部根本不可能。但《今昔》偏要从一部开始,十部、百部、千部,用渐进法来叙述。

常有人说,《今昔》好就好在没有技巧。可《今昔》绝不是没有技巧,巧妙地使用技巧,一步一步地吸引读者。是一部不能小看的作品。

附　录

轻松阅读源氏物语——情场絮语

　　原文根据石田穰二·清水好子校注的新潮日本古典集成《源氏物语》(1)～(8)。

　　＊为了便于理解，加上了原文中没有的词组，〔　〕内表示主语、定语、状语等，(　)内的人名表示说话者。

与有夫之妇的恋情——光源氏与空蝉

光源氏与空蝉偶然在纪伊守的宅第相遇。空蝉现在已是卑微的地方官的妻子，她就被安置在光源氏卧室的旁边。光源氏把手伸向通往空蝉房间的门锁上。居然没有上锁。

那之后的原文是这样的。

皆しづまりたるけはひなれば、かけがねをこころみに引きあげたまへれば、あなたよりは鎖さざりけり。几帳を障子口には立てて、火はほの暗きに見たまへば、唐櫃だつ物どもを置きたれば、みだりがはしきなかを、分け入りたまへれば、〔空蝉は〕ただひとりいとささやかにて臥したり。なまわづらはしけれど、上なる衣押しやるまで、求めつる人と思へり。(源氏)「中将召しつればなむ、人知れぬ思ひのしるしあるここちして」とのたまふを、〔空蝉は〕ともかくも思ひわかれず、ものにおそはるるここちして、「や」とおびゆれど、顔に衣のさはりて、音にも立てず。(源氏)「うちつけに、深からぬ心のほどと見たまふらむ、ことわりなれど、年ごろ思ひわたる心のうちも、聞こえ知らせむと

てなむ。かかるをりを待ちいでたるも、さらに浅くはあらじと思ひなしたまへ」と、いとやはらかにのたまひて、鬼神もあらだつまじきけはひなれば、はしたなく、「ここに、人」とも、えののしらず。ここちはた、わびしく、あるまじきことと思へば、あさましく、(空蝉)「人違へにこそはべるめれ」と言ふも息の下なり。消えまどへるけしき、いと心苦しくらうたげなれば、をかしと見たまひて、(源氏)「違ふべくもあらぬ心のしるべを、思はずにもおぼめいたまふかな。すきがましきさまには、よに見えたてまつらじ。思ふことすこし聞こゆべきぞ」とて、いとちひさやかなれば、かき抱きて、障子のもと出でたまふにぞ、求めつる中将だつ人来あひたる。(源氏)「やや」とのたまふに、〔中将が〕あやしくて、探り寄りたるにぞ、いみじくにほひみちて、顔にもくゆりかかるここちするに、思ひ寄りぬ。あさましう、こはいかなることぞと思ひまどはるれど、聞こえむかたなし。なみなみの人ならばこそ、あららかにも引きかなぐらめ、それだに人のあまた知らむは、いかがあらむ。心も騒ぎて、したひ来たれど、動もなくて、奥なる御座に入りたまひぬ。障子をひきたてて、(源氏)「暁に御迎へにものせよ」とのたまへば、女は、この人の思ふらむことさへ、死ぬばかりわりなきに、流るるまで汗になりて、いとなやましげなる、いとほしけれど、例のいづこより取う出たまふ言の葉にかあらむ、あはれ知るばかり、なさけなさけしくのたまひつくすべかめれど、なほいとあさましきに、(空蝉)「うつつともおぼえずこそ。数ならぬ身ながらも、お

ぼしくたしける御心ばへのほども、いかが浅く思うたまへざらむ。いとかやうなる際は、際とこそはべなれ」とて、かくおしたちたまへるを、深く、なさけなくうしと思ひ入りたるさまも、げにいとほしく、心はづかしきけはひなれば、(源氏)「その際々を、まだ知らぬ初事ぞや。なかなかおしなべたるつらに思ひなしたまへるなむ、うたてありける。おのづから聞きたまふやうもあらむ、あながちなる好き心はさらにならはぬを、さるべきにや、げにかくあはめられたてまつるもことわりなるこころまどひを、みづからもあやしきまでなむ」など、まめだちて、よろづにのたまへど、いとたぐひなき御ありさまの、いよいようちとけきこえむことわびしければ、すくよかに心づきなしとは見えたてまつるとも、さるかたのいふかひなきにて過ぐしてむと思ひて、つれなくのみもてなしたり。人がらのたをやぎたるに、強き心をしひて加へたれば、なよ竹のここちして、さすがに折るべくもあらず。まことに心やましくて、あながちなる御心ばへを、いふかたなしと思ひて、泣くさまなど、いとあはれなり。心苦しくはあれど、見ざらましかばくちをしからまし、と〔源氏は〕おぼす。なぐさめがたく憂し、と思へれば、(源氏)「など、かくうとましきものにしもおぼすべき。おぼえなきさまなるしもこそ、契りあるとは思ひたまはめ。むげに世を思ひ知らぬやうに、おぼほれたまふなむ、いとつらき」と恨みられて、(空蝉)「いとかく憂き身のほどのさだまらぬ、ありしながらの身にて、かかる御心ばへを見ましかば、あるまじき我頼みにて、見なほしたまふ後瀬をも思うたまへ慰めましを、いとかう仮なる

浮寝のほどを思ひはべるに、たぐひなく思うたまへまどはるるなり。よし、今は見きとなかけそ」とて、思へるさま、げにいとことわりなり。おろかならず契り慰めたまふこと多かるべし。

就这样，他们结下了露水姻缘。至于他们的结局如何，请参看正文。

註：

一　掛金。戸締りの金具。障子(襖)の両面にある。源氏、空蝉の所に忍ぶ。
二　足のついた櫃。衣類などを入れる。「だつ物」は、「のような物」の意。
三　源氏は何となく気が咎めるけれども、空蝉が上に掛けている着物を押しやる、其の時まで。
四　空蝉は、呼んだ中将の君だとばかり思っていた。
五　中将をお呼びでしたので。源氏は近衛の中将であるので、空蝉が自分を呼んだかに取りなして言う。
六　申し上げて分って頂きたいと思いまして。
七　私がこうした機会をやっとつかまえましたことからも。近づく機会を狙っていた私の苦心のほどから察しても、という気持ち。
八　恐ろしい鬼神も（その美しさに感じて）手荒な振舞はできないだろうと思われるほどのご様子なので。
九　しかし、気持ちは情けなさでいっぱいで、けしからぬ不倫のことと思うと、何ということかと、あきれる思いで。
一〇　間違えるはずもない私の真実の恋心に導かれてここまでやって来ましたのに。
一一　障子の所(前に入って来た障子口)をお出になるところに。
一二　(源氏の着物にたきしめた)薫物の香りがあたり一面に匂って。

一三　その場合でも。
一四　どんなものだろう、まずい。以上の一文、中将の君の心を書いたもの。
一五　(中将は)あとからついて来たが。
一六　(源氏は)動ずる色も無く。平然と。
一七　奥のご寝所にお入りになった。
一八　この中将の君がどう思うだろうということも、死ぬほどせつないので。
一九　(女も)しみじみ感じ入るほどに。次の「なさけなさけしく」に掛る。
二〇　現実のこととも思われません(悪い夢を見ているような気持です)。
二一　おさげすみになった(こんなご無体なことをなさった)お気持のほども。
二二　こうした低い身分のものは、結局低い身分の人間にすぎないと世間でも申すではございませんか。卑賤の人間には卑賤の人間なりの生き方がある、あなたのような高貴のお方とはご縁のない人間なのです、の意。
二三　あなたのおっしゃる、その身分身分の違いといったことをまだ知らない、はじめての経験なのですよ。
二四　何が何でもといった無理無体な好色な振舞をしたことは今までまったくなかったのですが。
二五　(あなたのことは、これも)前世からの因縁なのでしょうか。
二六　ほんとに、このように(忍び込んだりして)あなたに非難されるのももっともな、狂おしいこの私の気持ちを。
二七　ますます。「わびしければ」に掛る。
二八　(空蝉は)元来がおとなしい性質の人であるのに。
二九　細くしなやかな竹。
三〇　(空蝉が)気持の晴らしようもなく情けないと思っている(様子な)ので。
三一　どうしてこんなに私をお嫌いになっていいものでしょうか(そう目の敵にしなくてもいいではありませんか)。

三二　二人の間に浅からぬ因縁があったからだと思いになれませんか。
三三　全然男女の仲のこともわきまえないかのように(生娘のように)。
三四　情けない境涯のまだ定まらない(しがない受領の妻などにまだおさまらない)。
三五　昔のままの娘の身の上で。
三六　分不相応なうぬぼれでもございましょうが。
三七　いつかはお気が変わって愛しても頂けようかと思い慰めることもできましょうが。「後瀬」は、将来の逢瀬の意。
三八　ほんの一時のかりそめの逢瀬だと思いますと。「浮寝」は、水鳥が水の上に寝ること、歌語で、前の「後瀬」の縁語になっている。
三九　仕方ございません。今となりましては、せめてものことに私のことはきっぱりお忘れ下さいませ。

虚幻而短暂的爱情——光源氏与夕颜

光源氏迷上了来历不明的女子夕颜,每晚都去她的家里相会。可是,那房子实在太小了,光源氏想把她带到自己的别墅,充分体味两个人的时光。夕颜会听从光源氏的安排吗?请看下面原文。

　いさよふ月に、ゆくりなくあくがれむことを、女は思ひやすらひ、とかくのたまふほど、にはかに〔月が〕雲がくれて、明けゆく空いとをかし。はしたなきほどにならぬ先にと、例の、急ぎ出でたまひて、軽らかにうち乗せたまへれば、右近ぞ乗りぬる。そのわたり近きなにがしの院におはしまし着きて、預り召し出づるほど、荒れたる門のしのぶ草茂りて見上げられたる、たとしへなく木暗し。霧も深く露けきに、簾をさへよげたまへれば、御袖もいたく濡れにけり。(源氏)「まだかやうなることをならはざりつるを、心づくしなることにもありけるかな。

　　(源氏)いにしへもかくやは人のまどひけむ
　　　　わがまだ知らぬしののめの道
ならひたまへりや」とのたまふ。女、恥ぢらひて、
　　(夕顔)「山の端の心も知らでゆく月は

うはの空にて影や絶えなむ

心細く」とて、もの恐ろしうすごげに思ひたれば、かのさしつどひたる住ひのならひならむと、をかしくおぼす。

　　〔門内に〕御車入れさせて、西の対に御座などよそふほど、高欄に御車ひきかけて立ちたまへり。右近、艶なるここちして、来しかたのことなども、人知れず思ひいでけり。預りいみじく経営しありくけしきに、この御ありさま知り果てぬ。ほのぼのともの見ゆるほどに、下りたまひぬめり。かりそめなれど、きよげにしつらひたり。（預り）「御供に人もさぶらはざりけり。不便なるわざかな」とて、むつましき下家司にて、殿にもつかうまつる者なりければ、参りよりて、（預り）「さるべき人召すべきにや」など、申さすれど、（源氏）「ことさらに人来まじき隠処求めたるなり。さらに心よりほかに漏らすな」と口がためさせたまふ。御粥など〔預り〕急ぎ参らせたれど、取りつぐ御まかなひうち合はず。まだ知らぬことなる御旅寝に、息長川と契りたまふことよりほかのことなし。

　　〔源氏は〕日たくるほどに起きたまひて、格子手づから上げたまふ。〔庭は〕いといたく荒れて、人目もなく遥々と見わたされて、木立いとうとましくものふりたり。け近き草木などは、ことに見所なく、みな秋の野らにて、池も水草にうづもれたれば、いとけうとげになりにける所かな。別納のかたにぞ、曹司などして、人住むべかめれど、こなたは離れたり。（源氏）「けうとくもなりにける所かな。さりとも鬼なども、われをば見ゆるしてむ」とのたまふ。〔源氏は〕顔はなほ隠したまへれ

ど、女のいとつらしと思へれば、げにかばかりにて隔てあらむも、ことのさまにたがひたりと、おぼして

　（源氏）「夕露に紐とく花は玉鉾の
　　たよりに見えしえにこそありけれ
露の光やいかに」とのたまへば、後目に見おこせて、
　（夕顔）光ありと見し夕顔のうは露は
　　たそかれどきのそら目なりけり
と、ほのかに言ふ。をかしとおぼしなす。げにうちとけたまへるさま、世になく、所から、まいてゆゆしきまで見えたまふ。(源氏)「尽きせず隔てたまへるつらさに、あらはさじと思ひつるものを。今だに名のりしたまへ。いとむくつけし」とのたまへど、(夕顔)「海人の子なれば」とて、さすがにうちとけぬさま、いとあいだれたり。(源氏)「よし、これもわれからななり」と、怨みかつはかたらひ暮らしたまふ。

　　就这样，两个人度过了甜美的一天，但危险已经逼近。请从正文确认他们爱情的结局。

註：

一　しばらく入るのをためらうように見える月と同じように。十五夜で月の沈むのが遅いのである。

二　某院。あらわに名前を言わない言い方。ここは五条に近いところから「河原の院」をさすのであろう。六条坊門南、万里小路の東にあり、左大臣源融の邸として有名であった。後に宇多天皇に献上され、皇室

御領になったが、まもなく荒廃した。
三　車の前後にある御簾。ここは女の姿が月光でよく見えるように、前方の簾を捲き上げていたのであろう。
四　明け方女を連れ出すようなこと。
五　昔の人も、こんなふうにさまよい歩いたのだろうか、私にははじめての明け方の道を。
六　行く先がどこかも知らず、お気持も分からないのに、あなたをお頼りしてついて来た私は、途中で消えてしまうのではないでしょうか。「山の端」は月の入るところ。暗に源氏を言い、女自身を月に喩える。「うはの空」は、空の途中の意。「影や絶えなむ」は、前に出ていた月が、「にはかに雲がくれて」という実景を読み込んだもの。死ぬのではないかという連想を誘う不吉な表現。
七　(牛車の牛を外して)轅を簀子の欄干にもたせかけて、車を止めていらっしゃる。車は普通轅を榻に乗せる。ここは臨機に間に合わせたやり方。
八　今までのこと(頭の中将との間にあったこと)などを、一人思い出していた。
九　男君のご身分を(源氏だということを)すっかり知ってしまった。皇室御領の院を自由に使い、管理人が懸命にご接待するのを見て、源氏だとはっきり分った。
一〇　(管理人は)親しい下家司として、二条の院にも仕えている者だったので。「下家司」は、下級の家司。家政をつかさどる職で、四位、五位、の中から選ばれた。
一一　今の御飯。朝食。当時は米を蒸して食べるのが普通で、粥はそれよりも軽いものとされた。
一二　お運びするお給仕も「右近一人で」人数が揃わない。
一三　まだ経験したことの無いご外泊なので。前の源氏の歌「わがまだ知らぬしののめの道」より出た言葉。
一四　「二人の仲は息長川のうたのようにいつまでも仲よく」とお約束なさるのに夢中である。

一五　一面秋の野になってしまって。

一六　ほんとに何とも恐ろしそうな感じになってしまった所だな。格子を上げて、外を見渡している源氏の視線を追って、木立や前栽の様を叙べてきたので、源氏の心中の感想が、そのまま地の文になっているのであろう。

一七　本邸の敷地に続く一劃。

一八　部屋などしつらえて。

一九　鬼などでも私を大目に見てくれるだろう。源氏が、帝の御子だから自負する言葉。「鬼」は、人の目には見えず、荒廃したところに住み、人を食うと信じられていた。

二〇　夕露に咲きそめるその花——紐を解いて顔をお見せするのは、通りすがりの道で逢ったご縁があったからなのですね。「紐とく」に「花が咲く」意と、「紐を解いて覆面をとる」意味を掛ける。「玉桙」は、ここでは道の意。「たより」は機会。「え」は縁。「夕露に紐とく花」で、夕顔の花を連想させる。

二一　露の光はどうかね。女がはじめ、扇に「心あてにそれかとぞ見る白露の光そへたる夕顔の花」と書いて寄こしたのを踏まえて、どうです、近々と私の顔を見てのご感想は、と冗談を言ったもの。

二二　光り輝いていると思った夕顔の花の上の露は、夕暮れ時の見間違いでございました。大したことはありません、と戯れて言っている。

二三　場所が場所なので(荒廃した所には魔物が住みついているものだから)、源氏の美しさは、一層恐ろしいほどに思われた。当時、あまり美しい人は、神隠しにあったり、早死にしたりするという俗信があった。

二四　(人間ではないのかと)とても気味が悪い。前に「いづれか狐なるらむな」と言ったのと一連の言葉。

二五　「白波の寄するなぎさに世を過ぐす海人の子なれば宿も定めず」(『和漢朗詠集』巻下、雑)を引いて「賤しい身分で、家も定まらず、名を名乗るほどのものではございません」という心を述べたもの。

二六　これも自分のせいなのだろう。「海人の刈る藻に住む虫のわれから

とねをこそ泣かめ世をば怨みじ」——海人の刈る海藻には「われか
ら」という虫がついている、その虫の名のようにしよう。相手のこ
とは怨むまい(『古今集』巻十五恋五、藤原直子朝臣)によって答えた
もの。女が「海人の子」といったのに応じて、この歌の意味を借りて
返事をした。次の地の文の「怨み」も、歌の「世をば怨みじ」から取っ
たもの。

宫帏私情——光源氏与藤壶

整整五年,光源氏没有见到藤壶了。现在,藤壶已不再是皇后。在她退居娘家之际,光源氏苦心经营,神不知鬼不觉地来到了她的卧房。然而,藤壶却由于过度的惊恐以致心痛晕厥。

侍女们忙着护理,光源氏不得已躲进了壁橱里。待藤壶恢复了平静,侍女们各自散去之后,才悄悄地走出壁橱,来到藤壶身边。接下去的原文是这样的:

〔源氏が〕かく籠りゐたまへらむとは〔藤壺は〕おぼしもかけず、人々も、また御心まどはさじとて、かくなむとも申さぬなるべし。昼の御座にゐざり出でておはします。よろしうおぼさるるなめりとて、宮もまかでたまひなどして、御前人少なになりぬ。例もけ近くならさせたまふ人すくなければ、ここかしこのもののうしろなどにぞさぶらふ。命婦の君などは、「いかにたばかりて〔源氏を〕出だしたてまつらむ。今宵さへ御気あがらせたまはむ、いとほしう」など、うちささめきあつかふ。君は、塗籠の戸の細目にあきたるを、やをらおしあけて、御屏風のはさまに伝ひ入りたまひぬ。めづらしくうれしきにも、涙は落ちて

〔藤壺を〕見たてまつりたまふ。(藤壺)「なほ、いと苦しうこそあ
れ。世や尽きぬらむ」とて、外の方を見出だしたまへるかたは
ら目、言ひ知らずなまめかしう見ゆ。御くだものをだにとて参
り据ゑたり。箱の蓋などにも、なつかしきさまにてあれど、〔藤
壺は〕見入れたまはず。世の中をいたうおぼしなやめるけしき
にて、のどかにながめ入りたまへる、いみじうらうたげなり。
髪ざし、頭つき、御髪のかかりたるさま、限りなきにほは
しきなど、ただかの対の姫君に違ふところなし。年ごろ少し思
ひ忘れたまへりつるを、あさましきまでおぼえたまへるかなと
見たまふままに、すこしもの思ひのはるけどころあるここちし
たまふ。気高うはづかしげなるさまなども、さらに異人とも思
ひ分きがたきを、なほ、限りなく昔より思ひしめきこえてし心の
思ひなしにや、さまことにいみじうねびまさりたまひにけるか
なと、たぐひなくおぼえたまふに、心まどひして、やをら御帳
のうちにかかづらひ入りて、御衣の褄を引きならしたまふ。け
はひしるく、さと匂ひたるに、〔藤壺は〕あさましうむくつけうお
ぼされて、やがてひれ伏したまへり。見だに向きたまへかしと、
〔源氏は〕心やましうつらうて、引き寄せたまへるに、御衣をす
べし置きて、ゐざりのきたまふに、心にもあらず、御髪の取り添
へられたりければ、いと心憂く、宿世のほどおぼし知られて、
いみじとおぼしたり。
　男も、ここら世をもてしづめたまふ御心みな乱れて、うつ
しざまにもあらず、よろづのことを泣く泣く怨みきこえたまへ
ど、〔藤壺は〕まことに心づきなしとおぼして、いらへも聞こえた

まはず。ただ、(藤壺)「ここちのいとなやましきを、かからぬをりもあらば聞こえてむ」とのたまへど、〔源氏は〕尽きせぬ御心のほどを言ひ続けたまふ。さすがにいみじと聞きたまふ節もまじるらむ。あらざりしことにはあらねど、あらためていとくちをしうおぼさるれば、なつかしきものから、いとようのたまひのがれて、今宵も明けゆく。せめて従ひこえざらむもかたじけなく、心はづかしき御けはひなれば、(源氏)「ただかばかりにても、時々いみじき愁へをだにはるけはべりぬべくは、何のおほけなき心もはべらじ」など、たゆめきこえたまふべし。なのめなることだに、かやうなるなからひは、あはれなることも添ふなるを、まして、たぐひなげなり。

　明け果つれば、二人していみじきことどもを聞こえ、宮は、なかばは亡きやうなる御けしきの心苦しければ、(源氏)「世の中にありときこしめされむもいとはづかしければ、やがて亡せはべりなむも、またこの世ならぬ罪となりはべりぬべきこと」など聞こえたまふも、むくつけきまでおぼし入れり。

　(源氏)「逢ふことのかたきを今日に限らずは
　　今幾世をか嘆きつつ経む
御ほだしにもこそ」と聞えたまへば、さすがにうち嘆きたまひて、
　　(藤壺)ながき世のうらみを人に残しても
　　かつは心をあだと知らなむ。
はかなく言ひなさせたまへるさまの、言ふよしなきここちすれど、人のおぼさむところもわが御ためも苦しければ、われに

もあらで出でたまひぬ。

　虽然已经整整等待了五年，但这次，光源氏仍没能把藤壶拥入自己的怀中。藤壶这般坚决拒绝是出于什么考虑的呢？请参看正文。

註：

一　（藤壺は、今まで休んでいた奥から）昼間の常の御座所ににじり出てきておいでになる。「ゐざる」は、座ったまま膝で進むこと。
二　日頃もお身近にお使いあそばす女房は少ないので。「ならす」は、馴れ親しませる意。
三　女房たちは、ここかしこの几帳や屛風の後などに隠れてお控え申している。
四　ひそひそささやき、手を焼いている。事情を知る弁などと語らっているのであろう。「あつかふ」は、めんどうなことに関わりあうこと。
五　塗籠の戸口に近く立てめぐらしてある屛風に沿いながら、屛風と屛風の間に身をおひそめになった。
六　藤壺の姿をはっきりと見るのは、元服前以来のことなので、源氏は珍しくうれしく思う。
七　「せめてお果物でも召し上がるように」と、お側におすすめして置いてある。
八　硯箱などの蓋。当時、果実などを盛るのによく用いた。
九　お身の上をひどく思い悩んでいられる様子で。「世の中」は、源氏との仲をさす。
一〇　髪の生え際。
一一　頭の格好。
一二　髪の毛が肩や背にかかっている様子。

一三　長年、少し(紫の上が藤壺に似ていることを)忘れていられたのに。藤壺に対面する機会がなかったため、二人がよく似ていることを思い起こさなかったのである。

一四　(藤壺は)格別にお美しく、大層ご立派になっていらっしゃることだなど。(ねびまさる)は、年とともに貫禄がつき美しくなること。

一五　御帳台の中にすべり込んで。「御帳」は、御帳台。「かかづらふ」は、まといつくこと。ここは屏風の陰から、帳台の隅の帳や周りの几帳の垂布にまとわりつくようにして身を忍ばせたことを言う。

一六　藤壺のお召し物の褄を引き動かしなさる。「褄」は、着物の左右の両端の部分。「引きならす」は、絹は引っぱると衣ずれの音がするので、こういう。

一七　源氏だということは疑いようもなく、お召し物の香りがさっと匂うので。動作につれて、着物に薫きしめた香が匂う。「しるく」は、はっきり分ること。

一八　(藤壺は)上のお召し物を脱ぎ滑らして。

一九　逃れられぬ宿縁の深さが思い知られなさって。

二〇　ずいぶん宮に対して自制していられたお気持がすっかり乱れて。「ここら」は、数多くの意。「世」は、藤壺との関係をさす。

二一　(藤壺も)さすがに身にしみてお聞きになることもまじっているであろう。「いみじ」は、甚だしく胸を打つことをいう。二人の間に生した子(東宮)のことにも触れたのであろう。

二二　せめて、ただこんなふうにでもして、時々せつない嘆きも晴らすことができますならば、何の大それた料簡を起こしましょう。「かばかり」は、直接話をするだけという意。

二三　ありふれたことでも、このような(世間を憚る不義の)仲では、胸に迫る悲しみもひとしお増さるものであろうに。

二四　まして、(今宵のお二人のお気持は)比べるものもないご様子である。

二五　(王命婦と弁と)二人がかりで。

二六　(源氏に)このままでは大変のことになると必死に申し上げる。源

	氏の無謀をいさめ、帰宅を促す。
二七	（こんな目にあいながら）まだこの世に生き永らえているのかとお耳に入りますも、おもしろくなく存じますので。
二八	それもまた、この世のほか（来世）の罪障となりますでしょうよ。執着が残って、往生の妨げになるのであろうという。
二九	お逢いすることのむつかしさが今日でおしまいでないのでしたら——いつまでも、こんなふうにお逢いしにくいのでしたら、私はこの先、生れ変る世々を、幾世嘆きながら過ごすことでしょう。
三〇	（永劫に執念を残す私がおりましては）あなたの往生のお妨げにもなりましょう。
三一	未来永劫の恨みを私に残すと言われましても、一方、そんなお心はすぐ変わるものだとご承知ください。
三二	よくある浮気沙汰のようにおっしゃるご様子が、言いようもなくすばらしく思えるが。源氏の思いつめた歌意に対し、内心を隠して、わざと「はかなく」（実りがないように）言う様子がすばらしい、の意。

老宫女的诱惑——光源氏与源典侍

按现在来说，该有六十七、八的老宫女源典侍，她居然迷恋绝代的美男子光源氏。而光源氏呢？他也对虽然年迈而风韵犹存的源典侍产生了兴趣，也曾经有过一次同床共枕的经历。但毕竟对方已是老妪，被人当作谈资也不值得，为此，光源氏一直躲着她。碰巧有一次，源典侍刚伺候完天皇，路过的光源氏忍不住拉了拉她的衣服下摆，以引起她的注意。你猜她的反应如何？请读下面原文。

年いたう老いたる典侍、人もやむごとなく、心ばせあり、あてに、おぼえ高くはありながら、いみじうあだめいたる心ざまにて、そなたには重からぬあるを、かうさだ過ぐるまで、などさしも乱るらむと、〔源氏は〕いぶかしくおぼえたまひければ、たはぶれ言ひ触れてこころみたまふに、〔典侍は〕似げなくも思はざりける。あさましとおぼしながら、さすがにかかるもをかしうて、ものなどのたまひてけれど、人の漏り聞かむもふるめかしきほどなれば、つれなくもてなしたまへるを、女は、いとつらしと思へり。上の御梳櫛にさぶらひけるを、果てにければ、上は御袿の人召して、出でさせたまひぬるほどに、また人もなく

て、この内侍常よりもきよげに、様体、頭つきなまめきて、装束、ありさま、いとはなやかに好ましげに見ゆるを、さも旧りがたうもと、心づきなく見たまふものから、いかが思ふらむと、さすがに過ぐしがたくて、裳の裾を引きおどろかしたまへれば、かはほりのえならず画きたるを、さし隠して見かへりたるまみ、いたう見延べたれど、目皮らいたく黒み落ち入りて、いみじうはつれそそけたり。似つかはしからぬ扇のさまかなと〔源氏は〕見たまひて、わが持たまへるに、さしかへて見たまへば、赤き紙の、うつるばかり色深きに、木高き森の画を塗りかへしたり。片つ方に、手はいとさだすぎたれど、よしなからず、「森の下草老いぬれば」など書きすさびたるを、言しもあれ、うたての心ばへやと笑まれながら、(源氏)「森こそ夏の、と見ゆめる」とて、何くれとのたまふも、似げなく、人や見つけむと苦しきを、女はさも思ひたらず、

　(典侍)君し来ば手なれの駒に刈り飼はむ

　　さかり過ぎたる下葉なりとも

と言ふさま、こよなく色めきたり。

　(源氏)「笹分けば人やとがめむいつとなく

　　駒なつくめる森の木がくれ

わづらはしさに」とて、立ちたまふを、ひかへて、(典侍)「まだかかるものをこそ思ひはべらね。今さらなる身の恥になむ」とて泣くさま、いといみじ。(源氏)「いま聞こえむ。思ひながらぞや」とて、引き放ちて出でたまふを、〔典侍〕せめておよびて、「橋

柱」と怨みかくるを、上は御桂果てて、御障子よりのぞかせたまひけり。似つかはしからぬあはひかなと、いとをかしうおぼされて、(帝)「好き心なしと、常にもてなやむめるを、さはいへど、過ぐさざりけるは」とて、笑はせたまへば、内侍は、なままばゆけれど、憎からぬ人ゆゑ濡衣をだに着まほしがるたぐひもあなればにや、いたうもあらがひきこえさせず。人人も思ひのほかなることかなと、あつかふめるを、頭の中将、聞きつけて、至らぬ隈なき心にて、まだ思ひ寄らざりけるよと思ふに、尽きせぬ好み心も見まほしうなりにければ、〔典侍と〕語らひつきにけり。

与两个美男子保持着关系的源典侍，她的结局会是怎样？请欣赏正文。

註：

一　内侍司(天皇のお側にあって、取次ぎ、女官の監督、御宮の儀式作法のことをつかさどる役所)の次官。従六位相当。後に従四位相当。
二　そちらの方面では軽々しい人がいたのを。
三　人がこのことを漏れ聞いても、あんまり相手が御婆さんなので(外聞を憚って)。
四　典侍は帝のご理髪に奉仕していたが。毎朝、天皇は御湯殿で湯浴し、ついで御手水の間で髪を整えられる。いずれも清涼殿の西廂である。
五　帝のお召し替えに奉仕する人。蔵人の役。
六　典侍、掌侍を略して「内侍」と呼ぶ。
七　姿つき、髪の格好。

八　(源氏は)何とも若作りなと、苦々しくご覧になるものの。
九　女房が正装のとき、腰につける。うしろに長く裾を引く。
一〇　骨に紙を張った今の扇子。「かはぼり」は、蝙蝠のこと。形の似るところから、夏扇の異名。
一一　かざして顔を隠して。目の下までを隠す。
一二　目のふちがげっそり黒ずみ引っ込んで。「ら」は、接尾語。
一三　「大荒木の森の下草老いぬれば、駒もすさめず刈る人もなし」——大荒木の森の下草は老いてしまったから、馬も好まず刈る人もいない。(『古今集』巻十七雑上、読人知らず) 大荒木の森は、山城の国の歌枕。愛宕郡の市原野(鞍馬の山口)とも、乙訓郡、淀の与杼神社ともいう。
一四　「ひまもなくしげりにけりな大荒木の森こそ夏のかげはしるけれ」——隙もなく生い茂っていることがはっきり分る。立ち寄ってよさそうな森ではないか、と、扇の絵の批評にかこつけての皮肉。
一五　あなたがおいで下さいましたら、ご愛馬にまぐさとして刈って食べさせましょう、盛の過ぎた下草でありましょうとも。
一六　私の馬が笹を分けて行ったら人が見咎めるだろう、いつでもほかの馬が馴れ近づいているらしい森の木陰は。「駒」を、愛人たちに、「森」を典侍に見立てたもの。
一七　こうまでなってあなた様に捨てられては、いい恥さらしでございます。
一八　愛しているのだが、思うに任せぬのだよ。
一九　そんなことをおっしゃって、このまま切れてしまおうというおつもりですか。
二〇　襖の隙間から。
二一　恋しい人とのことなら、濡れ衣でも着たがる(あらぬ噂でも仕立てられたがる)連中もあるらしい、それと同じ気持からだろうか。
二二　女のことにかけては抜け目のない性分で。
二三　典侍のいくつになってもやまぬ好色心も見届けてみたくなったので。

妻子和情人——光源氏与葵姬和六条妃子

成人仪式上的结发妻子葵姬很漂亮，但不可爱，为此，与光源氏的夫妻关系并不融洽。大病痊愈后，光源氏来到了妻家。妻子的态度如何呢？原文是这样的。

殿にも、〔源氏が〕おはしますらむと心づかひしたまひて、〔源氏が〕久しう見たまはぬほど、いとど玉の台(うてな)に磨きしつらひ、よろづをととのへたまへり。女君(にょんなきみ)、例のはひ隠れて、とみにも出でたまはぬを、大臣(おとど)、切(せち)に聞こえたまひて、からうじてわたりたまへり。ただ絵に描きたる[三]ものの姫君のやうに、しすゑ[四]られて、うちみじろきたまふこともかたく、うるはしうてものしたまへば、思ふことも[五]うちかすめ、山道の物語をも聞こえむ、いふかひありて、をかしううち[六]答へたまはばこそあはれならめ、〔葵上は〕世には心も解けず、うとくはづかしきものにおぼして、年のかさなるに添へて、御心のへだてもまさるを、いと苦しく思はずに、(源氏)「時々は世の常なる御けしきを見ばや。堪へがた[七]うわづらひはべりしをも、いかがとだに問はせたまはぬこそ、めづらしからぬことなれど、なほうらめしう」と聞こえたまふ。からうじて、(葵上)「問はぬはつらきものにやあらむ」と、後目に見

おこせたまへるまみ、いとはづかしげに、気高ううつくしげなる御容貌なり。(源氏)「まれまれは、あさましの御ことや。問はぬなどいふ際は、異にこそはべるなれ。心憂くものたまひなすかな。世とともにはしたなき御もてなしを、もしおぼしなほるをりもやと、とざまかうざまにこころみきこゆるほど、いとどおぼし疎むなめりかし。よしや命だに」とて、夜の御座に入りたまひぬ。女君、ふとも入りたまはず、聞こえわづらひたまひて、うち嘆きて臥したまへるも、なま心づきなきにやあらむ、ねぶたげにもてなして、とかう世をおぼし乱るること多かり。

被妻子拒绝了的光源氏会采取什么行动呢？他们会离婚吗？要想知道这桩婚姻的结局，请阅读正文。

註：

一　ますます、玉で飾った高殿よろしく美しく飾り立て。「玉の台」は、「玉台」の訓読語。

二　葵の上。

三　「ものの姫君」で一語。物語絵などの姫君。

四　周囲の女房のお世話で座に座らせられたまま。

五　心の中の思いをそれとなく口にしたり、今度の北山行きのお話をしたりする場合にも。以下、「あはれならめ」まで、源氏の心中。

六　しゃれたご返事でもなさるようなら情愛も湧こうというものなのに。

七　問わないのはほんとにつらいものでしょうか。源氏の「問はせたまはぬこそ」の言葉を受けて、問われぬ私の気持ちもお分り下さいましょう、という皮肉である。

八　たまに何かおっしゃるかと思えば、とんでもないことをおっしゃいますね。
九　「問はぬはつらき」などという間柄は（忍ぶ恋仲で言うことで）。
一〇　いろいろ手を変えてあなたの気持をためそうとしておりますのを、いよいよお嫌いになるのでしょう。
一一　仕方ない、命さえ長らえていれば（私の気持ちもいつかはお分かりいただけよう）。
一二　御帳台。
一三　あれこれと女のことについて思い悩まれることが多い。「世」は、男女の仲。葵の上のこと、藤壺のこと、そのほか。

　　为了斩断对光源氏的情丝，六条妃子决定跟随被卜为斋宫的女儿前往伊势。但光源氏不希望在没有消除隔阂的情况下就此长别。虽然长期的不通音讯已无从辩解，而光源氏还是来到了六条妃子的住处。他们的关系能够修复吗？原文是这样说明的。

　　北の対のさるべき所に立ち隠れたまひて、御消息聞こえたまふに、遊びはみなやめて、心にくきけはひあまた聞こゆ。何くれの人づての御消息ばかりにて、みづからは対面したまふべきさまにもあらねば、いとものしとおぼして、（源氏）「かうやうのありきも、今はつきなきほどになりてはべるを思ほし知らば、かう注連のほかにはもてなしたまはで、いぶせうはべることをもあきらめはべりにしがな」と、まめやかに聞こえたまへば、人々、「げに、いとかたはらいたう、立ちわづらはせたまふに、いとほしう」など、あつかひきこゆれば、いさや、ここの人目も見苦し

う、かのおぼさむことも若々しう、出でゐむが今さらにつつましきこととおぼすに、いとものの憂けれど、情なうもてなさむにもたけからねば、とかくうち嘆き、やすらひて、ゐざり出でたまへる〔御息所の〕御けはひ、いと心にくし。（源氏）「こなたは、簀子ばかりの許されははべりや」とて、上りゐたまへり。はなやかにさし出でたる夕月夜に、うちふるまひたまへるさま、にほひ似るものなくめでたし。月ごろのつもりを、つきづきしう聞こえたまはむも、まばゆきほどになりにければ、榊をいささか折りて持たまへりけるを、さし入れて、（源氏）「変らぬ色をしるべにてこそ、斎垣も越えはべりにけれ。さも心憂く」と聞こえたまへば、

　　（御息所）神垣はしるしの杉もなきものを
　　いかにまがへて折れる榊ぞ
と聞こえたまへば、
　　（源氏）少女子があたりと思へば榊葉の
　　香をなつかしみとめてこそ折れ
おほかたのけはひわづらはしけれど、御簾ばかりはひき着て、長押におしかかりてゐたまへり。

　心にまかせて見たてまつりつべく、人も慕ひざまにおぼしたりつる年月は、のどかなりつる御心おごりに、さしもおぼされざりき。また、〔源氏の〕心のうちに、いかにぞや、疵ありて思ひきこえたまひにしのちはた、あはれもさめつつ、かく御仲も隔たりぬるを、めづらしき御対面の昔おぼえたるに、あはれとおぼし

乱るること限りなし。来し方行く先おぼし続けられて、〔源氏は〕心弱く泣きたまひぬ。女は、さしも見えじとおぼしつつむめれど、え忍びたまはぬ御けしきを、〔源氏は〕いよいよ心苦しう、なほおぼしとまるべきさまにぞ聞こえたまふめる。月も入りぬるにや、あはれなる空をながめつつ、〔源氏が〕怨みきこえたまふに、ここら思ひ集めたまへるつらさも消えぬべし。〔御息所は〕やうやう今はと思ひ離れたまへるに、さればよと、なかなか心動きておぼし乱る。殿上の若君達などうち連れて、とかく立ちわづらふなる庭のたたずまひも、げに艶なるかたにうけばりたるありさまなり。思ほし残すことなき御なからひに、聞こえかはしたまうことども、まねびやらむかたなし。

　やうやう明けゆく空のけしき、ことさらにつくりいでたらむやうなり。

　　（源氏）暁の別れはいつも露けきを
　　こは世に知らぬ秋の空かな
出でがてに、（女君の）御手をとらへてやすらひたまへる、いみじうなつかし。風いと冷やかに吹きて、松虫の鳴きからしたる声も、をり知り顔なるを、さして思ふことなきだに、聞き過ぐしがたげなるに、ましてわりなき御心まどひどもに、なかなか、こともゆかぬにや。

　　（御息所）おほかたの秋の別れもかなしきに
　　鳴く音な添へそ野辺の松虫
くやしきこと多かれど、かひなければ、明けゆく空もはしたなう

て〔源氏は〕出でたまふ。道のほどいと露けし。女もえ心強からず、名残あはれにて、ながめたまふ。

　　就这样，六条妃子经年的怨恨也多少驱散了些。那么，之后她怎么样了呢？请从正文阅读他们的结局。

註：

一　寝殿の北にある建物。奥向きに用いる。寝殿に斎宮、北の対に母御息所がいるのであろう。

二　（女房たちの）奥ゆかしい立ち居の気配がいろいろ聞こえてくる。

三　何やかやと取次ぎ（の女房）を通じてのご挨拶ばかりで。

四　このような（恋路のための）外出も、今では似合わしからぬ身の上になっていますことをお察し下さいますならば。近衛の大将として、身軽な外出のままならぬことを言う。

五　こんなふうに、隔てを置いたお扱いをなさらずに。「注連」は、神域に不浄なものの侵入するのを禁ずるために張り廻らす縄のこと。場所が野の宮なので、部屋に入れてもらえぬことを「注連の他にもてなす」（神域の中に入れないようにする）と言った。

六　（御息所）さて、どうしたものか、（こんな押し問答を繰り返しているのは）お側の女房の手前も見苦しく、あの方（源氏）も年がいもないと思われるだろうし、（さりとて）出て行って対面するのもいまさら気の引けることと思われるにつけ、ひどく気が進まないけれども、「若々し」は、年相応の思慮のないこと。

七　こちら（北の対）では、簀子に上がるぐらいのお許しはありましょうか。部屋に入れて頂けないまでも……と、他人行儀な応対を皮肉ったもの。

八　夕月の光に。

九　この榊の葉の色のように、変らぬ私の心に導かれて、禁制の神垣も超えて参ったのである。「榊」は、神事に用いる常緑樹。「しるべ」は、道案内のこと。
一〇　(それなのに)何とも情けないお仕打ちです。
一一　ここ野の宮には、人を導く目印の杉もありませんのに、どう間違えてお折りになった榊なのでしょう。
一二　神に奉仕する少女のいるあたりだと思ったので、榊葉の香がなつかしく、わざわざ捜し求めて折ってきたのです。「少女子」は、神前に舞を奏する少女。「少女子があたり」で、斎宮とともにいる御息所をさすことになる。
一三　それでも御簾を引きかぶって。上半身だけを室内(廂の間)に差し入れた形。
一四　下長押。簀子と一段高くなった廂とを仕切る横木。
一五　(御息所について)いかがなものか、欠点があるとお思い申されてからのちは。生霊事件をさす。「いかにぞや」は、感心しないという気持を表す。
一六　御息所は、気弱く悩んでいる様子を見られまいと気持を抑えていらっしゃるようだが。
一七　やはり思っていた通りだった(源氏に逢えば、必ず決心が鈍るに違いないと案じていた通りになった)と、かえってお心が動揺して思い迷われる。
一八　殿上を許された貴公子たちなどが連れだって来て。「君達」は、親王、大臣、大将などの子息を言う。
一九　何やかやといって佇んでは心を砕くという庭の風情も。野の宮の庭の風情を口実に、女房に懸想する青年貴公子が訪れては、何時までも立ち尽くして、女を口説くのに苦労することを言う。
二〇　(あまりにも普通とは違って、深くこまやかなので)そっくりそのまま語り伝えるすべもない。草子地。「まねぶ」は、真似る意から出て、あったことをそのまま語り伝えること。
二一　あなたとの明け方の別れはいつも涙に濡れていましたが、今朝の別

れは今まで経験したことがない、涙に曇る秋の空です。
二二　(秋の間、さんざん鳴いて)鳴き声も嗄れがれになった松虫の音も、まるで暁の別れの悲しさを知って泣くかのようであるのを。松虫は、今の鈴虫。
二三　まして(お二人とも)どうしようもないほど思い乱れていらっしゃるので、(松虫の音は、一層悲しみを掻き立てて)かえって、事がはかどらないのであろうか。すぐれた別れの歌があってもよさそうだが、そうでもない、の意。兼ねて読者への弁解にもなる。
二四　(何事もなくて)ただ秋が過ぎ去っていくということだけでも、人は何がなし悲しいものなのに、この上さらに鳴き声をあげておくれでない、野辺の松虫よ。今は九月八日の朝。九月は当時の暦で晩秋である。「別れ」に、人との別れの意を掛ける。
二五　(お帰りの)道中は露がしとどに置き、源氏は涙に暮れて帰られた。

幸福的婚姻
——光源氏与紫姬(一)

美貌的少女紫儿在抚养她的外祖母谢世后,本应该被接到她父亲府上的,但那里有继母和她的孩子们。对紫儿来说,那不是个理想的去处,就在紫儿要被父亲接走的前一夜,光源氏偷盗般地把她带回了自己的府上。下面的原文就是光源氏调教紫儿的场面。

　　君は二三日内裏へも参りたまはで、この人をなつけ語らひきこえたまふ。やがて本にとおぼすにや、手習、絵などさまざまに書きつつ見せたてまつりたまふ。いみじうをかしげに書き集めたまへり。「武藏野といへばかこたれぬ」と紫の紙に〔源氏が〕書いたまへる、墨つきのいとことなるを取りて見ゐたまへり。〔脇に〕すこし小さくて、
　　　(源氏)ねは見ねどあはれとぞ思ふ武藏野の
　　　　露分けわぶる草のゆかりを
とあり。(源氏)「いで、君も書いたまへ」とあれば、(若紫)「まだ、ようは書かず」とて、見上げたまへるが、何心なくうつくしげなれば、うちほほゑみて、(源氏)「よからねど、むげに書かぬこそわろけれ。教へきこえむかし」とのたまへば、うちそばみて書いた

まふ手つき、筆とりたまへるさまのをさなげなるも、〔源氏は〕らうたうのみおぼゆれば、心ながらあやしとおぼす。(若紫)「書きそこなひつ」と恥ぢて隠したまふを、せめて見たまへば、

　　(若紫)かこつべきゆゑを知らねばおぼつかな
　　　　いかなる草のゆかりなるらむ

と、いと若けれど、生ひさき見えて、ふくよかに書いたまへり。故尼君のにぞ似たりける。今めかしき手本習はば、いとよう書いたまひてむと見たまふ。雛など、わざと屋ども作りつづけて、もろともに遊びつつ、こよなきもの思ひのまぎらはしなり。

漂亮伶俐的少女紫儿以后的命运会是怎样？请阅读正文

註：

一　このまま若君のお習字や絵のお手本にというおつもりなのか。
二　心に浮ぶ古歌などを書き付けること。
三　ゆかりの人だと思うと、つい恨み言も出る。源氏のつもりでは、「武藏野」は若君を、「紫」は藤壺を意味し、若君は私につれなくしないでほしいという意をこめた。
四　まだ共寝はしないけれども、いとしくてならないことだ、逢おうにも逢えぬ武藏野の紫草(藤壺)のゆかりの人が。「寝」と「根」(紫草はその根を染料にする)を掛け、「露分けわぶる」は、藤壺に逢うのに苦労する意をこめる。
五　恨み言をおっしゃるというそのわけを知りませんから、何のことだか分かりません、一体私はどんな草のゆかりなのでしょうか。前の歌二

首を受けている。
六　将来の上達が思いやられて。
七　この上ない、憂さの気晴らしである。藤壺への恋の憂さを紛らわせるのにこの上ないお相手である、の意。

中年之恋——光源氏与玉鬘

作为养女接到六条院的玉鬘要比想像的漂亮。光源氏的心很快向她倾斜。特别是在她身上发现了昔日热恋过的她的母亲——夕颜的身影时，光源氏就很难控制住自己的感情。看他都扮演了什么样的角色。

　　心にかかれるままに、〔源氏は〕しばしば〔西の対に〕わたりたまひつつ見たてまつりたまふ。雨のうち降りたる名残(なごり)の、いとものしめやかなる夕つかた、御前の 若楓(わかかへで)、柏木(かしはぎ)などの、青やかに茂りあひたるが、何となくここちよげなる空を見いだしたまひて、「和(わ)してまた清し」とうち誦じたまうて、まづこの姫君の御さまの、にほひやかげさをおぼし出でられて、例の、忍びやかにわたりたまへり。〔玉鬘は〕手習(てならひ)などして、うちとけたまへりけるを、起きあがりたまひて、はぢらひたまへる顔の色あひ、いとをかし。なごやかなるけはひの、〔源氏は〕ふと昔おぼし出でらるるにも、忍びがたくて、(源氏)「見そめたてまつりしは、いとかうしもおぼえたまはずと思ひしを、あやしう、ただそれかと思ひまがえられるをりをりこそあれ。あはれなるわざなりけり。中将の、さらに、昔ざまのにほひにも見えぬならひに、〔親子でも〕さしも似ぬものと思ふに、かかる人もものしたまうけるよ」とて、涙ぐみたまへり。箱の蓋なる御くだもののなかに、橘のあるをまさぐりて、

　　(源氏)「橘のかをりし袖によそふれば」

　　　　　　かはれる身とも思ほえぬかな
世とともの心にかけて忘れがたきに、なぐさむことなくて過ぎつる年ごろを、かくて見たてまつるは、夢にやとのみ思ひなすを、なほえこそ忍ぶまじけれ。おぼしうとむなよ」とて、〔玉鬘の〕御手をとらへたまへれば、女、かやうにもならひたまはざりつるを、いとうたておぼゆれど、おほどかなるさまにてものしたまふ。
　（玉鬘）袖の香をよそふるからに橘の
　　　　　　みさへはかなくなりもこそすれ
　むつかしと思ひてうつぶしたまへるさま、いみじうなつかしう、手つきのつぶつぶと肥えたまへる、身なり、肌つきのこまやかにうつくしげなるに、〔源氏は〕なかなかなるもの思ひ添ふここちしたまうて、今日はすこし思ふこと聞こえ知らせたまひける。女は、心憂く、いかにせむとおぼえて、わななかるるけしきもしるけれど、（源氏）「何か、かくうとましとはおぼいたる。いとよくもて隠して、人に咎めらるべくもあらぬ心のほどぞよ。さりげなくてをもて隠したまへ。浅くも思ひきこえさせぬ心ざしに、また添ふべければ、世にたぐひあるまじきここちなむするを、このおとづれきこゆる人々には、おぼしおとすべくやはある。いとかう深き心ある人は、世にありがたかるべきわざなれば、うしろめたくのみこそ」とのたまふ。いとさかしらなる御親心なりかし。

　像这样掺杂了恋情的父爱，会朝着什么样的方向发展呢？请欣赏正文。

註：

一　四月、新緑の頃である。

二　これは源氏の御殿の庭前である。
三　「四月の天気和して且清し　緑槐蔭合うて沙堤平かなり」(『白氏文集』巻十九、七言十二句「贈駕部呉郎中七兄」)。
四　思いを、古歌などに寄せてすさび書くこと。
五　俯いて書いていた上体を起こしたのである。
六　全然、亡き人の美しさを伝えていないので、それを当り前のように思って。夕霧が亡き母葵上に似ていないことを言う。
七　硯箱などの蓋であろう。物を盛るのに用いる。
八　果実、木の実など間食用の軽い食物。
九　柑橘類。酸味強く小さな黄色い実。
一〇　あなたを、昔懐かしい亡き母上と思ってみれば、とても別人とは思われません。
一一　お母様そっくりのあなたとこうしてお会いするのは、ただもう夢ではないかと思ってみるのですが。
一二　女君は、今までこんなお扱いを受けたことがなかったので。「女」は、娘分だった玉鬘が、ここで、恋の相手となっていることを示す。
一三　亡き母にそっくりだとのことですので、我が身も母と同じようにはかなく終わるのではないかと存じます。「み」に「実」と「身」を掛ける。
一四　あなたも、何気ないふりをして目立たぬようにしていらっしゃい。「を」は間投助詞。
一五　(もともと亡き人の形見として)一通りにはお思い申さぬ心寄せの上に、新たな恋の思いがまた加わるのですから、私の気持ちは、世にも稀なものと思われますのに。
一六　こうして手紙をさしあげる人々(兵部卿の宮や右大将など)より、軽くお考えになっていいものでしょうか。
一七　(ほかの男にあなたを託すのは)心配でなりません。
一八　全くよけいなことまで心配する御親心であることだ。草子地。

失败的婚姻——光源氏与紫姬（二）

尽管有爱妻紫姬，但光源氏一时好色心起，居然应承娶三公主为正室。可是，这又怎么向紫姬解释呢？多年来一直对光源氏信赖有加的紫姬又是作何反应的？下面就是光源氏向紫姬说明迎娶三公主之事的场面。

またの日、雪うち降り、空のけしきもものあはれに、過ぎにし方_{かたゆ}行く先の御物語聞こえかはしたまふ。（源氏）「院のたのもしげなくなりたまひにたる御とぶらひに参りて、あはれなることどものありつるかな。女_{をんな}三の宮の御ことを、〔院が〕いと捨てがたげにおぼして、しかしかなむのたまはせつけしかば、心苦しくて、え聞こえいなびずなりにしを、ことことしくぞ人は言ひなさむかし。今はさやうのこともうひうひしく、すさまじく思ひなりにたれば、人伝_{ひとづて}にけしきばませたまひしに、とかくのがれきこえしを、対面_{たいめん}のついでに、心深きさまなることどもをのたまひ続けしには、えすくすくしくもかへさひ申さでなむ。深き御山住みにうつろひたまはむほどにこそは、わたしたてまつらめ。あぢきなくやおぼさるべき。いみじきことありとも、御

ためあるより変ることはさらにあるまじきを、心なおきたまひそよ。かの御ためこそ心苦しからめ。それもかたはならずもてなしてむ。誰も誰ものどかにて過ぐしたまはば」など聞こえたまふ。はかなき御すさびごとをだに、めざましきものにおぼして、心やすからぬ〔紫上の〕御心ざまなれば、いかがおぼさむとおぼすに、いとつれなくて、(紫上)「あはれなる御ゆづりにこそはあなれ。ここには、いかなる心をおきたてまつるべきにか。めざましく、かくてなど咎めらるまじくは、心やすくてもはべなむを、かの母女御の御方ざまにても、うとからずおぼし数まへてむや」と、卑下したまふを、(源氏)「あまりかううちとけたまふ御ゆるしも、いかなればと、うしろめたくこそあれ。まことは、さだにおぼしゆるいて、われも人も心得て、なだらかにもてなし過ぐしたまはば、いよいよあはれになむ。ひがこと聞こえなどせむ人の言、聞き入れたまふな。すべて世の人の口といふものなむ、誰が言ひ出づることともなく、おのづから人の仲らひなど、うちほほゆがみ、思はずなること出で来るものなるを、心ひとつにしづめて、ありさまに従ふなむよき。まだきに騒ぎて、あいなきもの怨みしたまふな」といとよく教へきこえたまふ。

　心のうちにも、かく空より出でたるやうなることにて、「源氏も」のがれたまひがたきを、憎げにも聞こえなさじ、わが心に憚りたまひ、いさむることに従ひたまふべき、おのがどちの心よりおこれる懸想にもあらず、せかるべきかたなきものから、をこがましく思ひむすぼほるるさま、世人に漏り聞こえじ、式

部卿の宮の大北の方、常にうけはしげなることどもをのたまひ出でつつ、あぢきなき大将の御ことにてさへ、あやしく恨み嫉みたまふなるを、かやうに聞きて、いかにいちじるく思ひ合はせたまはむ、など、おいらかなる人の御心といへど、いかでかはかばかりの隈はなからむ。今はさりともとのみ、わが身を思ひあがり、うらなくて過ぐしける世の、人笑へならむことを、(紫上は)下には思ひ続けたまへど、(表面は)いとおいらかにのみもてなしたまへり。

　　紫姫冷静地接受了这个事实，她的反应完全出乎光源氏的意料。这正是紫姬与原本信赖的丈夫之间产生鸿沟的一瞬间。紫姬能与新来的年轻正室三公主和睦相处吗？请从正文中体味她的聪明和寂寥。

註：

一　(源氏と紫の上は) 昔の思い出やこれからのことなどを互いにお話になる。
二　これこれと私にお頼みになられたので。女三の宮の後見を依頼されたことをいう。
三　大げさに世間では取り沙汰することでしょう。源氏が正夫人を迎えると、評判にするだろう、の意。
四　今では、そのようなこと (結婚などということ) も気恥ずかしく、関心も持てなくなってきたので。
五　(朱雀院が) 人を介して、それとなくおっしゃった時には。先に左中弁を通じて打診されたこと。

六　先日、直接お目にかかった際、あわれ深い親心のお嘆きをあれこれ縷々と申されましたのには。女三の宮の将来を案じ、後見を懇請されたこと。
七　院が、この世のほかの山寺にお移りあそばす頃になったら。
八　(この結婚は)女三の宮にとって、お気の毒なことでしょう。源氏の心は、紫の上から分けられることはないから、という含み。
九　どちらの方々も、大らかなお気持で暮らしてくださったならば。紫の上も女三の宮も嫉妬しないでほしい、という気持。
一〇　目障りな、ここにいてなどと(姫君から)お咎めを受けるのでないようでしたら、安心してここにおりましょうが。「はべなむ」は「はべりなむ」の撥音便化したものの発音無表記の形。
一一　あちらの御母女御の縁からいっても、仲良くして頂けないものでしょうか。女三宮の母藤壺の女御は、紫の上の叔母に当たる。
一二　あまりこう快くお許しくださるのも、どういうわけかと(私に愛情がないのかと)心配です。
一三　こちらも先方も(あなたも女三の宮も)よく事情を察して、事なきように計らっていって下さるならば、一層ありがたいことです。
一四　自然と、他人の夫婦仲などは、間違って伝えられ、その結果心外なことが持ち上がるものですから。無責任に事有りげに噂され、遂には疑心暗鬼を生じるようなことをいう。
一五　事の成り行きを見定めた上で、身を処するのがよいのです。女三の宮を迎えても、紫の上への愛情は変わらない、長い目で見てほしいという気持が下にある。
一六　紫の上は心の中で、(女三の宮降嫁の件は)まるで天から降ってきたような不意の出来事で。「以下思ひ合はせたまはむ」まで、紫の上の心中を叙す。
一七　好いた同士の心から生じた恋でもない。朱雀院のたっての依頼だということ。紫の上は、藤壺思慕に発する、源氏の女三の宮への好奇心に気づくはずはないのである。
一八　それを苦にしてうち沈んでいる様子を、世間の人に知られるような

馬鹿なことはすまい。
一九　紫の上の継母。
二〇　私を呪うようなことをいろいろお口にされては。
二一　どうにも仕方のない大将のご結婚のことについても、なぜか私を恨んだり妬んだりなさるということだが。大北の方は、髭黒大将と玉鬘の結婚を紫の上の計らいと思い込んでいる。
二二　おっとりした紫の上のご性分とはいえ、どうしてこの程度の邪推をなさらぬことがあろう。草子地。「隈」は、人に見せぬ心の奥底。
二三　もう大丈夫、自分以上の寵愛を受ける人はあるまいと慢心し、安心しきって過してきた身の上が（女三の宮の降嫁によって）世間の物笑いになるだろうことを。

不幸的婚姻——光源氏与三公主

虽说不是主动所为,但三公主毕竟犯下了不义的私通之罪。对方是个叫作柏木的男子。丈夫光源氏来看她的时候,公主都不敢正脸相对。看到公主的这般光景,光源氏还误以为她有了女人味。然而由于公主的疏忽,私通为光源氏发觉。下面就是私通暴露时的描写。

　　例は、なまいはけなきたはぶれごとなども、うちとけ聞こえたまふを、いたくしめりて、さやかにも見合はせたてまつりたまはぬを、ただ世のうらめしき御けしきと心得たまふ。昼の御座にうち臥したまひて、御物語など聞こえたまふほどに暮れにけり。すこし大殿籠り入りにけるに、ひぐらしのはなやかに鳴くにおどろきたまひて、(源氏)「さらば、道たどたどしからぬほどに」とて、御衣などたてまつりなほす。(女三宮)「月待ちて、とも言ふなるものを」と、いと若やかなるさまにてのたまふは、憎からずかし。「その間にも」とやおぼすと、心苦しげにおぼして、立ちとまりたまふ。

　　(女三宮)夕露に袖濡らせとやひぐらしの
　　　　　　鳴くを聞く聞く起きてゆくらむ

片なりなる御心にまかせて言ひ出でたまへるもらうたければ、ついゐて、(源氏)「あな苦しや」と、うち嘆きたまふ。
　(源氏)待つ里もいかが聞くらむかたがたに
　　　　心さわがすひぐらしの声
などおぼしやすらひて、なお情なからむも心苦しければ、とまりたまひぬ。静心なくさすがにながめられたまひて、御くだものばかり参りなどして、大殿籠りぬ。
　まだ朝涼みのほどにわたりたまはむとて、とく起きたまふ。(源氏)「昨夜のかはほりを落して、これは風ぬるくこそありけれ」とて、御扇置きたまひて、昨日うたたねしたまへりし御座のあたりを、立ちとまりて見たまふに、御茵のすこしまよひたるつまより、浅緑の薄様なる文の押し巻きたる端見ゆるを、何心もなく引き出でて御覧ずるに、男の手なり。紙の香などいと艶に、ことさらめきたる書きざまなり。二重にこまごまと書きたるを見たまふに、まぎるべきかたなく、その人の手なりけりと見たまひつ。御鏡などあけて参らする人は、見たまふ文にこそはと、心も知らぬに、小侍従見つけて、昨日の文の色と見るに、いといみじく、胸つぶつぶと鳴るここちす。御粥など参るかたに目も見やらず、いで、さりとも、それにはあらじ、いといみじく、さることはありなむや、隠いたまひてけむ、と思ひなす。宮は、何心もなく、まだ大殿籠れり。あないはけな、かかるものを散らしたまひて、われならぬ人も見つけたらましかば、とおぼすも、心劣りして、さればよ、いとむげに

心にくきところなき御ありさまを、うしろめたしとは見るかし、とおぼす。

　私通被丈夫光源氏发觉了，三公主该怎么办？请从正文中阅读其结局。

註：

一　(事情を知らぬ源氏は) ただ、夫にいつも側にいてもらえないのを恨めしく思っていられるのだと、お受け取りになる。「世」は、男女の仲。
二　昼間の御座所。
三　源氏はそのままそこで眠りに落ちた趣。「大殿籠り入る」は、「寝入る」の敬語。
四　途中が暗くならないうちに。
五　「月待ちて」(月の出を待って) とも歌っているようですのに。この何気ない言葉が、翌朝、源氏が手紙を見出だすにいたる端緒になる。
六　いかにも愛くるしい。無下にことわりもならぬ源氏の気持を、草子地が代弁する。
七　名残を惜しみたいお気持なのだろうかと。同じ歌の言葉による。
八　夕露(涙)に袖を濡らして泣けというおつもりで、ひぐらしの鳴くのを聞きながらも、起きて行かれるのでしょうか。夕方は尋ねて来て下さるはずの時ですのに、の余意があろう。
九　私の帰りを待っている所でも、どういう思いで聞いていることでしょう、あれこれにつけて(女三の宮、紫の上の両方のことで)人の心を騒がすひぐらしの声であることよ。
一〇　紫の上のことが気にかかって心落着かず。
一一　果物、木の実、菓子などの軽い食べ物。
一二　夏の、朝涼しい刻限。

一三　骨に紙を張った今の扇子。「かはほり」は、蝙蝠のこと。形の似るところから、夏扇の異名。

一四　下に「御扇」とある。檜扇であろう。

一五　前に「昼の御座」とあった所。

一六　薄緑色の薄様。「薄様」は、薄く漉いた鳥の子紙。薄様の染め紙で、艶書に用いられる。

一七　紙にたきしめた薫物のかおりなど、ひどくしゃれていて。

一八　紙二枚を重ねて(一重)、上の紙に書く。それが二つ。長文の手紙である。

一九　お鏡の蓋をあけて、源氏の前にかかげ持つ女房。朝の身仕舞に奉仕するのである。

二〇　当然源氏のご覧になるはずの手紙であろう、と。

二一　源氏が朝食のお粥など召し上がる方には目も向けずに。ひとり、必死に思いをめぐらす風情。

二二　いいえ、まさか、昨日の柏木の手紙ではあるまい。以下、小侍従の心。

二三　あの時、宮がお隠しになったに違いない。

二四　なんと幼稚な、このような手紙を人目に触れる所にほっておかれて。「散らす」は散らかす。手紙が人目に触れることを「散る」という。以下、源氏の心。

二五　やっぱりだ。言わぬことではない、という気持。

夫妻吵架——夕雾与云居雁

一条道走到黑的老实人夕雾,到了中年反倒恋上了未亡人落叶公主。他们虽然还没有结为夫妻,但这一天,夕雾到早上才离开公主处回府。妻子云居雁彻夜未眠,正怨气难消地等着他回来。于是,夫妻吵架开始了。下面就是原文。

　　日たけて、殿にはわたりたまへり。入りたまふより、若君たち、すぎすぎうつくしげにて、まつはれ遊びたまふ。女君は、帳のうちに臥したまへり。入りたまへれど、〔雲居雁は〕目も見合はせたまはず。つらきにこそはあめれ、と見たまふもことわりなれど、憚り顔にももてなしたまわず、御衣をひきやりたまへれば、(雲居雁)「いづことておはしつるぞ。まろは早う死にき。常に鬼とのたまへば、同じくはなり果てなむとて」とのたまふ。(夕霧)「御心こそ、鬼よりけにもおはすれ、さまは憎げもなければ、えうとみ果つまじ」と、何心もなう言ひなしたまふも、心やましうて、(雲居雁)「めでたきさまになまめいたまへらむあたりに、あり経べき身にもあらねば、いづちもいづちも失せなむとす。なほかくだになおぼし出でそ。あいなく年ごろを経ける

だに、くやしきものを」とて、起き上がりたまへるさまは、いみじう愛敬(あいぎゃう)づきて、にほひやかにうち赤みたまへる顔、いとおかしげなり。(夕霧)「かく心幼げに腹立ちなしたまへればにや、目馴れて、この鬼こそ、今は恐ろしくもあらずなりにたれ。神々しき気を添へばや」と、たはぶれに言ひなしたまへど、(雲居雁)「何ごと言ふぞ。おいらかに死にたまひね。まろも死なむ。見れば憎し。聞けば愛敬(あいぎゃう)なし。見捨てて死なむはうしろめたし」とのたまふに、いとをかしきさまのみまされば、こまやかに笑ひて、(夕霧)「近くてこそ見たまはざらめ、よそにはなどか聞きたまわざらむ。さても契り深かなる世を知らせむの御心ななり。にはかにうち続くべかなる冥途(よみち)のいそぎは、さこそは契りきこえしか」と、いとつれなく言ひて、何くれとこしらへきこえなぐさめたまへば、いと若やかに心うつくしう、らうたき心はたおはする人なれば、なほざりごととは見たまひながら、おのづからなごみつつものしたまふを、いとあはれとおぼすものから、心は空にて、かれも、いとわが心をたてて、強うものものしき人のけはひには見えたまはねど、もしなほ本意ならぬことにて、尼などにも思ひなりたまひなば、をこがましうもあべいかな、と思ふに、しばしはとだえ置くまじう、あわたたしきここちして、暮れゆくままに、今日も御返りだになきよ、とおぼして、心にかかりて、いみじうながめをしたまふ。

　昨日今日(きのふけふ)つゆも参らざりけるもの、いささか参りなどしておはす。(夕霧)「昔より、御ために心ざしのおろかならざりしさま、大臣(おとど)のつらくもてなしたまうしに、世の中のしれがましき

名を取りしかど、堪へがたきを念じて、ここかしこ、すすみけしきばみしあたりを、あまた聞き過ぐししありさまは、女だにさしもあらじとなむ、人ももどきし。今思ふにも、いかでかはさありけむと、わが心ながら、いにしへだに重かりけりと思ひ知らるるを、今は、かく憎みたまふとも、おぼし捨つまじき人々、いと所狭きまで数添ふめれば、御心ひとつにもて離れたまふべくもあらず。また、よし見たまへや。命こそ定めなき世なれ」とて、うち泣きたまふこともあり。女も、昔のことを思ひ出でたまふに、あはれにもありがたかりし御仲の、さすがに契り深かりけるかな、と思ひ出でたまふ。なよびたる御衣ども脱いたまうて、心ことなるをとり重ねて焚きしめたまひ、めでたうつくろひ化粧じて出でたまふを、火影に見出だして、忍びがたく涙の出で来れば、脱ぎとめたまへる単の袖をひき寄せて、

　（雲居雁）「馴るる身をうらむるよりは松島の
　　　　あまの衣に裁ちやかへまし
なほうつし人にては、え過ぐすまじかりけり」と、独言にのたまふを、立ち止まりて、（夕霧）「さも心憂き御心かな。
　　松島のあまの濡衣なれぬとて
　　　　ぬぎかへつてふ名を立ためやは」
うち急ぎて、いとなほなほしや。

　妻子云居雁的妒忌也全然不放在心上。老实人一旦为情所惑会变成什么样子呢？请欣赏正文。

註：

一　日が高くなってから、三条殿にはお出でになった。
二　帳台。
三　雲居の雁の引きかぶっているお召し物をお引きのけになること。
四　ここをどこと思って、お出でになったのですが。お門違いでしょう、という皮肉。
五　親しい間柄で使う自称の代名詞。男女ともに使う。
六　鬼は死人の魂とされていた。
七　すてきなお洒落をなすって色っぽく振舞われるようなお方のお側に、いつまでもご一緒できる身でもございませんから。
八　どうぞもうお見限りあそばせ。今日のようにたまに思い出して尋ねてくるようなこともしてほしくない、の意。
九　馴れっこになって、この鬼は、もうこわくも何ともなくなってしまったことだ。鬼なら鬼らしく、もう少しおごそかであってもよろしいね。
一〇　側近くに（私を）ご覧にならないにしても、よそながら噂をお聞きにならないわけにはいきますまい。「見れば憎し。聞けば愛敬なし」に応じたもの。
一一　そうして夫婦の縁の深い二人の仲を私に分からせようというおつもりなのでしょうね。「おいらかに死にたまひね。まろも死なむ」（一緒に死のう）に応じたもの。
一二　あわただしく続くことになる冥途への支度は。一方が死んだら一方もすぐあとを追うということ。
一三　万一、どうしても自分と一緒になるのは気に染まないことで。
一四　雲居の雁の父、致仕の太政大臣。
一五　女だってあれほど操を立て通せるものではあるまい（男のくせして何だ）と、人も悪口を言ったものでした。
一六　とても面倒を見きれぬほど大勢になっているようですから。
一七　命はいつ死ぬか分からぬこの世ですが（私の気持は変わりません）。
一八　下に重ねる肌着なので、次の歌の「馴るる」（身に馴れる）に響いて

ゆく。
一九　長年連れ添って古びてしまったわが身を怨むよりは、いっそ(この単(ひとえ)を)尼の衣に裁ちかえてしまいましょうか。単をわが身になぞらえ、いっそ出家してしまいたいと歌う。
二〇　やはりこのまま俗世の人間としては、暮らしてはいけそうにもありません。
二一　夕霧に詠みかけるつもりもなくおっしゃるのを。
二二　いくら長年連れ添って私に飽きがきたからといって、私を見限ったという評判を立ててよいものでしょうか。
二三　お出かけ間際で、気のないお歌だこと。草子地の批評。「なほなほし」は、平凡の意。

寡妇门前——夕雾与落叶公主

跟着传话的侍女，夕雾闯进了落叶公主的房间。这是向公主倾诉恋情的绝好机会。公主惊慌失措，正欲逃脱，可隔扇刚关上一半就被夕雾拉住了。夕雾开始诉说衷肠。下面就是这个场面的原文。看他都说了些什么。

（夕雾）「いと心憂く、若々しき御さまかな。人知れぬ心にあまりぬるすきずきしき罪ばかりこそはべらめ、これより馴れ過ぎたることは、さらに御心ゆるされでは御覽ぜられじ。いかばかり、千々にくだけはべる思ひに堪へぬぞや。さりともおのづから御覽じ知るふしもはべらむものを、しひておぼめかしう、けうとうもてなさせたまふめれば、聞こえさせむかたなさに、いかがはせむ、ここちなく憎しとおぼさるとも、かうながら朽ちぬべき愁へを、さだかに聞こえ知らせはべらむとばかりなり。言ひ知らぬ御けしきのつらきものから、いとかたじけなければ」とて、あながちに情深う、用意したまへり。障子を〔宮が〕おさへたまへるは、いとものはかなきかためなれど、（夕雾は）引きもあけず。（夕雾）「かばかりのけぢめをと、しひておぼさるらむこそあ

われなれ」と、うち笑ひて、うたて心のままなるさまにもあらず。人の御ありさまの、なつかしうあてになまめいたまへること、さはいへどことに見ゆ。世とともにものを思ひたまふけにや、痩せ痩せにあえかなるここちして、うちとけたまへるままの御袖のあたりもなよびかに、気近うしみたる匂ひなど、取り集めてらうたげに、やはらかなるここちしたまへり。

　風いと心細う、ふけゆく夜のけしき、虫の音も、鹿の鳴く音も、滝の音も、一つに乱れて艶なるほどなれば、ただありのあはつけ人だに、寝覚めしぬべき空のけしきを、格子もさながら、入りかたの月の山の端近きほど、とどめがたうものあはれなり。(夕霧)「なほかうおぼし知らぬ御ありさまこそ、かへりては浅う御心のほど知らるれ。かう世づかぬまでしれじれしきうしろやすさなども、たぐひあらじとおぼえはべるを、何ごとにもかやすきほどの人こそ、かかるをば痴者などうち笑ひて、つれなき心もつかふなれ。あまりこよなくおぼし貶したるに、えなむしづめ果つまじきここちしはべる。世の中をむげにおぼし知らぬにしもあらじを」と、よろづに聞こえせめられたまひて、いかが言ふべきとわびしうおぼしめぐらす。

　世をしりたるかたの心やすきやうに、をりをりほのめかすも、めざましう、げにたぐひなき身の憂さなりや、とおぼし続けたまふに、死ぬべくおぼえたまうて、(落葉宮)「憂きみづからの罪を思ひ知るとても、いとかうあさましきを、いかやうに思ひなすべきにかはあらむ」と、いとほのかに、あはれげに泣いたまうて、

（落葉宮）われのみや憂き世を知れるためしにて
　　　　　濡れそふ袖の名をくたすべき
とのたまふともなきを、わが心に続けて、忍びやかにうち誦じたまへるも、かたはらいたく、いかに言ひつることぞとおぼさるるに、(夕霧)「げにあしう聞こえつかし」など、ほほゑみたまへるけしきにて、
　　（夕霧）「おほかたはわれ濡衣を着せずとも
　　　　　朽ちにし袖の名やは隠るる
ひたぶるにおぼしなりねかし」とて、月明きかたに誘ひきこゆるも、あさましとおぼす。心強うもてなしたまへど、はかなう引き寄せたてまつりて、(夕霧)「かばかりたぐひなき心ざしを御覽じ知りて、心やすうもてなしたまへ。御ゆるしあらでは、さらにさらに」と、いとけざやかに聞こえたまふほど、明けがた近うなりにけり。

　　夕霧终于没能在天亮之前说动落叶公主。他们之后的关系怎样了呢？请参看正文。

註：
一　何と情けない、子供じみたご態度なのでしょう。宮の返事のないのを詰る気持。
二　人知れずお慕いしてきた気持を抑えかねてこうした色めいた所行に及びました過ちというほどのことはございましょうが。

三　どれほど、胸の内も千々に砕ける悲しみに堪えかねていますことか。
四　このままでは私の思いが胸のうちで朽ち果ててしまうでしょう、その悲しみを。
五　まことに恐れ多いことですから。これ以上のことには及ばぬ、という含意。
六　どこまでもものやさしく、気をつけて振舞っていられる。
七　そうは言っても（そうお美しい方ではないといっても）格段にすぐれている。宮様だけのことはあるという気持。
八　親しみを感じさせる薫きしめられたお召し物の匂いなど。
九　何の趣味もない間抜けな人でも、目が冴えてしまいそうな空の風情なのに。「寝覚」は、夜の風趣に目が冴えて眠れないこと。
一〇　こんなに世にもまれなほど間の抜けた、ご心配のいらないところなども。「うしろやすさ」は、何も手出しをしないから、私はあなたにとって安心な人間だとの意。
一一　私のようなのを間抜け者などと笑いものにして、（女に対して）自分勝手な思いをも押し通すもののようです。女の気持を踏みにじるような振舞にも及ぶものらしい、の意。
一二　あまりにも私を見くびりきっていられますので、もうとてもおとなしくはしていられないような気持がいたします。「つれなき心もつかふ」かもしれないとおどす。
一三　夫を持ったことがあるから組みしやすいと言わんばかりに、時折夕霧が匂わすのも、不愉快で。落葉の宮の気持。「世」は、前の「世の中」とともに、男女の仲の意。
一四　情けないわたくしの過ちを思い知るといたしましても。不本意にも柏木と結婚したことをいう。
一五　私だけは、不幸な女の例として、夫に先立たれた悲しみの上に、さらにあなたとのことでつらい思いをして、恥をさらさねばならないのでしょうか。「名をくだす」は、悪い評判を取る意。涙に袖を朽たすと言い掛ける。
一六　口ずさまれるというでもないのを、夕霧は、自分なりに一首に仕立

てて。聞こえないところは自分なりの理解で補うのである。
一七　ほんとに、失礼なことを申し上げてしまいましたね。前に「世の中をむげにおぼし知らぬにしもあらじを」と言ったこと。
一八　大体、私があらぬ噂を立てられるようなことをしなくても、悲しい思いをなさった汚名(柏木とのこと)は隠れもないことではありませんか。
一九　お許しがなければ、決して決して。無体な振舞には及ばないと誓う。

竹篮打水——薰大将与大君

大君虽然深深地爱着薰君，但她还是拒绝了薰君的求爱。因为她不以为结婚会带来什么幸福。就这样，年轻的她以处子之身离开了人世。下面是大君在薰君的看护下，与薰君作最后交谈后悄然谢世的场面。

ただかくておはするを頼みに、皆思ひきこえたり。例の、近き方（かた）にゐたまへるに、御几帳などを、風のあらはに吹きなせば、中の宮奥に入りたまふ、見苦しげなる人々も、かかやき隠れぬるほどに、いと近う寄りて、（薫）「いかがおぼさるる。ここちに思ひ残すことなく、念じきこゆるかひなく、御声をだに聞かずなりにたれば、いとこそわびしけれ。後（おく）らかしたまはば、いみじうつらからむ」と、泣く泣く聞こえたまふ。〔大君は〕ものおぼえずなりにたるさまなれど、顔はいとよく隠したまへり。（大君）「よろしき隙（ひま）あらば、聞こえまほしきこともはべれど、ただ消え入るやうにのみなりゆくは、くちをしきわざにこそ」と、いとあはれと思ひたまへるけしきなるに、いよいよせきとどめがたくて、ゆゆしう、かく心細げに思ふとは見えじと、つつみたまへど、

声も惜しまれず。

いかなる契りにて、限りなく思ひきこえながら、つらきこと多くて別れたてまつるべきにか、少し憂きさまをだに見せたまはばなむ、思ひさますふしにもせむ、とまもれど、いよいよあはれげにあたらしく、をかしき御ありさまのみ見ゆ。腕などもいと細うなりて、影のやうに弱げなるものから、色あひも変わらず、白ううつくしげになよなよとして、白き御衣どものなよびかなるに、衾を押しやりて、中に身もなき雛を臥せたらむここちして、御髪はいとこちたうもあらぬほどにうちやられたる、枕より落ちたる際の、つやつやとめでたうをかしげなるも、〔大君は〕いかになりたまひなむとするぞと、あるべきものにもあらざめりと見るが、惜しきことたぐひなし。ここら久しくなやみて、ひきもつくろはぬけはひの、心とけずはづかしげに、限りなうもてなしさまよふ人にも多うまさりて、こまかに見るままに、魂もしづまらむかたなし。

（薫）「つひにうち捨てたまひては、世にしばしもとまるべきにもあらず。命もし限りありてとまるべうとも、深き山にさすらへなむとす。ただいと心苦しうてとまりたまはむ御ことをなむ思ひきこゆる」と、いらへさせたてまつらむとて、かの御ことをかけたまへば、顔隠したまふ御袖を少しひきなほして、（大君）「かくはかなかりけるものを、思ひ限なきやうにおぼされたりつるもかひなければ、このとまりたまはむ人を、同じことと思ひきこえたまへ、とほのめかしきこえしに、違へたまはざらましかば、うしろやすからましと、これのみなむうらめしきふしに

てとまりぬべうおぼえはべる」とのたまへば、(薫)「かくいみ
じうもの思ふべき身にやありけむ、いかにもいかにも、異ざま
にこの世を思ひかかづらふかたのはべらざりつれば、御おもむ
けに従ひきこえずなりにし。今なむ、くやしく心苦しうもおぼ
ゆる。されども、うしろめたくな思ひきこえたまひそ」などこ
しらへて、いと苦しげにしたまへば、修法の阿闍梨ども召し入
れさせ、さまざまに験ある限りして、加持参らせさせたまふ。
われも仏を念ぜさせたまふこと限りなし。

世の中をことさらに厭ひ離れねとすすめたまふ仏などの、
いとかくいみじきものは思はせたまふにやあらむ、見るままに
ものの枯れゆくやうにて消え果てたまひぬるは、いみじきわざ
かな。ひきとどむべきかたなく、足摺もしつべく、人のかた
くなしと見むこともおぼえず。

　　　大君走了，留下了未竟的梦。孤单的薫君，他今后的人生会是
怎样？请继续阅读〈三角关系——薫君、匂亲王与浮舟〉一章。

註：

一　ただこうして薫がここにご逗留下さるのを頼みに、宮家の人々は皆お
　　思い申している。
二　いつものように、大君の身近のお席にいらっしゃると。
三　隔ての御几帳などを、風が中まで見えんばかりに吹きあおるので。
四　私として心の限りを尽くして、神仏にお祈り申し上げているかいもな
　　く。

五　お顔はしっかりとお袖で覆っていらっしやる。最後までたしなみを忘れない心構え。

六　少し気分のましな時がありましたら、申し上げたいこともございますのですが。

七　縁起でもない、こんなに心細がっているとは悟られまいと、こらえておいでだが、嗚咽の声も抑えきれない。

八　どのような前世の因縁で。以下「……ふしにもせむ」まで、薫の思い。

九　(大君の姿容貌に)少しでも厭なところをお見せ下されば、思いを冷ますきっかけにしよう。

一〇　白いお召し物の柔らかなのを重ねて。

一一　「衾」は、夜具のこと。ここは、衾も重く感じて、押しやっているのか。

一二　衣裳の中には身もない、そんな雛の人形を寝かせてあるような感じで。痩せ細っている体。

一三　御髪は、さほどうるさくない程度に、長々と置かれているのが。

一四　枕からこぼれ落ちているあたりが、つやつやとして見事で美しいにつけても。

一五　(薫に)気を許そうともせず、気高い気品があって。

一六　ことこまかに見ていると、魂も身から抜け出してゆきそうな気がする。気もそぞろの思い。物思いなどのため、魂が身体から遊離すると考えられていた。

一七　結局私を見捨てて行ってしまわれたら。先立ってお亡くなりになってしまったら。

一八　命数がもし決っていて生き残ることになりましても。定命(前世から定められている寿命)が尽きないにしても。

一九　あのお方(中の君)のことを話題になさると。

二〇　こうしてはかなくお別れしなくてはならぬ私でしたのに、深いお情けも分からぬ者のようにお思いでしたのも、不本意に思われましたので。薫の志を受け入れずにきたことを弁明する。

二一　この、残りなさる方(中の君)を、私同様にお思い申して下さいと、そ

れとなくお願い申しましたのに。
二二　何としても、ほかのお方に心を向けることができませんでしたので。「この世を思ひかかづらふ」は、この世のことに執着する、の意。
二三　あなたのご意向にお従い申さぬことになりました。詠嘆の気持から、連体止めになる。
二四　(中の君のことは)お案じ申されますな。大君のもっとも執着するところを断とうとする配慮。
二五　宇治山の阿闍梨のほかにも大勢招じている。
二六　真言密教で、印を結び陀羅尼を唱えて仏を念ずること。病気平愈の祈願。
二七　俗世を厭い離れよと、わざわざお勧め下さる仏などが(その方便として)こんな悲しい目にお会わせになるのであろうか。以下「いみじきわざかな」まで、薫の思いをそのまま地の文とする。「世の中を厭ひ離れね」は、仏教でいう「厭離穢土」のこと。
二八　見ているうちに、草木の枯れるようにお亡くなりになったのは、何という悲しいことか。
二九　足摺もしたいぐらいで。「足摺」は、悲しみのあまり、足を地に摺ること。

三角关系——薰君、匂亲王与浮舟

　　浮舟为两个男人所爱。薰君正直、诚实,但差点味道。匂亲王充满激情、快活,却太好色。浮舟虽然深知可以寄予终身的是薰君,可匂亲王所给予她的火一般的爱情,也令她难以忘怀。
　　下面两段原文分别描述了两个男子与浮舟共枕后的场面。通过对话,两个男子迥异的性格跃然纸上。

　　ここにありける琴、筝の琴召し出でて、かかることはた、ましてえせじかしと、くちをしければ、〔薰は〕ひとり調べて、宮亡せたまひてのち、ここにてかかるものに、いと久しう手触れざりつかしと、めづらしくわれながらおぼえて、いとなつかしくまさぐりつつながめたまふに、月さし出でぬ。宮の御琴の音のおどろおどろしくはあらで、いとをかしくあはれに弾きたまひしはや、とおぼし出でて、「昔誰も誰もおはせし世に、ここに生ひ出でたまへらましかば、今すこしあはれはまさりなまし。親王の御ありさまは、よその人だに、あはれに恋しくこそ思ひ出でられたまへ。などて、さる所には年ごろ経たまひしぞ」とのたまへば、〔浮舟は〕いとはづかしくて、白き扇をまさぐりつつ添ひ臥

したるかたはらめ、いと隈なう白うて、なまめいたる額髪の
隙など、いとよく思ひ出でられてあはれなり。まいて、かやう
のこともつきなからず教へなさばや、とおぼして、(薫)「これは
すこしほのめかいたまひたりや。あはれわがつまといふ琴は、
さりとも手ならしたまひけむ」など問ひたまふ。(浮舟)「その
大和言葉だに、つきなくならひにければ、ましてこれは」と言ふ。
いとかたはに心後れたりとは見えず。〔浮舟を〕ここに置きて、
え思ふままにも来ざらむことをおぼすが、今より苦しきは、な
のめにはおぼさぬなるべし。琴は押しやりて、「楚王の台の上
の夜の琴の声」と誦じたまへるも、かの弓をのみ引くあたりに
ならひて、いとめでたく、思ふやうなりと、侍従も聞きゐたりけ
り。さるは、扇の色も心おきつべき閨のいにしへをば知らね
ば、ひとへにめできこゆるぞ、後れたるなめるかし。ことこそ
あれ、あやしくも言ひつるかな、と〔薫は〕おぼす。

　硯ひき寄せて、手習などしたまふ。いとをかしげに書き
すさび、絵などを見所多く描きたまへれば、若きここちには、思
ひも移りぬべし。(匂宮)「心よりほかに、え見ざらむほどは、こ
れを見たまへよ」とて、いとをかしげなる男女、もろともに
添ひ臥したる画を描きたまひて、(匂宮)「常にかくてあらばや」
などのたまふも、〔匂宮は〕涙落ちぬ。
　(匂宮)「長き世をたのめてもなほかなしきは
　　　　　ただ明日知らぬ命なりけり

いとかう思ふこそゆゆしけれ。心に身をもさらにえまかせず、よろづにたばからむほど、まことに死ぬべくなむおぼゆる。つらかりし御ありさまを、なかなか何に尋ね出でけむ」などのたまふ。女、濡らしたまへる筆を取りて、

　　　　（浮舟）心をばなげかざらまし命のみ
　　　　　さだめなき世と思はましかば

とあるを、変らむをばうらめしう思ふべかりけり、と見たまふにも、いとらうたし。（匂宮）「いかなる人の心がはりを見ならひて」など、ほほゑみて、大将のここにわたしはじめたまひけむほどを、かえすがえすゆかしがりたまひて、問ひたまふを、〔浮舟は〕苦しがりて、（浮舟）「え言はぬことを、かうのたまふこそ」と、うち怨じたるさまも、若びたり。おのずからそれは聞き出でてむ、とおぼすものから、言はせまほしきぞわりなきや。

　　被两个完全不同类型的男子所爱，对哪个都有好感，但又只能选择其中之一。假如你处于这种境地的话，会怎么处理呢？而浮舟又是怎么做的？请在正文中确认故事的结局，想一想浮舟的选择是否可取。

註：

一　前から、このお邸にあった琴や箏の琴を持って来させなさって。「琴」は、七絃。「箏」は、十三絃。いずれも中国伝来の楽器。後文によれば、この中に和琴（六絃）もあった。

二　九月十三夜の月である。
三　亡き八の宮の奏でなさる琴の音は、仰々しくはなくて、本当に風情があって胸にしみるばかりにお引きになったものだ。
四　昔、どなた(八の宮や大君)もがご在世中に、あなた(浮舟)も、ここで大きくなられたのだったら。
五　どうして、あんな田舎に何年もお暮らしだったのですか。
六　骨に白い紙を張って、いわゆる「かはほり」の扇である。夏扇。
七　抜けるほど白くて、額髪の間から見えるなまめかしい頬のあたりなど。
八　次の言葉により、和琴と分る。わが国古来の琴。
九　「東琴(あづまごと)」すなわち和琴(わごん)のこと。
十〇　その大和言葉も。和歌のこと。和琴をまた大和琴(やまとごと)とも言うのに掛けた言葉のあや。
一一　そうひどく見苦しく気の利かぬ者とも思えない。浮舟の即座の応酬をよしとする薫の心中。
一二　「班女(はんぢょ)が閨(ねや)の中の秋の扇(おふぎ)の色、楚王の台(そう)の上(うへ)の夜(よる)の琴(きん)の声」(『和漢朗詠集』上冬、雪、尊敬(そんぎょう))。第二句は、雪の静かに降る音は、楚の襄王(じょうおう)が蘭台(らんたい)のほとりで夜弾じた琴の音を思わせる、の意。夜、宇治川畔の宮邸で琴を弾くことから連想して、この句を誦した。
一三　実は、扇の色も気にしなければならない閨の故事を(侍従は)知らないので。朗詠の第一句は、漢の成帝の宮女班女(班婕妤(はんしょうよ))が帝寵を失って、夏に珍寵された白絹の扇が、秋になって捨てられるのに喩(たと)えて嘆いた故事による(『文選』巻二十七、「怨歌行」)。今、浮舟は「白き扇をまさぐりつつ」あるので、不吉な符合に気付くべきなのである。以下、草子地。
一四　言うにも事欠いて、おかしな詩句を口にしたものだ。さすがに薫が後悔する。
一五　絵なども趣ありげにお描きになるので。後文のように人物画であ

　　　　　る。男女の人物を配した物語絵を、当時の若い女性が好んだ。
一六　美貌の男と女が、一緒に添い寝をしている絵をお描きになって。自
　　　分たちを物語の主人公になぞらえた趣。
一七　二人の仲は末長くと約束しても、やはり悲しいのは、ただ人の命は
　　　明日をも知らぬはかないものだからなのです。
一八　（しかし）思うままにやって来ることなど全然できないで、あれこ
　　　れと無理な算段をしなければならないことを思うと、本当に死んで
　　　しまいそうな気がする。「まことに……」は、歌の「明日知らぬ命
　　　……」が念頭にある。
一九　冷たいおあしらいだったのに。二条の院では思いを遂げられず、そ
　　　のまま浮舟の所在を分らなかったのを、こう言う。
二〇　墨でお濡らしになった筆。返歌を促す体。
二一　人の心を変わりやすいものと悲しんだりしないでしょうに、命だけ
　　　が移ろいやすいこの世と思うのでしたら。もう今から来られない
　　　ことを言い訳する匂宮を怨む趣。
二二　もし心変りでもしたら怨めしく思うのだな、と（この歌を）ご覧にな
　　　るにつけても、かわいくてならない。匂宮の思い。
二三　どんな人の心変りを経験して（こんな歌を詠むのですか）。
二四　本人の口から言わせたいとは、困ったものです。匂宮の蕩児ぶりを
　　　からかい気味にいう草子地。

《今昔物语集》的原文，第一～第十卷，根据小峯和明校注的新日本古典文学大系《今昔物语集（一）》；第十一～第三十一卷根据马渊和夫、国东文麿、今野達校注的日本古典文学全集《今昔物语集（一）～（四）》。个别汉字改为常用字，部分读音请参照注解。

向老婆求婚——泼辣的女性形象

《今昔物语集》第二十八卷第一段

近衛舎人共稲荷詣重方値女語第一
_{こんゑのとねりどもいなりにもうでしげかたをむなにあふことだいいち}

今昔、衣曝ノ始午ノ日ハ、昔ヨリ京中ニ上中下ノ人稲荷詣トテ参リ集フ日也。
_{いまはむかし}

其レニ、例ヨリハ人多ク詣ケル年有ケリ。其ノ日近衛官ノ舎人共参ケリ。尾張ノ兼時、下野ノ公助、茨田ノ重方、秦ノ武員、茨田ノ為国、軽部ノ公友ナド云フ止事無キ舎人共、餌袋、破子、酒ナド持セ、烈テ参ケルニ、中ノ御社近ク成ル程ニ、参ル人返ル人様々行キ違ケルニ、艶ズ装ゾキタル女会タリ。濃キ打タル上着ニ、紅梅萌黄ナド重ネ着テ、生メカシク歩ビタリ。
_{やむごとなき} _{えもいはず しやうぞく}

此ノ舎人共ガ来レバ、女走去テ木ノ本ニ立隠レテ立タルヲ、此ノ舎人共不安ズ可咲キ事共ヲ云懸テ、或ハ低シテ女ノ顔ヲ見トシテ過ギ持行クニ、重方ハ本ヨリ□々シキ心有ケル者ナレバ、妻モ常ニ云妬ミケルヲ、不然ヌ由ヲ云ヒ戦テゾ過ケル者ナレバ、重方、中ニ勝レテ立留リテ、此ノ女ニ目ヲ付テ行程ニ、近ク寄テ細ニ語ヲ、女ノ答フル様、「人持給ヘラム人ノ行摺ノ打付心
_{をかし} _{うつぶ} _{いひねた} _{ゆきずり}

ニ宣ハム事、聞カムコソ可咲ケレ」ト云フ音、極テ愛敬付タリ。

　重方ガ云ク、「我君々々。賤ノ者持テ侍レドモ、シヤ顔ハ猿ノ様ニテ、心ハ販婦ニテ有レバ、『去ナム』ト思ヘドモ、忽ニ綻可縫キ人モ無カラムガ悪ケレバ、『心付ニ見エム人ニ見合ハバ、其ニ引移ナム』ト深ク思フ事ニテ、此ク聞ユル也」ト云バ、女、「此ハ実言ヲ宣フカ、戯言ヲ宣フカ」ト問ヘバ、重方、「此ノ御社ノ神モ聞食セ。年来思フ事ヲ。『此ク参ル験シ有テ、神ノ給タル』ト思ヘバ、極クナム喜シキ。然テ、御前ハ寡ニテ御スルカ。亦何クニ御スル人ゾ」ト問ヘバ、女、「此ニモ、指セル男モ不侍シテ宮仕ヲナムセシヲ、人制セシカバ不参ナリシニ、其ノ人田舎ニテ失ニシカバ、此ノ三年ハ、『相ヒ憑ム人モガナ』ト思テ、此ノ御社ニモ参タル也。実ニ思給フ事ナラバ、有所ヲモ知ラセ奉ラム。イデヤ、行摺ノ人ノ宣ハム事ヲ憑ムコソ嗚呼ナレ。早ク御シネ。丸モ罷ナム」ト言テ、只行キ過レバ、重方手ヲ摺テ額ニ宛テ、女ノ胸ナ許ニ烏帽子ヲ差宛テ、「御神助ケ給ヘ。此ル侘シキ事ナ聞カセ給ソ。ヤガテ此ヨリ参テ、宿ニハ又足不踏入ジ」ト云テ、低シテ念ジ入タル髻ヲ、烏帽子超シニ此ノ女ヒタト取テ、重方ガ頬ヲ山響ク許ニ打ツ。

　其時ニ重方奇異ク思エテ、「此ハ何ニシ給フゾ」ト云テ、仰ギテ女ノ顔ヲ見レバ、早ウ、我ガ妻ノ奴ノ謀タル也ケリ。重方奇異ク思テ、「和御許ハ物ニ狂フカ」ト云ヘバ、女、「己ハ何カデ此ク後目タ無キ心ハ仕フゾ。此ノ主達ノ、『後目タ無キ奴ゾ』ト、来ツヽ告グレバ、『我レヲ云ヒ腹立ムト云ナメリ』ト思テコソ不

信ザリツルヲ、実ヲ告ルニコソ有リケレ。己云ツル様ニ、今日ヨ
リ我ガ許ニ来ラバ、此ノ御社ノ御箭目負ナム物ゾ。何カデ此ハ
云ゾ。シヤ頬打敧テ行来ノ人ニ見セテ咲ハセムト思フゾ。己
ヨ」ト云ヘバ、重方、「物ニナ不狂ソ。尤モ理也」ト咲ツヽ梶云ヘ
ドモ、露不許ズ。
　而ル間、異舎人共此ノ事ヲ不知ラズシテ、上ノ岸ニ登リ立
テ、「何ド田府生ハ送レタルゾ」ト云テ見返タレバ、女ト取組テ
立テリ。舎人共、「彼レハ何ニ為ル事ゾ」ト云テ、立テ返テ寄テ見
レバ、妻ニ打チ被□テ立ケリ。其ノ時、舎人共、「吉クシ給ヘ
リ。然バコソ年来ハ申ツレ」ト讃メ喤シル時ニ、女此ク被云テ、
「此ノ主達ノ見ルニ、此ク己ガシヤ心ハ見顕ハス」ト云テ、髻ヲ
免シタレバ、重方烏帽子ノ萎タル引繕ナドシテ上様ヘ参ヌ。
女ハ重方ニ、「己ハ其ノ仮借シツル女ノ許ニ行ケ。我ガ許ニ来テ
ハ、必ヅシヤ足打折テム物ヲ」ト云テ、下様ヘ行ニケリ。
　然テ、其ノ後、然ヨク云ツレドモ、重方家ニ返来テ梶ケレ
バ、妻腹居ニケレバ、重方ガ云ク、「己ハ尚重方ガ妻ナレバ、此ク
厳キ態ハシタル也」ト云ケレバ、妻、「穴鎌マ、此ノ白物。目盲
ノ様ニ人ノ気色ヲモ否不見知ズ、音ヲモ否不聞知デ、嗚呼ヲ涼
テ人ニ被咲ルハ、極キ白事ニハ非ズヤ」ト云テゾ、妻ニモ被咲
ケル。其ノ後、此ノ事世ニ聞エテ、若キ君達ナドニ吉ク被咲ケレ
バ、若キ君達ノ見ユル所ニハ、重方逃ゲ隠レナムシケル。
　其妻、重方失ケル後ニハ、年モ長ニ成テ、人ノ妻ニ成テゾ有
ケル、トナン語リ伝ヘタルトヤ。

註：

一　きさらぎ。「衣キル」「曝サラス」の語幹を利用して、「二月(きさらぎ)」にあてたものであろう。

二　はつむま。「始」は「初」の借字。二月の最初の午の日。

三　稲荷神社に参詣すること。

四　こんゑのつかさ。六衛府の一つ。紫宸殿や清涼殿など皇居中枢部の警備・儀仗・祭事・供奉などの任にあたった。長官を大将といい、以下、中将・少将・将監・将曹の四等官の下に、府生・庁頭・庁沙汰人・番長などが置かれた。舎人には、楽人・舞人のほか、騎射・相撲などをよくする者もおり、近衛府の中で最も目立つ存在で、その定員は左右各三百人であった。

五　とねり。ここでは、近衛の官人で、将監以下の総称。

六　をはりノかねとき。村上・円融朝より一条朝にかけての高名な近衛官人。左近衛将曹を経て、長徳四年(九九八)任左近衛将監。競馬・楽舞に長じた。

七　しもつけノきむすけ。円融朝から後一条朝にかけての近衛官人。

八　むまたノしげかた。一条・後一条朝の人。長保五年(一〇〇三)四月に左近将監(小右記)に昇進。

九　はだノたけかず。武員は伝未詳。

一〇　むまたノためくに。伝未詳。

一一　かるべノきむとも。一条・後一条の近衛官人。

一二　ゑぶくろ。旅に持って出る食物入れの袋。

一三　わりご。檜などの薄板で作った四角の折箱状の容器で、蓋がつき、内部に仕切りがある。

一四　「アフ」という動詞の目的語は、この当時は格助詞「ニ」をとらなかった。

一五　もえぎ。青と黄との中間の色。

一六　なまメカシ。「生メカシ」は元来、若々しさ、みずみずしさの中にある美を意味するが、ここではさらに、あだっぽさの加わった感じ。

一七　やすからズ。「不安ズ」は気恥ずかしくなるようなの意。きわどく卑猥がましい戯言などを。
一八　だんだん通り過ぎて行くに。
一九　「スキ」の漢字表記を期した意識的欠字。
二〇　しからヌ。好き好きしい振舞はしていない。身の証を立てようとする重方の抗弁。
二一　あいぎやうづき。かわいげがあって魅力的である。
二二　あがきみ。「我君」を重ねて親愛の気持ちを強めた言い方。
二三　「シヤ」は憎みののしる意を添える接頭語。
二四　ひさきめ。行商女のように卑しく抜け目のない心の持主であることをいう。
二五　こころづき。気持ちがしっくりし、相手に好意を持てること。
二六　まこと。「戯語・戯言」にならって、「実語」に応ずるものとして作られた語か。
二七　上の「有所ヲモ知ラセ奉ラム」に対し、「いやいや」と前言を否定する気持を表す。
二八　をこ。ばかげていること。ばかばかしいこと。
二九　えぼうし。元服した男子のかぶり物。
三〇　おほむかみ。稲荷神社の祭神をさす。
三一　もとどり。髪を頭上に束ねたもの。
三二　つら。「つら」と「ほほ」の用法上の相違は未詳であるが、当時は「つら」の方が普通。
三三　「山」は稲荷山。女は満身の怒りをこめて力一杯に打ったわけである。
三四　恐らく「ウ」の誤写であろうが、「早ウ」で「ハヨー」と発音されるから、その影響もあろう。なんとまあ。
三五　めノやつ。あの妻の奴め。
三六　たばかり。ここは人間の計画したことであるから「たばかる」とよむ。
三七　わおもと。「和」は親しみを表す接頭語。「御許」は女性に対する敬

称。
三八　おのれ。相手を卑しめたりののしったりする語。お前。
三九　「うしろめたな」という状態を示す語幹に、形容詞活用語尾のついたものの当て字で、「うしろめたし」に同じ。やましい心。後ろ暗い心。
四〇　ぬしたち。前出の兼時、公助、武員、為国、公友等、重方の朋輩たち。
四一　「ツヽ」は反復を表す。やってきては告げるので。
四二　上の「我レヲ」を受けるのは、下の「腹立ム」で、「云ひ」は、いろいろと言っての意の連用修飾語。
四三　やめ。「箭目」は矢を受けた傷の意。矢傷を負うだろう。ここは、前に重方が「御神助ケ給へ…」と誓約しているので、その誓約を破って自分(妻)の家に来たら、神罰をこうむりますぞといったもの。
四四　うちかき。よこっつらをぶっ欠いて。「打」は接頭語。
四五　をこつり。なだめすかしたが。機嫌をとったが。
四六　参詣路の前の方、道に面した崖状の小高い場所。
四七　大江を「江」、三善を「善」とするに同じく、「田」は「茨田」の唐風の略称。
四八　「遅レ」の意。
四九　このままでは意不通。空格を想定した。漢字表記を期した意識的欠字で「ヒシガ(レ)」などが擬せられる。
五〇　見下げ果てた心。
五一　烏帽子の上からつかんでいた髻を放したので。
五二　公衆の面前では重方に対して勇ましい絶縁宣言を発しはしたものの。
五三　怒りがおさまったので。「腹立つ」の対。
五四　いつくし。あっぱれなの意にとる。
五五　あなかマ。うるさい、黙れ。
五六　しれもの。愚か者。馬鹿者。
五七　さがし。今の「恥をさらす」の「さらす」にあたる。
五八　若い貴公子たち。「君達」は、摂関・大臣・上達部などの貴族の子弟

の称。

五九　おとな。どうやら重方をとっちめた妻は、当時まだ相当に年若かったようである。

一个人生孩子——独特的叙述语气

《今昔物语集》第二十七卷第十五段

產女行南山科值鬼逃語第十五
<ruby>産<rt>さん</rt></ruby><ruby>女<rt>する</rt></ruby><ruby>行<rt>を</rt></ruby><ruby>南<rt>むな</rt></ruby><ruby>山<rt>みな</rt></ruby><ruby>科<rt>みや</rt></ruby><ruby>値<rt>まし</rt></ruby><ruby>鬼<rt>な</rt></ruby><ruby>逃<rt>にゆき</rt></ruby><ruby>語<rt>おににあひてにぐること</rt></ruby>

　　今昔、或ル所ニ宮仕シケル若キ女有リケリ。父母類親モ無ク、<ruby>聊<rt>いささか</rt></ruby>ニ知タル人モ無ケレバ、立寄ル所モ無クテ、只局ニノミ居テ、「若シ、病ナドセム時ニ、何カガ為ム」ト心細ク思ケルニ、<ruby>指<rt></rt></ruby>ル夫モ無クテ懐任シニケリ。

　　然レバ、<ruby>弥<rt>いよい</rt></ruby>ヨ身ノ宿世<ruby>被推量<rt>おしはかられ</rt></ruby>テ、心一ツニ嘆ケルニ、先ヅ産マム所ヲ思フニ、可為キ方無ク、可云<ruby>合<rt>いひあふべ</rt></ruby>キ人モ無シ。「主ニ申サム」ト思モ恥カシクテ<ruby>不申出ズ<rt>もうしいで</rt></ruby>。而ニ此ノ女、心賢キ者ニテ、思得タリケル様、「只我レ其ノ気色有ラム時ニ、只独リ仕フ女ノ童ヲ具シテ、何方トモ無ク深キ山ノ有ラム方ニ<ruby>行<rt>いづかた</rt></ruby>テ、何ナラム木ノ下ニテモ産マム」ト、「若シ死ナバ、人ニモ<ruby>不被知<rt>しられ</rt></ruby>デ止ナム。若シ生タラバ、然気無キ様ニテ返リ参ラム」ト思テ、月漸ク近ク成ルマヽニハ、悲キ事云ハム方無ク思ケレドモ、然気無ク<ruby>持成<rt>もてな</rt></ruby>シテ、蜜ニ構テ、可<ruby>食<rt>くふべ</rt></ruby>キ物ナド少シ儲テ、此ノ女ノ童ニ此ノ由ヲ云ヒ含テ過ケルニ、既ニ月<ruby>満<rt>みち</rt></ruby>ヌ。

而ル間、暁方ニ其ノ気色思エケレバ、夜ノ不暁ヌ前ト思テ、女ノ童ニ物共拈メ持セテ、慾ギ出デヌ。「東コソ山ハ近カメレ」ト思テ、京ヲ出テ東様ニ行カムト為ルニ、川原ノ程ニテ夜暁ヌ。「哀レ、何チ行カム」ト心細ケレドモ、念ジテ打息ミ々ミ、粟田山ノ方様ニ行テ、山深ク入ヌ。可然キ所々ヲ見行ケルニ、北山科ト云フ所ニ行ヌ。見レバ、山ノ片副ニ山庄ノ様ニ造タル所有リ。旧ク壊レ損ジタル屋有リ。見ルニ、人住タル気色無シ。「此ニテ産シテ我ガ身独リハ出ナム」ト思テ、構テ垣ノ有ケルヲ超テ入リヌ。

放出ノ間ニ板敷所々ニ朽残ルニ上テ、突居テ息ム程ニ、奥ノ方ヨリ人来ル音トス。「穴侘シ。人ノ有ケル所ヲ」ト思フニ、遣戸ノ有ルヲ開クヲ見レバ、老タル女ノ白髪生タル出来タリ。「定メテ半無ク云ハムズラム」ト思フニ、不憎ズ打咲テ、「何人ノ此ハ不思懸ズ御タルゾ」ト云ヘバ、女有ノ儘ニ、泣々ク語ケレバ、嫗、「糸哀ナル事カナ。只此ニテ産シ給ヘ」ト云テ、内ニ呼入ルレバ、女喜キ事無限シ。「仏ノ助ケ給フ也ケリ」ト思テ入ヌレバ、賤ノ畳ナド敷テ取セタレバ、程モ無ク平カニ産ツ。

嫗来テ、「喜キ事也。己ハ年老テ此ル片田舎ニ侍ル身ナレバ、物忌モシ侍ズ。七日許ハ此テ御シテ返リ給ヘ」ト云テ、湯ナド此ノ女ノ童ニ湧サセテ浴シナド為レバ、女喜ク思テ「棄テム」ト思ツル子モ、糸厳気ナル男子ニテ有レバ、否不棄ズシテ、乳打呑セテ臥セタリ。

此テ二三日許有ル程ニ、女昼寝ヲシテ有ケルニ、此ノ子ヲ臥

セタルヲ此ノ嫗打見テ云ナル様、「穴甘気、只一口」ト云ト聞テ後、驚テ此ノ嫗ヲ見ルニ、極ク気怖シク思ユ。然レバ、「此レハ鬼ニコソ有ケレ。我レハ必ズ被噉ナム」ト思テ、「蜜ニ構テ逃ナム」ト思フ心付ヌ。

　而ル間、或ル時ノ嫗ノ昼寝久クシタリケル程ニ、密ニ子ヲバ女ノ童ニ負セテ、我レハ軽ビヤカニシテ、「仏助ケ給ヘ」ト念ジテ、其ヲ出テ、来シ道ノマヽニ走リニ走テ逃ゲケレバ、程モ無ク粟口ニ出ニケリ。其ヨリ川原様ニ行テ、人ノ小家ニ立入テ、其ニテ衣ナド着直シテナム、日暮シテ主ノ許ニハ行タリケル。心賢キ者也ケレバ、此モ為ルゾカシ。子ヲバ人ニ取セテ養セケリ。

　其ノ後、其ノ嫗ノ有様ヲ不知ズ。亦人ニ、「此ル事ナム有シ」ト語ル事モ無カリケリ。然テ、其ノ女ノ、年ナド老テ後ニ語リケル也。

　此レヲ思フニ、然ル旧キ所ニハ必ズ物ノ住ムニゾ有ケル。然レバ、彼ノ嫗モ、子ヲ、「穴甘気、只一口」ト云ケルハ、定メテ鬼ナドニテコソハ有ケメ。

　此レニ依テ然様ナラム所ニハ、独リマニハ不立入マジキ事也、トナム語リ伝ヘタルトヤ。

註：

一　本文は「北山科」とする。本文をよくよまなかった者が題をつけたことを物語る。

二　ぶも。「身体髪フハ父母(フホ)ノタマハレル処也。」(法華百座聞書抄)

のよみもあるが、これは漢籍の引用であるから、漢音で読んだか。
三　るいしん。親類。親族。
四　つぼね。殿舎内の細長い建物をいくつかに間仕切りした部屋で、宮仕えの女房に与えられた個室。
五　これと定まった夫。
六　「任」は「妊」に通用。
七　前世からの定め。宿命。
八　自分一人で嘆いていたが。
九　しっかり者。
一〇　産気づいた時に。
一一　どんな木の下でもいいから、そこへ行って生もう。
一二　何気ないふうを装って。気取られないようにして。
一三　臨月が徐々に近づくにつれて。
一四　「蜜」は「密」の通字。ひそかに準備して。そっと用意して。
一五　生み月になった。臨月になった。
一六　したため。整備させて。すっかり用意させて。
一七　「近カルメレ」の音便形「近カンメレ」の撥音の無表記。東の方が山に近いだろうの句意。
一八　賀茂川の川原。
一九　我慢して。こらえて。
二〇　三条大通りから東山へ入った入口の地域。
二一　現在の京都市東山区山科の北部地区。
二二　かたそひ。他にみられない語。字面から察するに、山の斜面に沿って家が建ててあるような地形を感ずる。荘園管理のためなどに建てられた山の邸宅。
二三　策を講じて。懸命に。
二四　母屋に続けて外へ張り出した建物。応接、接客の用とする。
二五　板張りの末。
二六　腰かけて。腰を降ろして。
二七　「穴」は感動詞「あな」の当て字。ああ弱った。ああ困つた。

二八　「ヲ」は終助詞で感動の意を表す。または、「知ラズシテ」のような語の省略とも。
二九　開き戸に対し、引き戸の称。
三〇　はしたなク。無慈悲なつれない様子で。
三一　粗末な薄縁。「畳」は、板の間に敷くござ、薄縁の類。
三二　産穢をさす。意訳すれば、お産の汚れなどまったく意に介しません。当時産穢は死穢と並ぶ汚れとして忌みきらわれた。なお、産穢を忌む習俗は長く続き、最近まで、出産にあたって産婦を母屋以外の場所に移し、炊事の火をも別にする習俗が各地に残っていた。
三三　現在も七夜を祝う習俗があるように、七日で一区切りとすることが当時からあったものであろう。
三四　いつくしげ。美麗の意。美しい男の子。かわいい玉のような男の子。
三五　「ナル」は伝聞で、…と言っているようだの意。
三六　ほのか。ぼんやりと。ここでは、昼寝をしていて夢うつつにの意。
三七　おどろきテ。はっとして。目をさまして。
三八　けおそろしク。「気」は何となくそういう気がすること。なんとなく恐ろしく思われたの句意。
三九　軽装で。
四〇　走り通しに走って。休まず走って。
四一　「粟田口」の「田」を脱したものとみる。
四二　日が暮れてから。衣など着直しているから、近い所であっても、都入りの作法に従ったものか。
四三　主語は「其ノ女」。
四四　「然アリ(ッ)テ」で、しばらくしての意。
四五　「旧き所」に妖怪が住んでいるという思想は、本巻随所に見られる。
四六　正体不明の怪しいものを「もの」という。
四七　一人っきりで。たった一人で。

背个女人穿街而过——可视性的叙述方法
《今昔物语集》第五卷第四段

一角仙人被負女人、従山来王城語第四
いつかくせんにんにょにんをおはれ　やまよりわうじやうにきたれること

今昔、天竺ニ一人ノ仙人有ケリ。名ヲバ一角仙人ト云フ。額ニ角一ツ生タリ。此ノ故ニ一角仙人トハ云フ也。

深キ山ニ行ヒテ、年多ク積ニケリ。雲ニ乗テ空ヲ飛ビ、高キ山ヲ動シテ禽獣ヲ随フ。而ル間ニ、俄ニ大ナル雨降テ道極テ悪シク成タルニ、此ノ仙人、何ナルニカ有リケム、思モ不敢ズ、歩ヨリ行キ給ヒケルニ、山峻クシテ不意ニ踏ミスベリテ倒ヌ。年ハ老テカク倒ヌルヲ、イミジク腹立テ思ハク、「世ノ中ニ雨ノ降レバカク道モ悪ク成テ倒ルヽ也。苔ノ衣モ湿タルハ糸着悪クシ。然レバ雨ヲ降ラス事ハ竜王ノ為ル事也」トテ、忽ニ諸ノ竜王ヲ捕ヘテ水瓶一ツニ入ツレバ、諸ノ竜王嘆キ悲ム事無限シ。

カヽル狭キ物ニ諸ノ竜王ノ大ナルヲ取リ入レタレバ、狭ク破無クテ動キモ不為ヌニ、極テ侘シケレドモ、聖人ノ極テ貴キ威力ニ依テ可為キ方無シ。而ル間、雨不降ズシテ既ニ十二年ニ成ヌ。此ニ依テ世ノ中皆旱魃シテ、五天竺皆嘆キ合ヘル事無限

シ。十六ノ大国ノ王、様々ノ祈禱ヲ致シテ雨ノ降ラム事ヲ願フト云ヘドモ、更ニ力不及ズ。何ナレバカク有ルト云フ事ヲ不知ズ。而ル程ニ、或ル占師ノ云ク、「此レヨリ丑寅ノ方ニ深キ山有リ。其ノ山ニ一人ノ仙人有リ。雨ヲ降ス諸ノ竜王ヲ取籠タレバ、世ノ中ニ雨ハ不降ル也。止事無キ聖人達ヲ以テ祈ラシメ給フト云ヘドモ、彼ノ聖人ノ験ニハ不可及ズ」ト。

此レヲ聞テ諸ノ国ノ人、何ガ可為キト思ヒ廻スニ、更ニ難思得シ。一人ノ大臣有テ云ク、「止事無聖人也ト云フトモ、色ニメデズ、音ニ不耽ヌ者ハ不有ジ。昔鬱頭藍ト云ケル仙人ハ、謬者カハ、此ニモ増リテコソハ有リケメ。然而モ色ニ耽テ忽ニ神変モ失ニケリ。然レバ試ミニ、十六ノ大国ノ中ニ端正美麗ナラム女人ノ音美ナラムヲ召シ集メテ、彼ノ山ノ中ニ遣テ、峰高ク谷深クシテ、仙人ノ栖・聖人ノ居所ト見エム所々ニテ、哀レニ面白ク歌ヲ詠バ、聖人也トモ、其レヲ聞テ解ケ給ヒナムカシ」ト申セバ、「速ニ然カ可有シ」ト被定レテ、世ニ端厳美麗ニシテ音美ナル女ヲ選テ、五百人ヲ召シテ、微妙ノ衣服ヲ令着メ、栴檀香ヲ塗リ沈水香ヲ浴シテ、微妙ニ飾レル五百ノ車ニ乗セテ遣シツ。

女人等山ニ入テ、車ヨリ下リテ五百人打チ群レテ歩ビ寄タル様、云ハム方無ク目出タシ。十二十人ヅヽ歩ビ別レテ、可然キ窟ノ廻リ、木ノ下・峰ノ間ナドニテ、哀レニ歌ヲ詠フ。山モ響キ谷モ騒ギ、天人モ下リ竜神モ趣ベシ。而ル間ニ、幽ナル窟ノ側ニ、苔ノ衣ヲ着タル一人ノ聖人有リ。痩セ羸レテ身ニ肉無シ。骨ト皮トノ限リニテ何コニカ魂ハ隠レタラムト見ユ。額

ニ角一ツ生ヒタリ。怖シ気ナル事無限シ。影ノ如クシテ杖ニ
懸リテ、水瓶ヲ持テ咲ミ枉テ迯ヒ出タリ。

　云フ様、「此ハ何ナル人々ノカク御シテイミジキ歌ヲバ詠ヒ
給フゾ。我レハ此ノ山ニ住シテ千年ニ成リ侍リヌレドモ、未ダ
カヽル事ヲナム不聞侍ヌ。天人ノ下リ給フルカ、魔縁ノ来リ近
付クカ」ト、女人答テ云ク、「我等ハ天人ニモ非ズ、魔縁ニモ非ズ、
五百ノケカラ女ト云テ天竺ニ一党トシテカク様ニ罷リ行ク者
也。其レガ、此ノ山並ビ無ケ面白クシテ、万ノ花栄キ水ノ流レ目
出タクテ、其ノ中ニ止事無キ聖人御座スト聞テ、「歌詠ヒテ聞セ
奉ラム。カヽル山中ニ御座バ、未ダ如此ノ事ヲモ聞セ不給ジ。
亦、結縁モ申サム」ト思ヒテ態ト参タル也」ト云、歌ヲ詠フヲ聖
人聞テ、実ニ古モ今モ未ダ不見ヌ姿共シテ、艶ズ哀レニ詠ヒ居
タレバ、目モ耀ク心地シテ、心モ動キ魂モ迷ヒヌ。

　聖人ノ云ク、「我ガ申サム事ニハ随ヒ給ヒナムヤ」ト。女、
「和ギタル気色也、計リ落シテム」ト思ヘバ、「何ナル事也トモ何
デカ不承ザラム」ト。聖人ノ云ク、「少シ触レバヒ申サムト
ナム思フ」ト、糸強タシ気ニ月無気ニ責メ云フニ、女、且ハ怖シ
キ者ノ心不破ラジト思フ、且ハ角生テ疎マシケレド、国王態ト
然カ可有シトテ遣タレバ、終ニ怖々聖人ノ云フ事ニ随ヒヌ。

　其ノ時ニ、諸ノ竜王喜ビヲ成シテ、水瓶ヲ蹄破テ空ニ昇
ヌ。昇ヤ遅キト虚空蔭リ塞ガリテ、雷電霹靂シテ大雨降ヌ。
女可立隠キ方無ケレドモ可還キ様無ケレバ、怖シ乍ラ日来ヲ
経ル程ニ、聖人此ノ女ニ心深ク染ニケリ。五日ト云フニ、雨少

シ止テ空晴ヌレバ、女聖人ニ云ク、「カクテ可侍キ事ニ非ネバ還リ侍リナム」ト云フニ、聖人別レ惜ムデ、「然ラバ可還給也」ト云フ気色、心苦キ気也。女ノ云ク、「未ダ不習ザル心地ニ、カヽル巖ヲ歩ヨリ歩テ足モ皆腫ニタリ。亦、還ラム道モ不思侍ラズ」ト。聖人、「然ラバ、山ノ程ハ道ノ指南ヲコソハシ侍メ」ト云テ、前立テ行クヲ見レバ、頭ハ雪ヲ戴タル如シ。面ハ波ヲ畳ミテ、額ニハ角一ツ生ヒタリ。腰ハ二ヱニ曲テ苔ノ衣ヲ被キタリ。錫杖ヲ杖ニ突テワナヽキ透ヒ行クヲ見ルニ、且ハ鳴呼ガマシク、且ハ怖シ。

而ル程ニ、一ノ谷ヲ渡ルニ艶ヌ磽道有リ。屏風ヲ立タル如ク也。巖ノ高ク峻キ下ニハ大ナル滝有リ。下ニハ淵有リ。下ヨリ逆サマニ湧キ上ル様ナル白波立テ、見渡セバ雲ノ浪・煙ノ浪、糸深シ。実ニ、羽不生ズ竜ニ不乗ズハ不可渡ジ。其ノ所ニ至テ、女聖人ニ云ク、「此ノ所コソ難渡得ク侍レ。見ルニソラ目暗ルヽ心地シテ物不思ズ。何況ヤ、渡ラム事ヲヤ。聖人ハ常ニ行キ習ヒ給ヘリ。我レヲ負テ渡リ給ヘ」ト云フ。聖人此ノ人ニ心深ク移タレバ、云フ事難背クテ、「然カ侍ル事也。負ハレ給ヘ」ト云フ。中々ニ脛ハ採断ツ許ニテ打チ落ヤ為ムト怖ケレドモ、負ハレヌ。其ノ所ヲバ渡ヌレドモ、女、「今暫シ」ト云テ王城マデ負ハレ乍ラ入ヌ。

道ヨリ始メテ見ト見ル人、其ノ山ニ住ム一角仙人ト云フ聖人、ケカラ女ヲ負、王城ヘ入トテ、若干広キ天竺ノ人、高モ賤モ男女皆集テ此レヲ見ルニ、額ニ角一ツ生タル者ノ、頭ハ雪ヲ戴ケ

ルガ如シ。脛ハ針ノ如シテ錫杖ヲ女ノ尻ニ充テヽ、垂下レバユスリ上テ行クヲ咲ヒ嘲ラヌ人無シ。国王ノ宮ニ入ヌレバ、国王嗚呼也トハ思セドモ、聖人止事無人也ト聞テ、敬ヒ畏リテ、「速ニ還リ給ヒネ」ト有レバ、空ヲ飛テ行シ心ニ、此ノ度ハ透ヒ倒レテゾ還ニケル。カク嗚呼ナル聖人コソ有ケレトナム語リ伝ヘタルトヤ。

註：

一　てんじく。原拠に、中インドの婆羅奈国とする。
二　仙人が鹿の交合を見て漏らした精液を舐めた雌鹿が生んだ子という。
三　原拠「形類如人。唯頭有一角、其足似鹿」。
四　修行して、深山にあって瞑想し、ひたすら真理を追究する禅定行を修したもの。
五　きんじう。鳥獣を思いのままに駆使した。
六　どうしたわけだったのか。
七　思いもつかず。大雨による行路の難儀に思い及ばなかった意。
八　かち。徒歩で歩いて行かれたところが。
九　さがしク。けわしくて。
一〇　ひどく腹が立って。
一一　こけ。仙人がまとう苔を綴った衣服。
一二　順接の接続詞であるが、ここでは、さて、ところでの意。
一三　すいびやう。飲み水を入れる浄水瓶。僧が山中修行や遊行の際に携帯する比丘十八物の一とされる。
一四　なすすべがない。どうしようもない。
一五　ごてんじく。古代インドを中・東・西・南・北五分した証拠で、全インドの称。
一六　全くききめがない。

一七　うしとら。東北の方位。陰陽道では鬼門とし、この方位より霊鬼、魔障が襲来すると説く。ここもそうした思想に由来するもの。
一八　やむことなキしやうにんたち。修行の功を積んで験力あらたかな修行者。
一九　げん。験力。苦修錬行の功によって得た超能力。
二〇　全く思いつかない。
二一　女色を愛さない。女人の色香にひかれない。
二二　美しい声色に心を傾けない者。
二三　うつづらん。人名。
二四　いつはりもの。心のねじけたもの。変わり者。カハは反語。
二五　一角仙人にもまさる修行者であったろう。
二六　じんぺん。神通力。
二七　「仙人ノ栖」と「聖人の居所」は同義の言い替え。
二八　心がゆるむ、心がとろける意。
二九　すみやかニ。さっそくそのように取り計らえ。
三〇　みめう。美しい衣裳。
三一　せんだんかう。栴檀の香油を身に塗り、沈水の香油をとかした湯で沐浴して。
三二　何とも言えないほどすばらしく美しい。
三三　十人か二十人ずつの組に分かれて歩き回って。
三四　おもむく。近寄って行くだろう。
三五　かすか。奥深い岩屋。
三六　やセつかレテ。やせ衰えて。
三七　影法師のようで。亡霊の出現時などに用いる表現で、存在感が薄いさまの形容詞。
三八　つゑ。杖によりすがって。
三九　ゑミまげテ。顔をくしゃくしゃに笑いくずして。
四〇　よろほヒ。よろめいて出て来た。
四一　魔物。魔障。
四二　甄陀羅女(けんだらによ)の仮名表記ケタラ(撥音無表記)が、意味不

明のままにケカラと音転したものであろう。人名。甄陀羅女の美
　　声に聞きほれて落墜した仙人の事例として、大智度論・十七は、「如
　　五百仙人在山中住。甄陀羅女於雪山池中浴、聞其歌声即失禅定、心
　　酔狂逸不能自持」と記し、また「如五百仙人飛行時。聞甄陀羅女歌
　　声、心著狂酔皆失神足、一時墜地」と記す。後者は日本の久米仙人の
　　故事の源流。
四三　徒党を組んで。
四四　まだこのような唱歌をお聞きにならないでしょう。歌舞音曲は仏
　　教でも八齋戒の一とする。
四五　けちえん。縁を結ぶこと。仏教語としては、法縁を結んで仏門に帰
　　するきっかけを作る意。
四六　何ともいえない、しみじみとした感情をかき立てるように。
四七　目もまばゆいほどに思われて。
四八　心気動転して我を忘れたさま。
四九　やわらギ。軟化した様子だ。心がとろけてきたようだ。
五〇　たばかって落堕させてやろう。仙人をたぶらかして破壊堕落させ
　　てやろうとしたもの。
五一　どうしてお聞き入れしないことがありましょう。何なりと仰せの
　　ままにいたします。
五二　女人に触れることは、人間の五官がもたらす色・声・香・味・触の
　　五欲の第五にあたる。
五三　こはごはシ。硬くぎこちないさま。粗野で扱いなれないさま。
五四　つきなげ。その場にそぐわない態度で。求愛の場には似つかわし
　　くない物腰で。
五五　下出の「且ハ」と呼応して、一方では…、他方では…の意。
五六　機嫌をそこなうまいと思う。
五七　おづおづ。恐る恐る。こわごわ。
五八　ここでは一角仙人の破戒によって呪禁が破れたのであるが、竜雷が
　　一滴の水を得て呪縛を解き、昇天した類例は諸書に散見。
五九　心の底から惚れこんでしまった。

六〇　いつまでもこのようにしてはいられないので。
六一　まだ経験した覚えもなくて。
六二　都へ帰る道もわかりません。
六三　しるべ。案内。
六四　全頭白髪の形容。
六五　顔にしわが幾重にも深く刻まれているさま。
六六　ゆらゆら身を揺らしてよろめいて行く。
六七　愚かしくもあり、恐ろしくもある。
六八　かけぢ。がけ道。ここでは、言語に絶する断崖の上にかかった掛け橋。
六九　ここでは滝壷。
七〇　水煙が雲霧のように幾層にも深く立ちこめているさまの形容。
七一　「羽不生(はねおひ)ズ」と「竜ニ不乗ズ」は同格で、「ハ」は両句を受ける。羽が生えるか、竜に乗るかしなければ。
七二　見ただけで目がくらむような気持がして。「暗」は「眩」の当て字。
七三　すつかり心を奪われてしまったから。
七四　なかなか。背負われたらかえって。「打チ落ヤ為ム」にかかる。
七五　つみたツ。つまむと断ち切れるほどか細くて。
七六　背に追われたままで入城した。本話でははぶいているが、原拠では、女が出発前に、国王に「我当騎此仙人項来」と公言している。桟道で背負われ、そのまま城中にのりこんだことで、まさに公約通りになったことになる。
七七　道中の人をはじめとして見る人はすべて。
七八　そこばく。「若干」を面積の広がりに用いた例。極めて広大な。
七九　たれさがレバ。ずり落ちて来ると、ゆすって上に持ち上げていくのを見て。
八〇　すみやかニ。早々にお帰り下さいませとの仰せ言があったので。
八一　これまでは空を飛ぶ気でいたのが。

夜半婴啼——象声词的妙用

《今昔物语集》第二十七卷第四十三段

頼光郎等平季武値産女語 第四十三
<small>よりみつのらうどうたひらのすゑたけうぶめにあふこと</small>

今昔、源ノ頼光ノ朝臣ノ美濃ノ守ニテ有ケル時ニ、□□ノ郡ニ入テ有ケルニ、夜ル侍ニ数ノ兵共集リ居テ、万ノ物語ナドシケルニ、「其ノ国ニ渡ト云フ所ニ産女有ナリ。夜ニ成テ其ノ渡為ル人有レバ、産女、児ヲ哭セテ『此レ抱々ケ』ト云ナル」ナド云フ事ヲ云出タリケルニ、一人有テ「只今其ノ渡ニ行テ渡リナムヤ」ト云ケレバ、平ノ季武ト云者ノ有テ云ク、「己ハシモ只今也トモ行テ渡リナムカシ」ト云ケレバ、異者共有テ、「千人ノ軍ニ一人懸合テ射給フ事ハ有トモ、只今其ノ渡ヲバ否ヤ不渡給ザラム」ト云ケレバ、季武、「糸安ク行テ渡リナム」ト云ケレバ、此ク云フ者共、「極キ事侍トモ否不渡給ハジ」ト云立ニケリ。

季武モ、然許云立ニケレバ、固ク諍ケル程ニ、此ノ諍フ者共ハ十人許有ケレバ、「只ニテハ否不諍ハジ」ト云テ、「鎧甲弓、胡録、吉キ馬ニ鞍置テ、打出ノ太刀ナドヲ各取出サム」ト懸テケリ。亦、季武モ、「若シ否不渡ズハ、然許ノ物ヲ取出サム」ト契

テ後、季武、「然ハ一定カ」ト云ケレバ、此ク云フ者共、「然ラ也。
遅シ」ト励マシケレバ、季武鎧甲ヲ着、弓胡録ヲ負テ、従者モ
□「□何デカ可知キ」ト。季武ガ云ク、「此ノ負タル胡録ノ
上差ノ箭ヲ一筋、河ヨリ彼方ニ渡テ土ニ立テ返ラム。朝行テ可
見シ」ト云テ、行ヌ。其ノ後、此ノ諍フ者共ノ中ニ、若ク勇タル
三人許、「季武ガ河ヲ渡ラム一定ヲ見ム」ト思テ、窃ニ走リ出テ、
「季武ガ馬ノ尻ニ不送レジ」ト走リ行ケルニ、既ニ季武其ノ渡ニ
行着ヌ。

　九月ノ下ツ暗ノ比ナレバ、ツヽ暗ナルニ、季武河ヲザブリ
ザブリト渡ルナリ。既ニ彼方ニ渡リ着ヌ。此レ等ハ河ヨリ此
方ノ薄ノ中ニ隠レ居テ聞ケバ、季武彼方ニ渡リ着テ、行騰走リ
打テ、箭抜テ差ニヤ有ラム、暫許有テ、亦取テ返シテ渡リ来ナリ。
其ノ度聞ケバ、河中ノ程ニテ、女ノ音ニテ、季武ニ現ニ、「此レ
抱々ケ」ト云ナリ。亦児ノ音ニテ、「イガイガ」ト哭ナリ。其ノ
間、生臰キ香河ヨリ此方マデ薫ジタリ。三人有ルダニモ、頭毛
太リテ怖シキ事無限シ。何況ヤ、渡ラム人ヲ思フニ、我ガ身乍モ
半ハ死ヌル心地ス。

　然テ、季武ガ云ナル様、「イデ抱カム。己」ト。然レバ、女、
「此レハヽクハ」トテ取ラスナリ。季武袖ノ上ニ子ヲ受取テケレ
バ、亦、女追々フ、「イデ、其ノ子返シ令得ヨ」ト云ナリ。季武、「今
ハ不返マジ、己」ト云テ、河ヨリ此方ノ陸ニ打上ヌ。

　然テ、館ニ返ヌレバ、此レ等モ尻ニ走返ヌ。季武馬ヨリ下
テ、内ニ入テ、此ノ諍ツル者共ニ向テ、「其達極ク云ツレドモ、此

ゾロノ渡ニ行テ河ヲ渡テ行テ、子ヲサヘ取テ来ル」ト云テ、右ノ袖ヲ披タレバ、木ノ葉ナム少シ有ケル。

　其ノ後、此ノ窃ニ行タリツル三人ノ者共、渡ノ有様ヲ語ケルニ、不行ヌ者共、半ハ死ヌル心地ナムシケル。然テ、約束ノマヽニ懸タリケル物共皆取出シタリケレドモ、季武不取ズシテ、「然云フ許也。然許ノ事不為ヌ者ヤハ有ル」ト云テナム、懸物ハ皆返シ取セケル。

　然レバ此レヲ聞ク人、皆季武ヲゾ讃ケル。

　此ノ産女ト云フハ、「狐ノ人謀ラムトテ為ル」ト云フ人モ有リ、亦、「女ノ子産ムトテ死タルガ霊ニ成タル」ト云フ人モ有リ、トナム語リ伝ヘタルトヤ。

註：

一　みのノかみ。頼光の任美濃守は寛弘七年(一〇一〇)。
二　郡名の明記を期した意識的欠字。
三　さぶらひ。侍の詰所。
四　「物語」は、なんということもない常の話。雑談。いろいろ雑談をしていたが。
五　「此ノ国」とあるべきところを、うっかりして京から見たようにかいたものであろう。
六　現在の美濃加茂市の川合、もしくは今渡の辺か。飛騨川と木曽川の合流地付近。
七　うぶめ。「ナリ」は伝聞で、産女がいるそうだ、産女がいると聞くの意。
八　「其ノ渡ト云フ所ノ渡為ル人」の意。一人の人が。
九　いわゆる頼光四天王の一人。

一〇　おのれ。このおれなら、今すぐでも行って渡ってやる。
一一　千人の大軍にたった一人で矢を射掛けなさることはあろうとも。
一二　いみじキ。たとえあなたが剛勇の士でも。
一三　いひたち。盛んに言ったの意。
一四　あらそひ。口争いをする意。
一五　やなぐひ。矢を入れて背負う武具。
一六　駿馬に鞍を置いたの意。
一七　うちいで。「打出」は鍛造の意か。とすれば、新たしく鍛えた太刀の意で、古代の直刀に対し、平安中・末期より出現した腰ぞりの強い太刀をさしたものであろう。
一八　賭けをした。
一九　他の連中が賭けとして出しただけのものを自分も提供しようというのである。
二〇　いちぢやう。きっとだな、確かだなと念を押す意。
二一　もちろんだ。
二二　けしかけるので。
二三　このままでは文意不通。下文との間に脱文を想定した。この前後の文意は、「従者も連れないで一人で行こうとする。他の者が、無事に渡ったことをどうして知られるか、ときいた」というのであろう。
二四　うはざし。装飾的な意味もこめて、矢籙の上に差しておく二本の矢。
二五　元気のいいのが。
二六　きっと渡つたかどうか見定めよう。
二七　遅れまい。
二八　月齢二十日過ぎの夜の闇。
二九　真っ暗。真の闇。
三〇　じゃぶりじゃぶりと。
三一　「ナリ」は推定で、こちらにいて音を聞いて推定している表現。
三二　前の「若ク勇タル三人」をさす。
三三　むかばき。乗馬の際などに袴の乱れをなくすために腰に着け、脚部

の前面を覆って、活動に便ならしめた用具。熊や虎などの皮製。
三四　勢いよく打って。むかばきが水にぬれたので、ぱんぱんと叩いて水を切ったのである。
三五　赤ん坊の泣き声を表す擬声語。現在の「オギャアオギャア」も同じ。
三六　なまぐさき。生臭い匂いは、鬼や蛇などの出現する時の匂い。
三七　限りない恐怖を形容する常套表現。
三八　「ナル」は声を聞いての推定。
三九　さあ。相手を促す言葉。
四〇　相手を見下した呼び方。
四一　「此こは」の転。相手の注意を促す時にいう当時の口語。さあ。そら。
四二　「若ク勇タル三人」をさす。
四三　そこたち。「其」は対称の人代名詞。お前たちはひどく言ったが。
四四　渡の名の明記を期した意識的欠字。
四五　約束の通り。約束に従って。
四六　賭けたもの。
四七　賭け物。
四八　「者ナリ」などの語が略された形。

沉醉于魔女色香的故事——情节扑朔迷离
《今昔物语集》第二十九卷第三段

不被知人女盗人語 第三
<small>ひとにしられぬをむなぬすびとのこと</small>

　　今昔、何レノ程ノ事ニカ有ケム、侍程也ケル者ノ、誰トハ不知ズ、年三十許ニテ長スハヤカニテ、少シ赤鬚ナル有ケリ。
　　夕暮方ニ□ト□トノ辺ヲ過ケル□、半蔀ノ有ケルヨリ鼠鳴ヲシテ手ヲ指出テ招ケレバ、男寄テ、「召ニヤ候ラム」ト云ケレバ、女音ニテ、「聞ユベキ事ノ有テナム。其ノ戸ハ閉タル様ナレドモ、押セバ開也。其レヲ押開テ御セ」ト云ケレバ、男、「思ヒ不懸ヌ事カナ」トハ思ヒナガラ、押開テ入ニケリ。其ノ女出会テ、「其ノ戸差シテ御セ」ト云ケレバ、戸ヲ差シテ寄タルニ、女、「上テ来」ト云ケレバ、男上ニケリ。簾ノ内ニ呼入レタレバ、糸吉クロタル所ニ、清気ナル女ノ、形チ愛敬付タルガ年二十余許ナル、只独リ居テ、打唉テ□□□ケレバ、男近ク寄リニケリ。此許女ノ睦ビムニハ、男ト成ナム者ノ可過キ様無ケレバ、遂ニ二人臥ニケリ。
　　其ノ家ニ赤人一人無ケレバ、「此ハ何ナル所ニカ有ラム」ト

怪ク思ヘドモ、気近ク成テ後、男女ニ志深ク成ニケレバ、暮ルルモ不知デ臥タルニ、日暮ヌレバ、門ヲ叩ク者有リ。人無ケレバ男行テ門ヲ開タレバ、侍メキタル男二人、女房メキタル女一人、下衆女ヲ具シテ入来タリ。蘸下シ、火ナド燃シテ、糸清気ナル食物ヲ、銀ノ器共ニ為居ヘテ、女ニモ男ニモ食セタリ。男此レヲ思ヒケル様、「我レ入テ戸ハ差テキ。其ノ後、女人ニ云フ事モ無カリツルニ、何ニシテ我ガ食物ヲサヘ持来タルニカ有ラム。若シ異夫ノ有ニヤ有ラム」ト思ヒケレドモ、物ノ欲ク成ニケレバ、吉ク食ツ。女モ、男ニモ不憚ズ物食フ様月無カラズ。食畢ツレバ、女房メキタル者取リ拈メナドシテ、出テ去ヌ。其ノ後、男ヲ遣テ、戸ヲバ差セテ二人臥ヌ。

夜明テ後、亦門ヲ叩ケレバ、男行テ開タルニ、夜前ノ者共ニハ非デ異者共入来テ、蔀打上ゲ、此彼コ打掃ナドシテ暫居タル程ニ、粥強飯持来テ、其等食セナドシテ、取リ次キ昼ノ食物持来テ、其等食セ畢テ、亦皆去ヌ。

此様ニシツヽ二三日有ル程ニ、女男ニ、「物ナドヘ可行キ所ヤ有ル」ト問ヘバ、男、「白地ニ知タル人ノ許ニ行テ可云キ事コソ侍レ」ト答フレバ、女、「然ラバ疾ク御セ」ト云テ、暫居タル程ニ、吉キ馬ニ尋常ノ鞍置テ、水早装束ナル雑色三人許、舎人ト具シテ将来タリ。然テ其ノ居タル後ニ、壺屋立タル所ノ有ケルヨリ、着マ欲キ程ノ装束ヲ取出シテ着セケレバ、男其レヲ打着テ、其ノ馬ニ這乗テ、其ノ従者共ヲ具シテ行ケルニ、其ノ男共心ニ叶ヒ仕ヒ吉キ事無限シ。然テ返ニケレバ、馬モ従者共モ女何

ニモ不云ネドモ、返リ去ヌ。物食スル事ナドモ女ノ云ヒ俸ツル
事無ケレドモ、何コヨリ持来ルトモ無クテ、只同ヂ様ニゾシケ
ル。

　此様ニ為ル程ニ、乏キ事無クテ、二十日許有テ、女男ニ云
フ様、「思ヒ不懸ズ、泛ナル宿世ノ様ナレドモ、可然クテコソハ
此テモ御スラメ。然レバ生トモ死トモ我ガ云ハム事ハヨモ
不辞ジナ」ト。男、「実ニ今ハ生ムトモ殺サムトモ只御心也」ト
云ヒケレバ、女、「糸喜ク思タリケリ」ト云テ、物食ヒ拈メナドシ
テ、昼ハ常ノ事ナレバ人モ無クテ有ケル程ニ、男ヲ「去来」ト云
テ、奥ニ別也ケル屋ニ将行テ、此ノ男ヲ髪ニ縄ヲ付テ幡物ト云
フ物ニ寄セテ、背ヲ□出サセテ、足ヲ結曲メテ拈置テ、女ハ
烏帽子ヲシ水旱袴ヲ着テ、引編テ、笞ヲ以テ男ノ背ヲ確カニ八
十度打テケリ。然テ、「何ガ思ユル」ト男ニ問ケレバ、男、「気シ
クハ非ズ」ト答ヘケレバ、女、「然レバヨ」ト云テ、竈ノ土ヲ立テ
呑セ、吉キ酢ヲ呑セテ、土ヲ吉ク掃テ臥セテ、一時許有テ引起シ
テ、例ノ如クニ成ニケレバ、其ノ後ハ例ヨリハ食物ヲ吉クシテ
持来タリ。

　吉々ク労ハリテ、三日許ヲ隔テ杖目オロ癒ル程ドニ、前ノ
所ニ将行テ、亦同ジ様ニ幡物ニ寄セテ、本ノ杖目打ケレバ、杖目
ニ随テ血走リ肉乱ケルヲ、八十度打テケリ。然テ、「堪ヌベシヤ」
ト問ケレバ、男聊気色モ不替デ、「堪ヌベシ」ト答ヘケレバ、此ノ
度ハ初ヨリモ讚メ感ジテ、吉ク労テ、亦四五日許有テ、亦同様ニ
打ケルニ、其レニモ尚同様ニ、「堪ヌベシ」ト云ケレバ、引返シテ

腹ヲ打テケリ。其レニモ尚、「事ニモ非ズ」ト云ケレバ、艶ズ讚メ感ジテ、日来吉ク労テ、杖目既ニ癒畢テ後、夕暮方ニ墨キ水旱袴ト清気ナル弓、胡録、脛巾、藁沓ナドヲ取出シテ、着セ拈メツ。

然テ教フル様、「此ヨリ蓼中ノ御門ニ行テ、忍ヤカニ弦打ヲセヨ。然ラバ人亦弦打ヲセム物ゾ。赤□ヲ吹カバ、赤□吹カム者有ラムズラム。其ニ歩ビ寄ラセ。『此ハ誰ソ』ト問ハムズラム。然ラバ、只、『侍リ』ト答ヘヨ。然テ将行カム所ニ行テ、云ハムニ随テ、立テム所ニ立テ、人ナドノ出来テ妨ゲム所ヲ吉ク防ケ。然テ其レヨリ船岳ノ許ニ行テゾ、物ハ沙汰セムトスラム。其レニ取ラセム物ナ努々不取ソ」ト、吉ク教ヘ立テ遣ツ。

男教ケルマヽニ行タリケレバ、云ケル様ニ呼ビ寄セテケリ。見ケレバ只同様ナル者二十人許立タリ。其レニ差去テ色白ラカナル男ノ小サヤカナル立タリ。其レニハ皆畏マリタル気色ニテゾ有ケル。其ノ外ニ下衆ゾ二三十人許有ケル。其ニテ云ヒ沙汰シテ、搔烈テ、京ノ内ニ入テ、大キ也ケル家ニ入ラムトテ、二十人許人ヲ、此彼コノ煩ハシト思エケル人ノ家々ノ門ニ二三人ヅヽ立テ、残ハ皆其ノ家ニ入ヌ。此ノ男ヲバ試ムトシ思ケレバ、中ニ煩ハシキ家ノ門ニ人ヲ立タリケルニ加ヘテケリ。其ヨリ人出来ムトシテ防テ射ケレドモ、吉ク戦テ射取ナドシテ、方々也ケル者共ノ翔ヲモ皆吉ク見テケリ。然テ物取畢テ、船岳ノ許ニ行テ、物共分チケルニ、此ノ男ニ取セケレバ、男、「我レハ

物ノ要モ不侍ズ。只此様ニ習ハムトテ参ツル也」ト云テ、不取ザ
リケレバ、首ト思シクテ去テ立テリケル者、請思タリケリ。然
テ皆各別レ去ニケリ。

　此ノ男ハ此ノ家ニ返リ来タリケレバ、湯桶シ儲ケ、食物ナ
ド儲テ待ケレバ、然様ノ事ナド皆畢テ、二人臥ヌ。此ノ女ノ
難去ク哀レニ思エケレバ、男此レヲ疎トミ思フ心モ無カリケ
リ。此ク様ニ為ル事既ニ七八度ニ成ニケリ。或ル時ニハ打物ヲ
持セテ内ニモ入レケリ、或ル時ニハ弓箭ヲ持テ外ニモ立テケ
リ。其レニ皆ナ賢ク翔ケレバ、如此クシテ有ル程ニ、女鎰ヲ一
ツ取出テ男ニ教ヘテ云ハク、「此レ、六角ヨリハ北、□□ヨリ
ハ□□ニ、然々云ハム所ニ持行テ、其ニ蔵何ツ有ラム、其ノ蔵
ノ其方ナルヲ開テ、目ニ付カム物ヲ吉ク拈メ結ハセテ、其ノ辺ニ
ハ車借トイフ者数有リ、其レヲ呼セテ積テ持来」トテ遣タリケ
レバ、男教フルマヽニ行テ見ケルニ、実ハ蔵共有ル中ニ、教ヘツ
ル蔵ヲ開テ見レバ、欲キ物皆此ノ蔵ニ有リ。「奇異キ態カナ」ト
思テ、云ケルマヽニ車ニ積テ持来テ、思シキ様ニ取リ仕ヒケリ。
此様ニシツヽ過シケル程ニ、一二年ニモ過ヌ。

　而ル間、此ノ妻有ル時ニ物心細気ニ思テ常ニ哭ク。
男、「例ハ此ル事モ無キニ、怪シ」ト思テ、「何ド此ハ御スルゾ」ト
問ケレバ、女、「只、不意ズ別レヌル事モヤ有ラムズラムト思フガ
哀ナルゾ」ト云ケレバ、男、「何ナレバ今更ニ然ハ思スゾ」ト問ケ
レバ、女、「墓無キ世ノ中ハ然ノミコソハ有レ」ト云ケレバ、男、
「只云フ事ナメリ」ト思テ、「白地ニ物ニ行ム」ト云ケレバ、前
々為ル様ニ為立テ遣テケリ。「共ノ者共、乗タル馬ナドモ例ノ様

ニコソハ有ズラメ」ト思フニ、二三日不返マジキ所ニテ有ケレ
バ、共ノ者共ヲモ乗馬ヲモ、其ノ夜ハ留メテ有リケルニ、次ノ日
ノ夕暮ニ白地ノ様ニ持成シテ引出シケルマヽニ、ヤガテ不見
エザリケレバ、男、「明日返ラムズルニハ此ハ何ナル事ゾ」ト思テ
尋ネ求メケレドモ、ヤガテ不見エデ止ニケレバ、驚キ怪ビ思テ、
人ニ馬ヲ借テ忩ギ返テ見ケレバ、其ノ家跡形モ無カリケレバ、
「此ハ何ニ」ト奇異ク思エテ、蔵ノ有シ所ヲ行テ見レドモ、其レモ
跡形モ無クテ、可問キ人モ無カリケレバ、云甲斐無クテ、其ノ
時ニゾ女ノ云シ事思ヒ被合ケル。

　然テ男、可為キ方無ク思エケレバ、本知タリケル人ノ許ニ行
テ過シケル程ニ、為付ニケル事ナレバ、我ガ心ト盗シケル程
ニ、二三度ニモ成ニケリ。而ル間、男被捕ニケレバ、被問ケル
ニ、男有ノマヽニ此ノ事ヲ不落ズ云ケリ。

　此レ糸奇異キ事也。其ノ女ハ変化ノ者ナドニテ有ケル
ニヤ。一二日ガ程ニ屋ヲモ蔵共ヲモ跡形モ無ク壊失ヒケム、
稀有ノ事也。亦若干ノ財、従者共ヲモ引具シテ去ニケムニ、其
ノ後不聞ズシテ止ニケム、奇異キ事也カシ。亦家ニ居乍ラ、云ヒ
俸ル事モ無キニ、思フ様ニシテ、時モ不違ズ来ツヽ従者共ノ翔
ヒケム、極テ怪キ事也。彼ノ家ニ男二三年副テ有ケルニ、「然也
ケリ」ト心得ル事無クテ止ニケリ。亦盗シケリ間モ、来リ会
フ者共、誰ト云フ事ヲモ努不知デ止ニケリ。其レニ、只一度
ゾ、行会タリケル所ニ差去テ立テル者ノ、異者共ノ打畏タ
リケルヲ、火ノ焔影ニ見ケレバ男ノ色トモ無ク極ク白ク厳カ

リケルガ、頬ツキ面様我ガ妻ニ似タルカナト見ケルノミゾ、然ニヤ有ラムト思エケル。其レモ確カニ不知ネバ、不審クテ止ニケリ。

此レ世ノ稀有ノ事ナレバ、此ク語リ伝ヘタルトヤ。

註：

一　年時不詳の説話を伝承する時、その冒頭に用いられる常套句。
二　侍(さぶらひ)程度の身分の者。「ノ」は同格。
三　すらりとしての意か。
四　条坊・地名などの明記を期した意識的欠字。
五　四と同じ。
六　破損による欠字。他本「過ケルヲ」。
七　はじとみ。蔀(しとみ)の上半分だけを開閉できるようにしたもの。今の窓にあたる。
八　鼠が鳴くようにチュッチュッと口を鳴らすこと。合図に用いる。
九　お呼びですか。
一〇　をむなごゑ。女生の声で。意外な感じを含めていう。
一一　申し上げたいことがございまして。「聞ユ」は「言ふ」の対象尊敬語。
一二　とぢタル。戸締りがしてある。
一三　「差ス」は錠を指す、鍵を掛けるの意。その戸に鍵を掛けていらっしゃい。
一四　室内が外から見えないように掛けたらしておく簾。
一五　「シツラヒ」の漢字表記を期した意識的欠字。家具・調度などの飾りつけをするの意。
一六　年は二十歳ほどで美しく魅力的な女。「清気(きよげ)ナル」はすばらしい状態、「愛敬付(あいぎやうづき)タル」は好ましい女を形容する常套句。「ノ」は同格。

一七　ゑみ。「咲(ワラフ、エム)」の俗字。
一八　漢字表記を期した意識的欠字。「ウナヅキ」が擬せられる。承諾の意を表わす。
一九　かばかり。このように女が親しみ深くするについては。
二〇　男子と生まれついたものとして引き下がるべきではないので。いわゆる「据膳食わぬは男の恥じ」に相当。
二一　契りを結ぶことの常套表現。
二二　他の人。
二三　けぢかク。注二一を受ける句。近い關係になった後。
二四　前出の「戸」を含めて入り口のこと。
二五　侍ふうの男。下の「女房メキタル女」と同様に、第三者の視点にたって、そのように見えたという意の表現。
二六　げすをむな。身分の卑しい女。下女。
二七　釣り上げてあった半蔀を降ろして。
二八　ここでは、うまそうなの意。
二九　しすヘテ。盛りつけて。
三〇　自分以外の男。亭主。
三一　腹がすいてしまったので。
三二　「月」は「付き」の当て字で、「つきならず」は直訳すれば、調和していないことがない、という二重否定。つまり「吉ク食」う男に対して、女もへんに上品ぶることなく一緒に食事をしたのであって、女の打ち解けた態度を描く言葉とみる。
三三　整えおさめる。始末する。
三四　やぜん。昨夜の者共。
三五　掃除などをして。「打」は接頭語。
三六　「粥」は米を水に入れて煮たもので二種類あり、「堅粥」が今の「飯」、「汁粥」が今の「かゆ」にあたる。
三七　こはいひ。「強飯」は、こしきで米を蒸して作った飯で、今の「おこわ」。
三八　一日二食(朝夕)が普通なので、特に「昼ノ」と断ったもの。歓待し、

体力をつけようとする女の内意がうかがわれる。
三九　どこか行かなければならない所がありますか。やがて男に重要任務を課したとき、迷い心が生じないようにするための手段。
四〇　あからさま。ついちょっと。
四一　世間並みな。
四二　すいかんしやうぞく。当時の男子の平服。
四三　ざふしき。雑役に従事する下人。
四四　牛車の牛や、馬の口取り男。
四五　壁で囲まれた、物置または納戸のような部屋。
四六　着たいと思うほどすばらしい。
四七　這うようにして乗って。馬に乗り慣れていない様子。
四八　指図したりしたことはなかったけれど。女の部下掌握の仕方の完璧さの表われ。
四九　あだナル。ほんのちょっとした不確かな因縁。
五〇　まさかいやとは言いますまいね。
五一　ただあなたのお心次第です。
五二　腹ごしらえをすませなどして。
五三　この「…ニ…ニ」は、上で漠然と述べたことをさらに具体的に言い直す語法。
五四　はたもの。刑罰の具で、はりつけ用の台木としたもの。「機物」の当て字。
五五　「カナグリ」の漢字表記を期した意識的欠字。背中を荒荒しく出させての句意。
五六　ここでは、しっかり処置しての意。
五七　えぼうし。成人男子が用いる袋形のかぶりもの。庶民は外出に用いた。
五八　ひきかたぬぎ。片肌脱ぎになった。「引」は接頭語。
五九　しもと。鞭。
六〇　別にどうということはない。「気」は「異」の当て字。
六一　思った通りだわ。たのもしい方ねとたたえる気持を含む。

六二　古来伏竜肝と称し、止血の効があった。
六三　水などでといて飲ませ。「立ツ」は茶を立てる(点茶)の「立つ」と同意。
六四　栄養剤であるが、打撲傷の治療にも用いられたか。
六五　元気を回復したので。
六六　治療して。
六七　鞭で打った傷跡が少しよくなるころ。「オロ」は接頭語で、「少し」の意。
六八　引っくり返してあおむけに寝かせ。
六九　やなぐひ。矢を入れて背負う武具。
七〇　はばき。旅行などの時、すねに巻きつける布。後世の脚絆にあたる。
七一　わらぐつ。わらで作ったはきもの。わらじやぞうりの類。
七二　たでなか。未詳。
七三　・七四　「ウソ」の漢字表記を期した意識的欠字。口笛の意。
七五　尊敬の助動詞「す」の命令形。
七六　妨害を排除しなさい。
七七　山城国愛宕郡(京都市北区)にある小山。朱雀大路のほぼ真北にあたり、古来、正月子日の遊びや雪見の名所とされた一方、火葬場でもあった。
七八　盗品を処分するでしょう。
七九　あなたに分配される物を決して受け取ってはいけない。女が、男の欲心をひいては自分に対する服従心を確かめる手段の最後のもの。上の「其レニ」は逆接。ところで。しかし。
八〇　しっかりと教え込んで行かせた。「教へ立」が複合動詞。
八一　さしのき。少し離れて。「差」は接頭語。
八二　いろしろ。盗賊の首領の姿態に、女を感じさせる表現。
八三　かいつらねテ。「烈」は「列」に同じ。
八四　妨害が予想される人の家々。
八五　「思ケレバ」の主語が問題であるが、今まで裏に隠れている者の意志

八六　回りにいた連中。
八七　うけおもひタリ。男が寸分たがわず指示通りに行動したことを確認した首領の満足げな様子。
八八　ここで、主語が女に転換している。
八九　「ノ」は主格で、男にとつて、女が別れがたいものに思われたの意。
九〇　女の指示に従って盗賊を働いたこと。
九一　きうぜん。弓と矢。
九二　ろつかく。三条大路の南、四条坊門小路の北を東西に走る大路または小路の名の明記を期した意識的欠字。
九三　南北に走る大路または小路の名の明記を期した意識的欠字。
九四　方位の明記を期した意識的欠字。「東」あるいは「西」が擬せられる。
九五　この一句は挿入句とみる。
九六　複数の不確定数を示す表現。
九七　くるまかし。車を用いて物を運んだ陸運業者。
九八　思い通りに。
九九　話の展開を急いだための文脈の乱れとみる。本来ならば「ニモ成ヌ」とあるべきところ。
一〇〇　「物」は接頭語。形容詞・形容動詞に上接して、「なんとなく」の気分を添える。
一〇一　女が男に真の恋情を抱き始め、半面でそれに堪えようとする心の葛藤の表われ。
一〇二　さして深い意味もなく、そういうのだろう。
一〇三　あからさま。ちょっと外出してくる。
一〇四　主語は、供の者の中の主だった者。
一〇五　そのまま。
一〇六　恋が組織の崩壊につながることを十分知っこいる女首領は、涙をのんで男の前から姿を消したのであろう。
一〇七　どうしようもなくて。

冒頭に：

を明記しないでかいているので、ここも、この一団の意志ととるべきか。

一〇八　やりつけたこと。習慣になってしまったこと。
一〇九　自発的に。自分から進んで。
一一〇　おとさズ。一つももらさず。一部始終。
一一一　あきれ驚くべきこと。
一一二　神仏・霊鬼などの化身。
一一三　女の正体を知る機会・条件がなかったことをいう。
一一四　「リ」は「ル」の誤写で、「盗シケル間モ」か。
一一五　「ゾ」の結びなし。
一一六　松明の光で見ると。ここの「影」は光の意。
一一七　顔つき。目鼻立ち。
一一八　おもてざま。顔かたち。顔の輪郭。
一一九　いぶかしク。疑わしい。

不听老人言

——事态突变

《今昔物语集》第十卷第三十六段

嫗毎日見卒堵婆付血語第三十六
<small>をうなのひごとにみしそとばにちをつけたること</small>

今昔、震旦ノ□代ニ、□洲卜云フ所ニ大ナル山有リ。其ノ山ノ頂ニ卒堵婆有リ。其ノ山ノ麓ニ里有リ。其ノ里ニ一人ノ嫗住ム、年八十許也。

其ノ嫗、日ニ一度、必ズ其ノ山ノ頂ニ有ル卒堵婆ヲ上テ拝ミケリ。大キニ高キ山ナレバ、麓ヨリ峰ヘ昇ル程、嶮ク気悪クシテ道遠シ。然レドモ、雨降ルトテモ不障ズ、風吹クトテモ不止ズ、雷電ストテモ不恐ズ、冬ノ寒シ凍レルニモ、夏ノ熱ク堪難キニモ、一日ヲ不闕ズ、必ズ上テ、此ノ卒堵婆ヲ礼ミケレ。如此ク為ル事、年来ニ成ヌ。

人、此レヲ見テ、強ニ其ノ本縁ヲ不知ズ、只、卒堵婆ヲ礼ムナメリト思フ程ニ、夏極テ熱キ比、若キ男童子等、此ノ山ノ峰ニ上テ、卒堵婆ノ本ニ居テ冷ム間、此ノ嫗、腰ハ二重ナル者ノ、杖ニ係カリテ汗ヲ巾ヒツヽ、卒堵婆ノ許ニ上リ来テ、卒堵婆ヲ廻テ

見レバ、只、卒堵婆ヲ迴リ奉ルナメリト思フニ、卒堵婆ヲ迴ル事ノ怪シケレバ、此ノ冷ム者共、一度ニモ非ズ度々、此レヲ見テ云ク、「此ノ嫗ハ、何ノ心有テ、苦シキニ如此クハ為ルニカ有ラム。今日来タラバ、此ノ事問ハム」ト云ヒ合セケル程ニ、常ノ事ナレバ、嫗這々上リニタリ。

此ノ若キ男共、嫗ニ問テ云ク、「嫗ハ、何ノ心有テ、我等ガ若キソラ冷マムガ為ニ来ルソラ猶苦シキニ、冷マムガ為ナメリト思ヘドモ、冷ム事モ無シ。亦、為ル事モ無キニ、老タル身ニ、毎日ニ上リ下ルヘゾ。極テ怪シキ事也。此故令知メ給ヘ」ト。嫗ガ云ク、「此ノ比ノ若キ人ハ、実ニ怪シト思スラム。如此ク来テ卒堵婆ヲ見ル事ハ、近来ノ事ニモ非ズ。我レ一者ノ心知リ始メテヨリ後、此ノ七十余年、毎日ニカク上テ見ル也」ト。男共ノ云ク、「然レバ、其ノ故ヲ令知メ給ヘト云フ也」ト。嫗ノ云ク、「己レガ父ハ百二十ニテナム死ニシ。祖父ハ百三十ニテナム死ニシ。亦、其レガ父ヤ祖父ナドハ二百余テナム死ニケリ。其等ガ云ヒ置キケルトテ、「此ノ卒堵婆ニ血ノ付カム時ゾ、此ノ山ハ崩レテ深キ海ト可成キ」ト父ノ申シ置シカバ、麓ニ住ム身ニテ、山崩レバ打チ襲ハレテ死ニモゾ為ルトテ、「若血付カバ、逃テ去ラム」ト思テ、カク毎日ニ卒堵婆ヲ見ル也」ト。

男共、此レヲ聞テ、嗚呼ヅキ嘲テ、「恐シキ事カナ。崩レム時ハ告ゲ給ヘ」ナド云テ、咲ヒケルヲモ、嫗、我レヲ咲ヒ云フトモ不心得デ、「然也。何デカ、我レ独リ生カムト思テ、不告申ザラム」ト云テ、卒堵婆ヲ迴リ見テ、返リ下ヌ。

其後、此ノ男共ノ云ク、「此ノ嫗ハ今日ハ不来ジ。明日ゾ、亦来テ卒堵婆ヲ見ムニ、怖ドシテ令走メテ咲ハム」ト云ヒ合ハセテ、血ヲ出シテ此ノ卒堵婆ニ塗リ付テ、男共ハ返テ里ノ者共ニ語テ云ク、「此ノ麓ナル嫗ノ、毎日ニ上テ峰ノ卒堵婆ヲ見ルガ怪シケレバ、其ノ故ヲ問フニ、然々ナム云ヒツレバ、明日怖ドシテ令走メムトテ、卒堵婆ニ血ヲナム塗テ下ヌル」ト。里ノ者共、此レヲ聞テ、「然ゾ崩レナム物カ」ナド云ヒ咲フ事無限シ。

嫗、亦ノ日上テ見ルニ、卒堵婆ニ濃キ血多ク付タリ。嫗、此レヲ見テ迷ヒ倒レテ、走返テ叫テ云ク、「此ノ里ノ人、速ニ此ノ里ヲ去テ、命ヲ可生シ。此ノ山、忽ニ崩レテ深キ海ト成ナムトス」。如此ク、普ク告ゲ廻シテ、家ニ返リ来テ、子・孫ニ物ノ具共ヲ荷ヒ令持メテ、其ノ里ヲ去ヌ。此レヲ見テ、血ヲ付ケシ男共、咲ヒ喤リ合ヒタル程ニ、其ノ事ト無ク、世界サラメキ喤リ合タリ。「風ノ吹キ出ヅルカ、雷ノ鳴ルカ」ナド思テ怪シブ程ニ、虚空、ツヽ暗ニ成テ、奇異ニ恐ロシ気也。

而ルニ、此ノ山動ギ立タリ。「此レハ何々ニ」ト云ヒ喤リ合タル程ニ、山マ只崩レニ崩レ行ク。其ノ時ニ、「嫗、実ヲ云ヒケル物ヲ」ナド云テ、適ニ逃得タル輩有リト云ヘドモ、祖ノ行キケム方ヲ不知ズ、子ノ逃ケム道ヲ失ヘリ。況ヤ、家ノ財・物ノ具知ル事無クシテ、音ヲ挙テ叫ビ合タリ。此ノ嫗一人ハ、子・孫引キ具シテ、家ノ物ノ具共一ツ失フ事無クシテ、兼テ逃ゲ去テ、他ノ里ニ静ニ居タリケル。此ノ事ヲ咲ヒシ者共ハ、不逃敢ズシテ、皆死ニケリ。

然レバ、年老タラム人ノ云ハム事ヲバ、可信キ也。カク

テ、此ノ山皆崩レテ海ト成リニケリ。奇異ノ事也トナム語リ伝ヘタルトヤ。

註：

一　王朝名の明記を期した欠字。
二　洲名の明記を期した欠字。
三　さがし。けわしく苦しく。
四　めげずに。
五　このように登り続けて長い年月がたった。
六　しいて事のいわれを聞かないままに。
七　卒塔婆の日影が登ってきた人の涼みの憩いの場となっていた。大きい石塔のイメージ。里の指標ともなる聖なる場。
八　めぐり。まわってみているので。
九　まわってみるのがいかにも奇異に思えたので。「めぐる」のくり返しで、実際にくり返しまわって見ているさまがイメージされる。
一〇　この若者たちもいつも登っていた。
一一　どういうつもりで。
一二　あえぎあえぎ、はいつくばうようにして。
一三　若い者でさえ。
一四　涼みの目的できていた。
一五　そのわけを教えてください。
一六　最近に限ったことではありません。
一七　物心がついてから。ことの判断がつくようになってから。
一八　冒頭で八十歳程というのに対応。
一九　ここで嫗が語るのは一族に代々伝わった家伝のごとき予言の伝承であった。巫の一族か。それまで他に知られずにきた秘伝であったのであろう。
二〇　もとは父・祖父など父系の伝承であり、今は嫗がつぐ女系に変わっ

二一　山が崩れたら襲いかかられて死んでしまうだろう。
二二　もし血がついていたら。
二三　ばかにして。
二四　自分のことを笑っているとも気づかずに。嫗は大まじめで、嫗と若者たちの思惑はすれちがうだけだった。
二五　どうして私一人生き残ろうと思ってお教えしないことがありましょう。
二六　おどして走らせて笑ってやろう。
二七　血をしたたらせて。卒塔婆をけがす穢れのわざが祟りを招く。老婆の秘伝の暴露が結果として終末をもたらす。
二八　嫗の行為の由来が始めて明らかになり、それが噂として語られる。
二九　嫗の答えた内容を略す。
三〇　きっと崩れてしまうだろうよ。
三一　若者たち以上に笑いが増幅される。
三二　海になってしまいますよ。嫗は予言の到来を信じて疑わない。
三三　大笑いしあっていると。
三四　何ということもないのに。
三五　あたり一面ざあっと音がひびいてきた。
三六　空がまっくらになって。
三七　ゆれ動き出した。
三八　ののしりあひタル。大騒動になった。
三九　どんどん崩れていった。終末の現実化。
四〇　本当のことを言っていたのだ。すべて後の祭りだった。
四一　子の逃げた道も見失ってしまった。
四二　事前に。前もって。
四三　村の崩壊により、生き残った嫗は村の終末を語る語り部たりうる。
四四　大騒動に対する静かさ、安穏の対比が生きている。共同体は消えても嫗の一族は残った。
四五　笑う者が最後は笑われる者になる。

四六　逃げきれずに。

四七　本集の付加した教訓。年寄りを大事にしろという教訓ばかりか、古くからの言い伝えを重んぜよという教訓にもなる。あるいは信・不信のありようとその功罪などにもかかわる。

四八　捜神記などでは、始皇帝の時代に城門に血がついていたら城が沈んで湖になるという童謡がはやり、それを老婆から聞いた門番が城門の石亀の眼などに動物の血をつけ、湖になる。

自己吓唬自己——透过动作看心态
《今昔物语集》第二十八卷第四十二段

つはものだちたるものわがかげをみておそれをなすこと
立 兵 者 見 我 影 成 怖 語第四十二

　今昔、受領ノ郎等シテ、人ニ猛ク見エムト思テ、艶ズ兵立ケル者有ケリ。

　暁ニ家ヲ出テ、物ヘ行カムトシケルニ、夫ハ未ダ臥タリケルニ、妻起テ食物ノ事ナドセムト為ルニ、有明ノ月ノ、板間ヨリ屋ノ内ニ差入タリケルニ、月ノ光リニ、妻ノ、己ガ影ノ移タリケルヲ見テ、「髪ヲボトレタル大キナル童盗人ノ、物取ラムトテ、入ニケルゾ」ト思ケレバ、周章迷テ、夫ノ臥タル許ニ逃行テ、夫ノ耳ニ指宛テ、窃ニ、「彼ニ大キナル童盗人ノ髪ヲボトレタルガ、物取ラムトテ入テ立ルゾ」ト云ケレバ、夫、「其レヲバ何ガセムト為ル。極キ事カナ」ト云テ、枕上ニ長刀ヲ置タルヲ捜リ取リテ、「其奴ノシヤ頸打落サム」ト云テ、起テ、裸ナル者ノ髻放タルガ、大刀ヲ持テ出テ見ルニ、亦其ノ己ガ影ノ移タリケルヲ見テ、「早ウ、童ニハ非デ、大刀抜タル者ニコソ有ケレ」ト思テ、「頭被打破ヌ」ト思エケレバ、糸高クハ無クテ、「ヲウ」ト叫テ、妻ノ有

ル所ニ返リ入テ、妻ニ、「和御許ハウルサキ兵ノ妻トコソ思ツルニ、目ヲゾ極ク弊ク見ケレ。何ツカ童盗人也ケル。髻放タル男ノ、大刀ヲ抜テ持タルニコソ有ケレ。者極キ臆病ノ者ヨ。我出タリツルヲ見テ、持タリツル大刀ヲモ落シツ許コソ篩ヒツル」ト云ハ、我ガ篩ヒケル影ノ移タルヲ見テ云ナルベシ。

　然テ妻ニ、「彼レ行テ追出セ。我レヲ見テ篩ツルハ、怖シト思ツルニコソ有メレ。我レハ物ヘ行カムズル門出ナレバ、墓無キ疵モ被打付ナバ、由無シ。女ヲバヨモ不切ジ」ト云テ、衣ヲ引被テ臥ニケレバ、妻、「云フ甲斐無シ。此テヤ弓箭ヲ捧テ、月見行ク」ト云テ、起テ亦見ムトテ立出タルニ、夫ノ傍ニ有ケル紙障紙ノ不意ニ倒レテ、夫ニ倒レ懸タリケレバ、夫、「此ハ有ツル盗人ノ襲ヒ懸リタル也ケリ」ト心得テ、音ヲ挙テ叫ケレバ、妻、憎可咲ク思テ、「耶、彼ノ主。盗人ハ早ウ出テ去ニケリ。其ノ上ニハ障紙ノ倒レ懸タルゾ」ト云フ時ニ、夫起上リテ見ルニ、実ニ盗人モ無ケレバ、「障紙ノゾロニ倒レ懸リケル也ケリ」ト思ヒ得テ、其ノ時ニ起上リ、裸ナル脇ヲ掻テ、手ヲ舐テ、「其奴ハ実ニハ我ガ許ニ入リ来テ、安ラカニ物取テハ去ナムヤ。盗人ノ奴ノ障子ヲ踏懸ケテ去ニケリ。今暫シ有ラマシカバ必ズ搦テマシ。和御許ノ弊クテ、此ノ盗人ヲバ逃シツルゾ」ト云ケレバ、妻、「可咲」ト思テ、咲テ止ニケリ。

　世ニハ此ル嗚呼ノ者モ有ル也ケリ。実ニ妻ノ云ケム様ニ、然許臆病ニテハ、何ゾノ故ニ、刀弓箭ヲモ取テ、人ノ辺ニモ立寄ル。此レヲ聞ク人、皆、男ヲ憎ミ咲ケリ。

此レハ妻ノ人ニ語ケルヲ聞継テ、此ク語リ伝ヘタルト也。

註：

- 一　じゅりやう。在京して任地の政務を目代にゆだねる遥任国守に対し、任地に赴いて実務をとった国守をいう。
- 二　「シテ」は、…であって、…として仕えていた者での意。
- 三　歴史的仮名づかいは「見エ」。
- 四　なんともやたらに。心を尽くして。
- 五　勇士ぶって見せようとした男。勇者らしく振舞っていた男。
- 六　その男の事。
- 七　板の隙間から。板の隙間をもれて。
- 八　「移」は「映」の当て字。影法師が映っているのを見て。
- 九　「ヲ」の歴史的仮名づかいは「オ」。「オボトル」は、髪の毛や草の蔓などがぼうぼうと乱れ広がっているさまをいう語。
- 一〇　童髪の盗人。童髪は、束ねず、ばらばらのままに垂らしてある髪型をいう。
- 一一　あはてまどひテ。ひどくあわてて。大あわてにあわてて。
- 一二　口をじかに当てて。口を押し当てて。
- 一三　どうしたらよかろうか。
- 一四　ながたち。刀身の長い大ぶりの刀。ここは「なぎなた」の意ではない。
- 一五　名詞に冠して、荒々しくののしる気持ちを表す。細首、雁首ぐらいの感じ。
- 一六　烏帽子や冠をかぶらずに髻をあらわに出した、取り乱したさま。
- 一七　たち。文字通り、刀身の長い大刀。さきの「長刀」に同じ。
- 一八　なんと。なんたることか。「ケリ」で結ぶ定型。
- 一九　うちわられヌ。叩き割られそうだ。「ヌ」を用いているが、動作の完了する先のことをいったもの。

二〇　さしたる大声は出さずに。盗人とわたり合う勇気は全くないが、妻の手前もあって、格好だけはつけようというわけ。
二一　わおもと。親しい関係にある女性などに話し掛ける時に用いる語。お前。
二二　「ウルサキ」は、万事にぬかりのないの意と解すべきか。または、「ウルセキ」と同義で、立派でうるわしいの意か。
二三　つたなク。見そこなったもんだ。
二四　「何ツカ…也ケル」は、いつ…であったかの意から転じて、決して…であることはないの意。断じて童髪の盗人なんかではないぞ。
二五　「あの者は」の略形か。人称名詞として用いたもの。奴は。あいつは。
二六　取り落としてしまいそうなほどに。「許」は活用語の終止形をうけて、「ほど、くらい」の意を表す。
二七　ぶるぶる震えておったわ。
二八　かどいで。出立する身だから。
二九　はかなキ。ちょっとした傷。小さな手傷。
三〇　女の身ならば安全なはずだ。だからお前が行ってこい、という含み。男はさきに、自分を見て震えていたくらいに腰抜けだから、自分が出るまでもあるまい、とも匂わせており、弁を弄して、どうでも難役を妻に押しつけようとの魂胆。口だけが達者な臆病者の面目が躍如。
三一　男は引きかぶった衣の下で、こわさにおののいていた、という含みを持つ。
三二　いくじがないこと。だらしがないのねえ。
三三　こんな具合では。これほど臆病では。「ヤ」は間投動詞。
三四　きうぜん。(警備に出かけるといって勇ましく出て行くが、ま、せいぜいのところ)弓矢を大事そうに持って、月でも見に行くしかしかたがないわね。じつに辛辣な皮肉。
三五　かみしやうじ。小さな方形の枠に紙を張った現在の障子。単に「障子」とあれば、現在の襖のこと。

三六　襲い掛かる。
三七　（たかが障子が倒れ掛かっただけで、みっともないような悲鳴をあげたことを）笑止千万に思って。
三八　もし、お前様。
三九　（なにかのはずみで）、ひとりでに。
四〇　胸のあたりで両腕を組み、両腋をかきなでる所作で、得意に意気込んでいるさま。
四一　手を唾でぬらして。手に唾をつけて。さあ、どこからなりとこい、といわんばかりの様子。
四二　やすやすと。容易に。
四三　きっと捕らえて縛り上げたものを。逃げ出したとは卑怯な奴、といった語調。
四四　をかし。よくもこうぬけぬけとそらぞらしいことが言えたものだ、という気持ち。
四五　何のために。何の意味があって。
四六　高貴な人の周辺に参上して警固の役をつとめる武者であるのか。

为冷美人殉情——事态不断升级

《今昔物语集》第三十卷第一段

平定文仮借本院侍従語 第一
_{たひらのきだふみほんゐんのじじうをけさうすること}

今昔、兵衛ノ佐平ノ定文ト云フ人有ケリ。字ヲバ平中トナム云ケル。品モ不賤ズ、形チ有様モ美カリケリ、気ハヒナニトモ物云ヒモ可咲カリケレバ、其ノ比、此ノ平中ニ勝レタル者世ニ無カリケリ。此ル者ナレバ、人ノ妻、娘何ニ況ヤ、宮仕へ人ハ、此ノ平中ニ物云被云ヌハ無クゾ有ケル。

而ル間、其ノ時ニ本院ノ大臣ト申ス人御ケリ。其ノ家ニ侍従ノ君ト云若キ女房有ケリ。形チ有様微妙クテ、心バへ可咲キ宮仕へ人ニテナム有ケル。平中彼ノ本院ノ大臣ノ御許ニ常ニ行通ケレバ、此侍従ガ微妙キ有様ヲ聞テ、年来艶ズ身ニ替テ仮借シケルヲ、侍従消息ノ返事ヲダニ不為ケレバ、平中歎キ侘テ、消息ヲ書テ遣タリケルニ、「只、『見ツ』ト許ノ二文字ヲダニ見セ給へ」ト、「絡返シ泣々ク」ト云フ許ニ書テ遣タリケル使ノ、返事ヲ持テ返来タリケレバ、平中物ニ当テ出会テ、其ノ返事ヲ急ギ取テ見ケレバ、我ガ消息ニ、「『見ツ』ト云フ二文字ヲダニ見セ給

へ」ト書テ遣タリツル、其ノ「見ツ」ト云フニ文字ヲ破テ、薄様ニ押付テ遣タル也ケリ。

　平中此レヲ見ルニ、弥ヨ妬ク侘キ事無限シ。此ハ二月ノ晦ノ事也ケレバ、「然ハレ、此クテ止ナム。心尽シニ無益也」ト思ヒ取テ、其ノ後音モ不為デ過ケルニ、五月ノ二十日余ノ程ニ成テ、雨隙無ク降テ極ク暗カリケル夜、平中、「然リトモ今夜行タラムニハ、極キ鬼ノ心持タル者也トモ、『哀レ』ト思シナムカシ」ト思テ、夜深更テ、雨不音止ズ降テ、目指トモ不知ズ暗キニ、内ヨリ、破無クシテ、本院ニ行テ、局ノ前々云継女ノ童ヲ呼テ、「思ヒ侘テ此ナム参タル」ト云セタリケレバ、童即チ返来云、「只今ハ御前ニ人モ未不寝ネバ、否不下。今暫待給ヘ。忍テ自ラ聞」ト云出シタレバ、平中此レヲ聞クニ胸騒テ、「然レバコソ。此ル夜来タラム人ヲ哀レト不思ザラムヤ。賢ク来ニケリ」ト思テ、暗キ戸ノ迫ニ、搔副テ待立ケル程、多ク年ヲ過ス心地ナルベシ。

　一時許有テ皆人寝ヌル音為ル程ニ、内ヨリ人ノ音シテ来テ、遣戸ノ懸金ヲ窃ニ放。平中喜サニ寄テ遣戸ヲ引ケバ、安ラカニ開ヌ。夢ノ様ニ思テ、「此ハ何カニシツル事ゾ」ト思フニ、喜キニモ身篩フ物也ケリ。然レドモ思ヒ静メ、和ラ内ヘ入レバ、虚薫ノ香局ニ満タリ。平中歩ビ寄テ、臥所ト思シキ所ヲ捜レバ、女ナル衣一重ヲ着テ聳臥タリ。頭様肩ツキヲ搔捜レバ頭様細ヤカニテ、髪ヲ捜バ凍ヲ延ベタル様ニ氷ヤカニテ当ル。平中喜サニ物モ不思ネバ、被篩テ云出デム事モ不思エヌニ、女ノ

云フ様、「極キ物忘レヲコソシテケレ。隔ノ御障子ノ懸金ヲ不懸デ来ニケル。行テ彼レ懸テ来ム」ト云ヘバ、平中、「現ニ」ト思テ、「然ハ疾ク御マセ」ト云ヘバ、女起テ上ニ着タル衣ヲバ脱置テ、単衣袴許ヲ着テ行ヌ。

其ノ後、平中装束ヲ解テ待臥タルニ、障子ノ懸金懸ル音ハ聞エツルニ、「今ハ来ム」ト思フニ、足音ノ奥様ニ聞エテ、来ル音モ不為デ、良久ク成ヌレバ、怪サニ起テ、其ノ障子ノ許ニ行テ捜レバ、障子ノ懸金ハ有リ。引ケバ彼方ヨリ懸テ入ニケル也ケリ。然レバ、平中云ハム方無ク妬ク思テ、立踊リ泣ヌベシ。物モ不思エデ障子ニ副立テルニ、何ニト無ク涙泛ル事、雨ニ不劣ズ。「此許入レテ謀ル事ハ、奇異シク妬キ事也。此ク知タラマシカバ、副テ行テコソ懸サスベカリケレ。『我ガ心ヲ見ム』ト思テ、此ハシツル也ケリ。何ニ白墓無キ者ト思トスラム」ト思フニ、不会ヌヨリモ妬ク悔シキ事云ハム方無シ。然レバ、「夜明クトモ、此テ局ニ臥タラム。然有ケリトモ人知レカシ」ト強ニ思ヘドモ、夜明方ニ成ヌレバ、皆驚ク音スレバ、「不隠レデ出デヽモ、何ニゾヤ」思ニテ、不明ヌ前ニ急ギ出ヌ。

然テ其ノ後ヨリハ、「何カデ、此ノ人ノ心疎カラム事ヲ聞テ思ヒ疎ミナバヤ」ト思ヘドモ、露然様ノ事モ不聞エネバ、艶ズ思ヒ焦レテ過ス程ニ、思フ様、「此ノ人此ク微妙ク可咲クトモ、筥ニ為入ラム物ハ、我等ト同様ニコソ有ラメ。其レヲ掻涼ナドシテ見テバ、思ヒ被疎ナム」ト思ヒ得テ、「筥洗ヒニ行カムヲ伺、筥ヲ奪取テ見テシガナ」ト思テ、然ル気無シテ、局ノ辺ニ伺フ程

ニ、年十七八許ノ、姿様体可咲クテ、髪ハ袙長二三寸許不足ヌ、
瞿麦重ノ薄物ノ袙、濃キ袴四度解無気ニ引キ上テ、香染ノ薄物
ニ筥ヲ裹テ、赤キ色紙ニ絵書タル扇ヲ差隠シテ、局ヨリ出デ行
クゾ、極ク喜ク思エテ、見継々々ニ行ツヽ、人モ不見ヌ所ニテ走
リ寄テ筥ヲ奪ツ。女ノ童泣々々惜メドモ、情無ク引奪テ走リ去
テ、人モ無キ屋ノ内ニ入テ内差ツレバ、女ノ童ハ外ニ立テ泣立
テリ。

　平中其ノ筥ヲ見レバ、琴漆ヲ塗タリ。裏筥ノ体ヲ見ルニ、
開ケム事モ糸々惜ク思エテ、内ハ不知ズ、先ヅ裏筥ノ体ノ人ノ
ニモ不似ネバ、開テ見疎マム事モ糸惜クテ、暫不開デ守居タレド
モ、「然リトテ有ラムヤハ」ト思テ、恐々ヅ筥ノ蓋ヲ開タレバ、丁
子ノ香極ク早ウ聞エ、心モ不得ズ怪ク思テ、口筥ノ内ヲ臨ケバ、
薄香ノ色シタル水半許入タリ。亦大指ノ大サ許ナル物ノ黄黒
バミタルガ、長二三寸許ニテ三切許打丸カレテ入タリ。思フ
ニ、「然ニコソハ有ラメ」ト思テ見ルニ、香ノ艶ズ馥シケレバ、
木ノ端ノ有ルヲ取テ、中ヲ突差シテ、鼻ニ宛テ聞ゲバ、艶ズ馥シ
キ黒方ノ香ニテ有リ。惣ベテ心モ不及ズ。「此レハ世ノ人ニハ
非ヌ者也ケリ」ト思テ、此レヲ見ルニ付テモ、「何カデ此ノ人ニ
馴睦ビム」ト思フ心、狂フ様ニ付ヌ。筥ヲ引寄セテ、少シ引飲ル
ニ、丁子ノ香ニ染返タリ。亦此ノ木ニ差テ取上タル物ヲ、崎ヲ
少シ嘗ツレバ、苦クシテ甘シ、馥シキ事無限シ。

　平中心疾キ者ニテ、此レヲ心得ル様、「尿トテ入タル物ハ丁
子ヲ煮テ、其ノ汁ヲ入レタル也ケリ。今一ツノ物ハ野老合セ薫

ヲアマヅラニヒチクリテ、大キナル筆櫃ニ入レテ、其ヨリ出サ
セタル也ケリ」。此レヲ思フニ、「此ハ、誰モ為ル者ハ有ナム。但
シ此レヲ涼シテ見ム物ゾト云フ心ハ何デカ仕ハム。然レバ様
々ニ極タリケル者ノ心バセカナ。此ノ人ニハ非ザリケリ。何デ
カ此ノ人ニ不会デハ止ナム」ト思ヒ迷ケル程ニ、平中病付ニケ
リ。然テ悩ケル程ニ死ニケリ。

　極テ益無キ事也。男モ女モ何カニ罪深カリケム。

　然レバ、「女ニハ強ニ心ヲ不染マジキ也」トゾ世ノ人謗ケル、
トナム語タリ伝ヘタルトヤ。

註：

一　ひやうゑノすけ。内裏の警衛、行幸の供奉を任務とする兵衛府の次
　　官。五位。物語主人公は五位で次官クラスが多い。
二　たひらノさだふみ。桓武平氏。茂世王の孫。
三　へいぢう。「平仲」とも。
四　素姓。身分。
五　容貌も姿態も。
六　けハヒ。様子。そぶり。そのものからただよう風姿。
七　撥音便化して「ナンドモ」「ナドモ」となる接尾辞。
八　話し方。話しぶり。
九　藤原時平をさす。「本院」は時平邸の称。
一〇　じじう。「侍従」は、その女房の呼び名。父か兄が侍従であったので
　　あろう。
一一　気だて。性質。
一二　甚だしく。
一三　すべてをなげうっても。命に替えても。

一四　けさう。思いを寄せる。恋いこがれる。
一五　手紙。便り。
一六　「侘」は、失意・失望を表す。嘆き落胆し。
一七　あわてて物に突き当る意で、あわてふためくさまの形容。周章狼狽して。
一八　返事の最小限の「見つ」とだけでもと平中が哀願すると、冷淡にも嘲笑するかのように、手紙のその語だけをちぎって貼ってよこした。
一九　薄手の鳥の子紙。
二〇　いまいましく。
二一　「然ハアレ」の略。「さもあらばあれ」と同意。ままよ。あとはどうなろうとここのところは一応といった気持。
二二　「心尽シナリ、無益也」の約された形。
二三　音信もしないで。手紙もやらず。
二四　絶え間なく。
二五　今晩のような時に行ったならば。「ニハ」は強意。
二六　(降り続く雨の中をわざわざ出かけて行ったこのわたしを)心からいとおしいと思ってくださるであろう。
二七　真っ暗闇の形容に用いる常套句。
二八　内裏。
二九　わりなク。無理算段して。なんとか手段を講じて。
三〇　さきざきいひつぐめノわらは。以前から取り次いでくれていた女の童。
三一　取り次がせると。
三二　とてもまだ退出できません。「下ル」は、貴人の前から退出する、下がるの意。
三三　ちょっとの間。少しの間。訓読み文では「しばらく」、女流文学では「しばし」が多く使われる。
三四　(主人が退出してまいりましたら)わたしがそっとお教えしましょう。「聞こゆ」は下二段で「言ふ」の謙譲語。
三五　「然レバコソ思ヒツレ」の略。やっぱり思った通りだ。予測や危惧

が的中した時の表現。

三六　出かけてきてやはりよかったの意。「賢ク」は下の「ケリ」と呼応して、ありがたいことに、幸運にもなどの意。

三七　はさま。隙間。

三八　一日千秋の思いを表す常套句。

三九　やりど。「遣戸」は、開き戸に対して、引き戸の称。「懸金」は、戸・障子の鍵。

四〇　簡単に。容易に。

四一　こんなにたやすく引き戸が開き、恋いこがれた人にすぐ会えるとはどうしたことだろうか。予期せぬ現実を不思議に思い驚いているさま。

四二　うれしい時にもからだが震えるものだった、ということを発見したという気持。

四三　静かに。ゆっくりと。

四四　そらだき。それとなく香をたき匂わせること。来客の折など、別室で香をたき、香が洩れ匂うようにする。

四五　ふしど。寝所。

四六　小世継「なよらかなるきぬ一かさねきてそひふしたり」により、「なよらかナル衣…」とよんだ。

四七　そびきふし。雲などが立ちひろがる、たなびくさま。ここでは、横たわるの意。

四八　肩の様子。

四九　容姿がほっそりとしているさま。何となくきゃしゃに感じられること。

五〇　氷を長くのばしたものに当るように冷たく感じられた。「当ル」は、手ざわりで感じるの意。

五一　ふるはれテ。自然にからだが震えて。ひとりでに震えがきて。

五二　みしやうじ。部屋の仕切りに用いる建具の総称。

五三　女の申し分を納得する。

五四　ひとへはかま。裏の無い衣。

五五　たちをどり。地団駄を踏んで悔し泣きしたに違いない。「ベシ」は推定で、この一句は作者の評語。
五六　「何ニト無ク」は、無性に、とりとめもなくの意で、全身で悲しみを感じて自然と落涙したことをいう。
五七　「白墓無キ者」は、同義の「白者(しれもの)」と「墓無き物(はかなキもの)」を複合させた語。(自分を見たら)どんなに大馬鹿者と思ったことだろう。
五八　夜の明ける前に男が女のもとを去るのが当時の心得。
五九　強気を起こしてはみたものの。
六〇　起き出す物音がするので。
六一　思い直して。会話を受ける「ト」を省略した形。
六二　嫌気のさすようなこと。いやになるようなこと。
六三　気味悪く思いたいものだ。きらいになりたいものだ。
六四　嫌気がさすような侍従の君の欠点。
六五　しのはこ(清器、虎子、尿筥、褻器)の意で、便器のこと。便器にはいっているであろうものは、便器の中味の句意。
六六　かきさがし。広く外気に当てる、さらすの意。ここでは、引っかき回してみたならばの句意。
六七　自然にいやになるだろう、自然に心が離れることもあろうの意。
六八　髪は袙(あこめ)の長さに二、三寸足りない長さで。「袙」は、婦女子の肌着で、後に小袿(こうちぎ)代わりのものとなった。
六九　なでしこがさね。表が紅梅で、裏が青い襲。
七〇　濃紫色の袴。
七一　「しどけなげ」の当て字で、きちんとしないさま。しまりのないさま。
七二　「香染(かうぞめ)」は、丁子の煮汁で染めたもので、黄味を帯びた薄紅色。「薄物」は、薄く織った絹織物。
七三　(扇で顔を)隠して。
七四　みつぎみつぎ。見え隠れに後をつけていって。
七五　引渡しを拒んだが。

七六　情け容赦なく。無理に。
七七　内側から錠をかけたので。「差ス」は、門戸を閉じて錠をかける意。
七八　未詳。「金漆」の当て字で、精練した漆のことか。
七九　つつんであった筥。
八〇　ひどくやましい気がして。
八一　そうかといってこのままでいられようか、あけてみないわけにもいくまいの意。
八二　てうじ。南方原産の常緑樹で、花の芽が芳香を発し、香料に使用する。
八三　「早ウ」は「早ク」の音便形で、すぐにもの意。「聞(かが)エ」は「かぐ」の再活用語「かがゆ」の連用形。即座に匂ってきたの意。
八四　破損による欠字で、該当語は「裏」か。
八五　うすかう。薄黄色。
八六　親指。
八七　丸い形をして。丸い塊になって。
八八　くろばう。合せ薫物の一種で、沈香・丁子香・甲香・薫陸香・白檀香・麝香を練り合わせたもの。
八九　とても想像できないほどの心憎い仕業だ。
九〇　なんとかしてこの人と親しくなりたい。
九一　丁子の香りがすっかり染みついている。
九二　「先」の当て字。
九三　こころとき。頭の回転の速い者。理解力の速い者。
九四　小便。
九五　練り香。
九六　つる草の汁を煮詰めて作った甘味料。
九七　香を練り合わせる、調合するの意。
九八　ふでつか。筆の軸。筆の柄。
九九　あらゆることを知り尽くした人の心づかいだなあ。「心バセ」は、心の働き、才覚。
一〇〇　「会フ」は、男女が一緒になる意。

译者后记

　　把日本的古典名著介绍给我国的广大读者,是我多年来的愿望。由于这其中存在着把作品趣味化的问题,如何取舍,并不是件易事。山口仲美教授多年在电视、广播里从事古典名著的普及教育工作,在这方面积累了丰富的经验。在她担任北京日本学研究中心客座教授期间,译者有幸与她共事,通过研究会、公开讲座等活动,认为她的对古典的解释也不失为一家之言,而且富于趣味性,遂就产生了翻译她的著作的想法,也算是了却一桩心愿。

　　译者最为担心的是,唯恐我国的读者把本书中摘录的故事当作《源氏物语》或《今昔物语集》的全部内容。《源氏物语》洋洋百万言,《今昔物语集》中的小故事就有1040个之多,本书中摘录的部分可以说只是冰山的一角。就拿光源氏的爱情生活来说,他的寻花问柳,实际上跟他与葵姬的那场政治婚姻是分不开的。桐壶帝安排他与左大臣之女葵姬结婚,为的是好让他日后在仕途上有一个强有力的靠山。他们的婚姻之所以不幸,葵姬的性格只是原因的一方面,光源氏不愿受政治婚姻的摆布才是问题的实质。这一点,从他倾心的女子的身份上就能得到证实。空蝉、夕颜、紫姬,还有本书中没有提及的花散里、末摘花等,都是些没落的贵族女子,对她们的爱情本身,已经体现了光源氏反抗世俗权势的精神。正

是这些多彩的爱情生活,给他带来了无与伦比的权势和荣华。而与三公主的结婚,是他主动选择的一场政治婚姻,除了三公主同样与藤壶有血缘关系以外,密切与当今天皇的关系以巩固自己的势力,是他决定迎娶这位天皇御妹的另一原由。而结果,却导致了他与紫姬的感情破裂,也使得他多年来苦心经营的六条院濒于崩溃。个中之寓意,是不可能从被剪裁了的爱情故事中体味到的。

只是,作为一本入门读物或普及读物,本书的趣味性是最大的特色。一些看似平淡的话语和描述,经过山口教授的注释,就妙趣横生,充满了现实意义。为此,通过阅读本书,你不仅能对日本的古典名著有所了解,还能从中得到处理具体人际关系,尤其是恋爱关系的不少妙诀。如果更有人以此书为契机对日本古典文学产生了兴趣,那便是实现了译者的奢望。

凡是做过翻译的人,都知道翻译并不比创作容易。在本书的翻译过程中,译者深深地体味到了这一点。尤其是《源氏物语》部分中屡屡出现的和歌,真正是绞尽了脑汁。即使这样,也有无法译出而不得不参照人民文学出版社出版的丰子恺先生译文的地方,敬请各位读者谅解。其他错误之处也一定在所难免,还请读者和同行们不吝赐教。

张龙妹
2000年9月7日

图书在版编目(CIP)数据

男人和女人的故事:日本古典文学鉴赏/(日)山口仲美著;张龙妹译.—北京:商务印书馆,2004
ISBN 7-100-03684-4

I.男… II.①山…②张… III.古典文学-文学欣赏-日本 IV.I313.062

中国版本图书馆CIP数据核字(2002)第110884号

nán rén hé nǚ rén de gù shi
男人和女人的故事
——日本古典文学鉴赏
〔日〕山口仲美 著
张 龙 妹 译

商 务 印 书 馆 出 版
(北京王府井大街36号 邮政编码100710)
商 务 印 书 馆 发 行
北 京 民 族 印 刷 厂 印 刷
ISBN 7-100-03684-4/I·17

2004年12月第1版　　　开本 850×1168　1/32
2004年12月北京第1次印刷　印张 12 3/8　插图 2
定价:21.00元